LA NOUVELLE ARCHE

À Étienne

Salle 12
N°32

Il existe autre chose.

Avant, je baignais dans la lumière et l'obscurité.

Désormais, c'est autre chose. J'en suis sûr. Même si j'en ignore la nature. Rien ne me permet de l'expliquer. Je sais seulement que j'ai peur. Ça, je le sais. Je le sens. Tout mon être me le crie.

Froid, aussi. Mais d'un froid qui provient de l'intérieur. Qui me vrille les entrailles, les tord, les essore pour en extraire le jus. Cela me prend dès que j'entends du bruit. Car j'entends, oui.

Avant, la mélodie me rassurait. J'en connaissais les nuances, les vibratos qui se propageaient jusqu'à mes extrémités. Tout cela m'était familier. Je n'étais pas inquiet. À présent, la moindre improvisation m'effraie. Si le son se fait trop près, trop fort…

J'ai sans cesse l'impression que *la chose* va revenir. Qu'elle va surgir du flou pour me saisir. Dès que s'ouvrent mes paupières, je guette autour de moi. Je tourne, je m'agite. Mais pour voir quoi ?

Je ne sais pas.

Je ne pressens qu'une vérité : quoi que ce puisse être, je suis à sa merci.

Je ne maîtrise rien. Pas même ma peur.

Alors je me débats.

Je tire, je secoue.

J'arrache, je frappe.

Je m'épuise…

En vain.

Jusqu'à ce que… *CRAC !*

Enfin. *Un foudroiement.*

J'ai mal. Une substance inconnue se répand. Elle pénètre ma bouche sans que je puisse l'en empêcher. Je déteste son goût. Pourtant, j'avale.

J'ai froid, chaud, peur.

Si je le pouvais, je crierais.

Sortez-moi de là…

Sortez-moi de là !

Nouveau jour

Les yeux ouverts. Fixés, sans pouvoir s'en détacher, à l'auréole brune du plafond, séquelle, probablement, d'une vieille inondation. Même dans les sous-sols les mieux isolés, il arrivait que l'eau parvienne à s'infiltrer.

Aujourd'hui. C'était aujourd'hui.

Elle se leva et remit ses affaires de la veille abandonnées au pied du lit. Sans faire de bruit, elle se dirigea vers la porte de la chambre, éteignit la lumière et écouta le silence. Tout dormait. Tant mieux. À choisir, elle préférait ne pas croiser Basile et Chloé, même si cela impliquait de sa part une certaine lâcheté. Les minutes qui restaient étaient précieuses et n'appartenaient qu'à elle. Elle gravit l'escalier sur la pointe des pieds, jusqu'à la surface. La pièce qui servait à la fois de salon et de salle à manger était plongée dans l'obscurité. À travers la fenêtre, dont le linteau n'était pas loin de céder, on apercevait les maisons du quartier voisin, modernes et identiques, implantées de part et d'autre d'une voie centrale, une piste plutôt, que nul n'empruntait jamais, hormis les blindés de l'armée. Jusqu'à l'aurore, la nuit étouffait dans ses brumes toute trace de présence humaine. Seule la terre, au passage des trains qui la traversaient, tremblait à cadence régulière, comme pour attester qu'il y avait encore ici un peu de vie. Elle ne pouvait plus attendre. Certes, il était très tôt, mais elle trépignait. Dans quelques heures, tout changerait. Quelques heures... Il lui semblait que, depuis minuit, sa boîte crânienne abritait un minuteur. Aurait-elle eu le pouvoir d'arrêter le temps ou de le presser, qu'elle n'aurait su quoi faire. Ses émotions étaient confuses. De la hâte, assurément, de l'appréhension, naturellement, beaucoup d'excitation. Elle se glissa dehors.

L'air frais lui fit du bien. La saison sèche touchant à sa fin, il devenait possible de sortir à l'air libre à la nuit tombée et au matin. Du moins, avant que les pluies n'arrivent. Pour cette raison essentiellement, cette période de l'année était sa préférée. La brise renaissait, le jour se faisait moins aveuglant, et l'on pouvait encore fouler le sol sans risquer de finir embourbé. Décidant qu'elle terminerait le trajet à pied, elle resserra sa ceinture et s'engouffra dans la bouche souterraine.

À l'intérieur de la gare remuait une marée humaine qui l'engloutit sitôt qu'elle l'eut pénétrée. Mathilde détesta la sensation. Elle qui vivait habituellement à l'écart de la Communauté, qui n'empruntait le train que deux ou trois fois par an, n'était toujours pas accoutumée aux regards qui s'appesantissaient sur ses épaules et la dévisageaient sans pudeur. Il fallait pourtant s'y résigner. Sa jeunesse étant impossible à cacher. Baissant la tête d'un air embarrassé, elle gagna la grande file d'attente débouchant sur le quai. Devant elle, une vieille femme observait d'un œil terne les premières nouvelles du matin que diffusait l'Information générale, depuis l'ondophone de la gare. À grand renfort d'expressions dramatiques, une présentatrice y commentait l'attaque ayant eu lieu sur le territoire dans la nuit. La frappe avait visé un élevage d'insectes, répandant parmi les orthoptères un gaz toxique et corrosif. La production comme une partie du matériel étaient à jeter. Les images de la catastrophe envahissaient tout le hall. La voisine de Mathilde poussa un soupir indigné.

– Vous vous rendez compte ! s'exclama-t-elle de sa voix grêle. S'attaquer à la nourriture, à la viande… Déjà que nous en manquons !

Mathilde fit mine de ne pas avoir entendu et se concentra sur le discours de la présentatrice. Pour ce qui était des coupables, précisait cette dernière, ils avaient regagné la frontière par voie aérienne, à l'exception de deux d'entre eux, piégés dans le sas d'accès de l'usine. Le film en trois dimensions retraçait leur arrestation et montrait les individus encadrés de près par les militaires. Il s'interrompait plus tard sur les images de ces mêmes hommes, étendus à terre, la tête baignant dans une flaque de sang. Morts, à l'évidence. Aussitôt, des cris de joie retentirent, et la présentatrice rappela, pour la troisième fois depuis le début de la diffusion, les règles de sécurité à respecter afin de protéger toute la Communauté. *Rester dans les secteurs surveillés. Ne sortir à la surface qu'en cas d'absolue nécessité. Signaler tout comportement suspect.*

Puis, l'Information générale bascula dans un tunnel de publicités, et la file avança. Au portique chargé de drainer le flux de voyageurs, Mathilde passa l'ondophone qu'elle portait au poignet pour payer son trajet, et accéda au quai surpeuplé. Après que les harnais de sécurité se furent abattus sur les passagers, le train démarra à la vitesse de l'éclair.

Lorsqu'il s'immobilisa, une station avant la fin de la ligne, les wagons avaient désempli et Mathilde se trouva presque seule sur le quai. Ici commençait le désert, loin de la ville, et à cet arrêt ne descendaient que les travailleurs des exploitations agricoles situées à proximité. Elle consulta son ondophone. Bientôt six heures. L'aube était proche et elle ne voulait manquer le spectacle sous aucun prétexte. Elle sortit à la hâte. À gauche, l'entrée du complexe de production alimentaire dans lequel avait pénétré un groupe de cultivateurs, à droite, la terre hostile, s'étendant à perte de vue jusqu'à toucher l'horizon encore sombre. Pour l'atteindre, n'existait qu'une seule piste, slalomant entre plaine et collines. Elle s'élança.

Marcher seule dans le petit matin constituait à ses yeux l'un des plus grands plaisirs de l'existence. Ce n'était pas grand-chose, cela tenait à presque rien, mais ces rares échappées lui procuraient un sentiment intense de liberté. Depuis le vent qui ruait sous son manteau défait, jusqu'au pantalon qui gonflait à chaque foulée, ses cheveux qui s'envolaient… Comme une impression, à nulle autre pareille, d'embrasser le monde entier. Elle était seule, parfaitement seule, et elle adorait cela.

Elle atteignit le point culminant de la route où elle s'arrêta pour reposer sa jambe. Avec le temps, elle avait appris à apprivoiser son corps. Bien sûr, elle n'appartenait pas aux éléments les plus performants de sa génération, bien sûr, elle aurait préféré savoir courir à en perdre haleine comme ses camarades, mais le hasard lui avait refusé ce cadeau. Elle était belle cependant, à en croire Marc, son petit ami. Et les garçons dont elle surprenait parfois le regard et que ces derniers détournaient aussitôt, gênés d'être pris en flagrant délit. Elle aimait particulièrement ses yeux verts, clairs comme du quartz, et ses longs cheveux bruns qu'elle ne coiffait jamais et qui retombaient en cascade sans trop s'emmêler. Sa taille était correcte, dans la moyenne haute. Plus que les autres, elle attachait de l'importance à développer sa musculature. Ce n'était pas son choix. Coûte que coûte, elle devait pallier cette malformation de la hanche qu'elle tenait de Chloé et que la chirurgie n'avait pas totalement corrigée. Il arrivait qu'elle en souffre terriblement. Du moins juste avant que l'implant qu'elle portait dans la cuisse ne diffuse ses calmants. Elle contempla le ciel qui pâlissait.

De cet emplacement, elle dominait toute la vallée. À l'Occident, une ancienne chaîne de volcans tranchait la terre du Nord au Sud. Dans leur contrefort apparaissaient les ouvertures terrassées des mines de thorium, précieux métal qui fournissait à la Communauté son énergie et sa richesse. Juste au dessus, derrière les cratères endormis, les canyons et les hauts plateaux, dont Mathilde connaissait par cœur la topographie, sans y être jamais allée. Un jour peut-être, elle s'y rendrait, poussée par la curiosité autant par que le souci de faire coïncider la réalité avec ses cours de géographie. Elle suivit des yeux le chapelet montagneux qui s'égrenait dans son dos pour s'échouer au pied des dunes monumentales. Le désert constituait une zone impénétrable. On avait bien tenté d'y implanter des relais, mais ceux-ci avaient toujours fini par disparaître, avalés par les tempêtes, s'enfonçant dans ce relief changeant comme en des sables mouvants. Connaissant la dangerosité de l'endroit, Mathilde ne s'y était aventurée qu'une fois, lorsque Basile avait souhaité glisser avec elle sur les pentes dorées. Elle en gardait un souvenir mitigé. La désagréable brûlure du soleil et une lassitude vite arrivée.

Elle se retourna. De l'autre côté, pas de monotonie, au contraire. À l'extrême droite et au loin se dessinait une forme irrégulière, une masse inégale : la décharge. Un lieu où la vie s'était arrêtée, un enfer d'immondices accumulées au fil des générations et que l'ennemi avait rejetées ici, ne songeant pas qu'un jour, d'autres s'y installeraient. Heureusement, ces derniers avaient pris soin de s'établir à l'écart de ce poison purulent. En d'autres circonstances, le dégoût qu'inspirait à Mathilde cette plaie à ciel ouvert lui aurait commandé de détourner le regard, mais l'ironie voulait qu'en cet endroit précis, le soleil percerait. C'était ainsi, le levant venait toujours de l'ennemi. Car avec la décharge commençait aussi le territoire interdit, mystérieux, l'infranchissable ligne qui séparait la Communauté du pays qu'elle avait fui.

Une main en visière, elle tenta de distinguer la zone limitrophe, mais ses yeux ne rencontrèrent qu'une lumière de plus en plus crue et toujours pas de frontière. Seuls des rapaces planaient sur l'horizon en quête de petits rongeurs à dévorer. Sous leurs ailes, la plaine s'étendait à l'infini, semée d'épineux, dont les ombres encore faibles découpaient un sol aride et craquelé, et, alignées parmi eux, les serres souterraines. De ces immenses cylindres, on ne voyait que le sommet, mais à l'intérieur de leur carapace se cachaient toutes sortes de cultures. Des milliers de fruits, de légumes, d'algues et de champignons, s'épanouissant sous une lumière et une hygrométrie artificielles. Coulées dans l'acier et le béton armé, à l'abri des intempéries, ces structures étaient les garde-manger de la Communauté.

Bientôt, le soleil parut, éclairant de ses rayons la totalité du pays. Le feulement de chats sauvages se fit entendre. Mathilde était ravie. C'était comme si toute la terre se réveillait sous une même impulsion.

Heureuse, elle demeura un instant à admirer l'astre naissant, avant de se souvenir qu'il augurait pour elle le jour du grand changement, et alors elle fut prise de vertiges. Reprenant sa route, elle aperçut bientôt, au détour d'un virage, le profil massif du Centre.

Le Centre

Dressé comme un phare au milieu de nulle part, perdu dans l'immensité désertique, le Centre était seul opposant au ressac des vents. Ce gigantesque camp fortifié devait son exil à l'importance du programme qu'il renfermait, lequel exigeait pour sa protection un dispositif de sécurité ultra-perfectionné. Au plus loin de l'épicentre, des scanners juchés sur des mâts surveillaient un périmètre d'une cinquantaine de mètres. Venaient ensuite une ceinture bétonnée, puis une large bande de terre plane, toutes deux coiffées de barbelés électrifiés. Enfin, tout au bout, le rempart principal. Pour accéder à ce bastion imprenable, une seule voie, gardée jour et nuit par une escouade de militaires chevronnés. Derrière la grille, ces derniers affichaient une attitude impassible, mais Mathilde les savait attentifs à l'excès.

Comme chaque fois qu'elle se trouvait en leur présence, son rythme cardiaque s'accéléra. Elle avait beau n'avoir rien à se reprocher, les soldats avaient la singulière faculté de lui faire perdre son sang-froid. Auprès d'eux, elle se sentait toujours sous le coup d'une culpabilité imaginaire, tout en jugeant ridicule de se laisser déstabiliser si facilement.

Un mirador surplombait l'ensemble, et Mathilde fut certaine qu'on l'épiait derrière les vitres teintées. Elle adopta l'air le plus naturel possible.

À son approche, les caméras pivotèrent, tandis que l'ondophone enchâssé dans le mur propulsait la silhouette d'un hôte d'accueil, aussi souriant que virtuel. Mathilde fut heureuse de le revoir. C'était la première fois depuis de longs mois, car au plus fort de la saison sèche et tout au long de celle des pluies, elle ne s'aventurait jamais hors des réseaux souterrains. Le personnage, en revanche, récita sa litanie sans exprimer d'émotion particulière.

– Bonjour, dit-il d'un ton monocorde. Bienvenue au Centre de génération. Veuillez procéder à votre identification.

Mathilde apposa son bracelet contre l'appareil qui analysa les données. Au bout de quelques secondes où furent également scannées sa morphologie et ses empreintes, elle fut autorisée à entrer. La grille s'ébranla. Dans un silence pesant, elle passa entre deux officiers qui s'étaient écartés. Quand ils furent dans son dos, elle fixa le bâtiment au loin. Elle allait se remettre en marche lorsque quelqu'un l'interpella :

– Halte !

L'ordre venait de la tour. Mathilde se retourna. Un militaire courrait vers elle. Carrure athlétique, teint hâlé, il avait une coupe de cheveux plus anarchique que sa fonction ne l'autorisait, et un regard candide qui détonnait avec la rigueur de son uniforme. Elle leva vers lui un visage fermé.

– Où allez-vous ? demanda le soldat.

– À votre avis ? répliqua Mathilde, avec une pointe d'ironie.

– Vous travaillez ici ?

– Je suis étudiante. Vous devriez le savoir depuis le temps.

– Je ne suis pas là tous les jours, rétorqua le militaire. Vous avez une permission de sortie ?

– Bien sûr.

Ils se jaugèrent, déterminés, l'un comme l'autre, à ne pas fléchir.

– Pourquoi venez-vous si tôt ? poursuivit le soldat. Les cours ne commencent pas avant huit heures.

Mathilde leva les yeux au ciel.

– Écoutez, je suis pressée. Vous croyez vraiment que l'ondophone m'aurait cédé le passage si je n'étais pas habilitée ?

– Aucune machine n'est infaillible. Votre comportement est suspect.

– Suspect ?

C'était la chose la plus absurde qu'elle ait jamais entendue.

– Personne ne vient à pied, renchérit le soldat en jetant un coup d'œil par-dessus son épaule. Suivez-moi.

Mathilde poussa un soupir irrité, mais obtempéra. Elle emboîta le pas à son interlocuteur qui la conduisit dans le mirador. Quand la porte fut refermée, elle le fusilla du regard.

– Ça t'amuse ?! lança-t-elle, tandis que, face à elle, Matthew retrouvait le sourire insolent qui le caractérisait habituellement.

– Beaucoup ! s'esclaffa ce dernier.

Mathilde le dévisagea. Ce genre de facétie était typique de son meilleur ami. C'était plus fort que lui. La témérité parfois gratuite dont il faisait preuve était d'ailleurs le seul défaut qu'il ne parvenait pas à faire oublier à sa hiérarchie, et, pour une fois, elle partageait cet avis. Elle n'était pas d'humeur à se laisser distraire. Pas aujourd'hui. Toute la nuit, elle avait eu hâte d'arriver au Centre. Matthew jouait les trouble-fêtes.

– C'est dangereux, ton petit jeu, fit-elle d'un air mécontent. Imagine que tes camarades s'en soient mêlés.

Matthew haussa les épaules.

– Bof, je ne risque pas grand-chose. Tout le monde sait que nous sommes amis.

Sur ce point, elle ne pouvait le contredire. Ils se connaissaient depuis toujours. Issus de la même génération, ils ne s'étaient pas quittés durant les six années de leur formation primaire. Avec Marc et Marie, qui constituaient l'autre partie du quatuor, ils avaient tout appris de concert. Des concepts les plus simples comme marcher, parler ou s'alimenter, jusqu'aux cours portant sur la sécurité, la vie pratique, la gestion des ressources énergétiques, sans oublier les entraînements quotidiens qui les avaient formés au combat. Ce n'était que depuis quatre ans, au moment d'entamer la deuxième partie de leur éducation et de faire le choix d'une spécialisation, qu'ils s'étaient un peu séparés. Mathilde avait opté pour la recherche, Marie pour la psychologie, Marc pour l'informatique, et Matthew pour l'armée. Et depuis qu'il avait embrassé sa carrière, ce dernier était affecté à la protection du Centre.

– D'où viens-tu comme ça ? reprit-il.

– J'ai passé la nuit chez Basile et Chloé.

– Ah… C'est vrai que c'est le grand jour. Qu'est-ce que vous avez fait ?

– Rien. Je suis partie avant qu'ils ne se réveillent.

Matthew lui lança un regard perplexe, faillit parler, mais choisit prudemment de se taire. Après tout, il était mal placé pour discourir des relations familiales. De son côté, personne ne l'avait contacté. Il n'en était ni déçu ni étonné. Son géniteur ne lui avait pas donné de nouvelles depuis des années, quant à sa mère, il ne l'avait jamais connue. Une étoile filante dans la galaxie des conquêtes paternelles.

– Tu es venue à pied ? demanda-t-il pour changer de sujet.

– De la gare.

Le jeune homme afficha un air effaré.

– Tu es folle, jugea-t-il. Tu ne fais pas assez de sport dans la journée, peut-être ? Tu rêves de te faire bombarder ? Et puis ta hanche… Et cette chaleur !

– À cette heure-ci, c'est encore supportable. Tu devrais essayer. Ça te ferait du bien de marcher.

Matthew parut scandalisé.

– Pour regarder le soleil se lever ? Seul, qui plus est ? Non, merci, je suis mieux ici !

– C'est vrai que monter la garde en compagnie de ces artistes est un passe-temps plus excitant…

Matthew rit.

– Allez, tu sais bien que je plaisante ! Contrairement à toi, je n'ai pas eu le choix. Sinon, tu peux me croire, je serais resté dans mon lit. Bien au frais !

Il passa un bras autour de ses épaules.

– Mais je ne t'aurais pas vue, ajouta-t-il, l'œil malicieux. J'ai donc bien fait d'accepter.

Mathilde lui rendit son sourire.

– Je savais que tu pouvais faire preuve de sensibilité…

– Bah, une fois l'an, pour le plaisir de me chamailler avec toi. Pour le reste, heureusement que j'ai choisi l'armée.

Il s'étira dans un bâillement. Mathilde le considéra d'un air moqueur.

– Toi, je parie que tu as encore fait la fête toute la nuit…

– Évidemment, répondit Matthew. Tu aurais dû venir, c'était génial ! Avec l'attaque de l'usine, tout l'état-major est en alerte. On a passé des heures à guetter. Au final, à part les mouches, on n'a rien vu voler !

– Tout s'explique… C'est pour ça que vous arrêtez n'importe qui ?

– Tu n'es pas n'importe qui, objecta Matthew. Je n'allais pas te laisser passer sans t'inviter à boire un café.

Elle secoua la tête.

– Merci, mais je ne peux pas. J'ai quelque chose d'urgent à faire ce matin.

– À cette heure ? Ça m'étonnerait… Les cours n'ont même pas encore commencé.

Comme elle ne répondait pas, il insista :

– Tu vas faire quoi ?

– Je ne peux pas te le dire.

Il rit devant son air important.

– Tu fais des secrets, maintenant ? Bon. De toute façon, je sais ce que tu as derrière la tête.

– Ah oui ?

– Oui. Je te connais par cœur. Je sais aussi que, normalement, tu n'as pas le droit d'y aller seule. Je me demande comment tu vas t'y prendre…

Mathilde rougit.

– Je comptais demander à Henri, avoua-t-elle.

Matthew acquiesça, d'un air satisfait.

– J'aurais dû m'en douter... Le pauvre vieux n'a jamais rien su te refuser.

Il poursuivit, songeur :

– Je l'aime bien ce type... J'aime discuter avec lui quand je le croise. On dirait qu'il en connait plus sur la vie que nous n'en saurons jamais.

Mathilde haussa les épaules.

– Évidemment, il est beaucoup plus âgé que nous.

– Oui, je sais. Mais je ne te parle pas de ça. On a l'impression qu'il appartient à un monde différent. Qu'il nous observe comme des souris de laboratoire qu'il verrait courir en tous sens.

Mathilde fronça les sourcils.

– Tu exagères. Nous ne sommes pas des souris.

Un imperceptible éclat de tristesse traversa l'œil du militaire.

– Je crois que si, dit-il doucement. Sauf que nous savons parfois pourquoi nous courons.

Soudain, il devint sérieux, comme cela lui ressemblait peu. Mathilde remarqua le changement d'humeur.

– Tout va bien ? s'enquit-elle.

– Oui, répondit Matthew. Je manque de sommeil, c'est tout.

Elle fit un pas vers la porte.

– Dans ce cas, je file.

Elle lui envoya un baiser qu'il saisit au vol. Juste avant qu'elle ne sorte, il l'interpella une dernière fois :

– Attends !

Elle se retourna.

– On se voit toujours tout à l'heure ?

De nouveau, cet air inquiet.

– Bien sûr, répondit-elle, troublée.

Elle lut le soulagement sur le visage de son ami, et quitta le mirador.

Henri Whiter

Ceint d'un épais rempart, le campus s'étendait sur une centaine d'hectares. Il comprenait plusieurs édifices, un quadrillage de routes, et, tout au fond, une piste de course. Le terrain, exploitable seulement deux mois par an du fait des conditions climatiques, était suppléé le reste du temps par des gymnases en sous-sol. Ceux-ci servaient aux élèves, mais aussi au personnel, qui devait s'entraîner au minimum une heure par jour. La règle s'appliquait à toute la Communauté. Seuls les vieillards ou malades incurables pouvaient en être dispensés, sur demande officielle et à leur propre péril. Que ces quelques cas décèdent de mort naturelle ou sous les coups de l'ennemi ne changeait rien à leur condition finale, du moins du point de vue de l'opinion publique, et on les laissait en paix.

Mathilde considéra les bâtiments. Tous étaient enterrés, sauf un. Abritant les parties communes, où le personnel aimait se retrouver à certaines heures de la journée, l'édifice émergeait sur deux niveaux. Il regroupait les bureaux d'accueil, des salles de réunion, et un immense réfectoire dont les baies vitrées renvoyaient un intense reflet bleuté. Derrière cette construction, une allée desservait une dizaine d'autres blocs n'excédant pas trois mètres de hauteur, mais dont les fondements plongeaient bien plus profondément sous terre. Leurs toits, tapissés de panneaux solaires, étaient percés de grandes bouches d'aération. On distinguait ainsi les bâtiments consacrés aux salles de génération et laboratoires, dans lesquels Mathilde étudiait, ceux réservés à l'enseignement et à l'hébergement des élèves, et, enfin, à l'extrême droite, à l'écart des autres unités, des casernes militaires où vivaient les hommes chargés de protéger le Centre.

Mathilde se dirigea d'un pas mal assuré vers le bâtiment des salles de génération. Elle avait l'impression d'être une criminelle en fuite. Que risquait-elle à braver le règlement ? Normalement, seuls les élèves de deuxième cycle étaient autorisés à pénétrer dans ces lieux. Dans les faits, elle appartenait à cette catégorie. Depuis quelques heures. Mais la première visite officielle n'était programmée que la semaine suivante et avant cela, elle n'avait pas le droit d'entrer. Tant pis. Elle décidait de prendre un peu d'avance. Juste le temps d'entrevoir ce que ses enseignants évoquaient depuis quatre ans à coups de conférences parfois aussi soporifiques qu'interminables. Désormais, c'était assez de la théorie. Place à la pratique !

Elle se glissa à l'intérieur de l'édifice et désactiva son ondophone. C'était la première fois qu'elle faisait cela, et, surtout, qu'elle était en mesure de le faire. Moins d'une semaine s'était écoulée depuis qu'on lui avait attaché ce nouveau modèle au poignet. La procédure ne s'appliquait qu'à de très rares personnes. Il avait en effet été démontré à la création du programme que les ondes pouvaient endommager la précieuse production du Centre, en provoquant notamment, chez les unités concernées, des lésions neurologiques. La publication du rapport avait fait scandale, au point qu'on avait envisagé d'abandonner l'appareil. Une telle révolution s'était cependant révélée impossible. L'ondophone servait à la fois de pièce d'identité, de moyen de paiement, de communication, de média… On ne pouvait s'en passer. Relié à un bracelet inamovible que l'on apposait au bras de chaque habitant, il était le lien entre tous, permettant de maintenir une certaine sûreté au sein de la Communauté.

Toutefois, comme il était impensable que l'on affecte d'une quelconque manière l'activité du Centre, les autorités avaient pris la décision de concevoir pour le personnel des salles, et celui-ci uniquement, un modèle pouvant être ponctuellement désactivé. Pour le peu d'individus qui y étaient admis, on avait renforcé le système de reconnaissance physionomique. Le procédé était plus coûteux, mais aussi plus sûr, et Mathilde était fière de ce privilège qui la distinguait désormais de ses pairs. S'assurant que son bracelet était bien éteint, elle emprunta un ascenseur qui la conduisit au trente-huitième sous-sol.

Elle déboucha dans un boyau d'acier, éclairé par une gouttière de lumière encastrée en son sommet. Aux aguets, elle perçut des bruits diffus, mais rien de précis. Le pas éloigné de personnes qui se déplaçaient, sans doute d'une salle à une autre. Elle n'avait pas choisi cet horaire au hasard. Les équipes de nuit étaient parties, et celles du jour déjà occupées à leur tâche. Si tout se déroulait comme elle le prévoyait, elle ne risquait rien.

En outre, elle avait bien répété. Son numéro était au point. Se dirigeant à l'instinct, elle se remémora les plans appris en cours. Elle dépassa plusieurs portes fermées, toutes semblables, emprunta un second corridor sur la droite, marcha encore une dizaine de minutes, et atteignit enfin son objectif.

À quelques mètres se tenait le poste de contrôle et, à l'intérieur, Henri Whiter, qui consultait plusieurs moniteurs en même temps, déplaçant des images dans l'espace, les faisant circuler autour de lui à une vitesse inouïe. Lorsqu'il se tourna pour en rattraper une qui lui échappait, il remarqua qu'on l'observait. Néanmoins, il fit mine d'ignorer sa visiteuse et continua de jouer avec les documents, tel le chef d'orchestre d'un ballet savamment chorégraphié. Au point que Mathilde se demanda s'il l'avait vue. Elle s'approcha et toqua à la paroi de verre. Henri Whiter l'apostropha :

– Tu peux faire demi-tour ! lança-t-il sans se retourner.

Elle ne répondit pas.

– Tu as entendu ce que j'ai dit ? reprit l'homme en jetant un coup d'œil par-dessus son épaule.

Mais Mathilde ne bougea pas d'un pouce. Il se passa un certain temps pendant lequel ils firent tous deux semblant que l'autre n'était pas là. Au bout d'un moment cependant, le technicien s'agaça. Il éteignit les images d'un geste de la main et, une seconde plus tard, il la dominait de sa hauteur.

Henri Whiter avait à peine quatre-vingts ans, mais son visage creusé de sillons et de lassitude en paraissait trente de plus. Il conservait une belle chevelure argentée, coiffée avec soin, un corps charpenté, pour quelqu'un de sa génération, et, surtout, un regard incroyablement expressif. D'un bleu profond, perçant sous des sourcils broussailleux, ses yeux semblaient voir au travers de toute chose. À quiconque y était confronté, ils imposaient un respect immédiat. Mathilde connaissait le technicien depuis qu'elle était née et n'avait pas dérogé à la règle la première fois qu'elle l'avait rencontré. À l'époque, l'homme était responsable de la formation primaire des élèves et, pour une raison inconnue, il avait nourri à son égard une affection particulière. Par la suite, il avait été réaffecté au service de maintenance des salles de génération, et Mathilde n'avait plus eu autant de contacts directs avec lui. Néanmoins, Henri Whiter ne cessait de l'impressionner et elle éprouvait pour lui une forte admiration, mêlée d'une certaine curiosité. Avec toujours cette sensation, lorsqu'elle était à ses côtés, de se trouver devant un sage ou un juge. Peut-être les deux.

– Bonjour, Henri, débuta-t-elle d'une petite voix.

– Bonjour, Mathilde, répondit le technicien.

– Je voulais savoir si…

– La réponse est non. Je te l'ai déjà dit. Tu perds ton temps.

À son ton, Mathilde comprit qu'elle n'obtiendrait rien en attaquant de front.

– Vous ne savez même pas ce que j'allais dire, se défendit-elle.

Il la regarda en soupirant.

– Allons, donc ! Ce n'est pas difficile. Je te connais…

– Eh bien, vous vous trompez, répliqua Mathilde d'un air innocent. Hier, en cours, je me suis aperçue que le numéro 804 de la salle 3 avait un problème. En ce moment, c'est moi qui suis chargée de suivre son développement. Je ne comprends pas ce qu'il se passe. J'ai besoin d'y aller.

– Hum… le contraire m'aurait étonné.

– Je vous assure que c'est vrai.

– Quel numéro, tu dis ?

– 804.

Henri Whiter retourna dans la tour pour vérifier.

– Le moniteur signale une anomalie, en effet, dit-il en revenant.

– Vous voyez ? S'il vous plaît, Henri… Si le 804 a un problème, on me reprochera de ne pas l'avoir réglé. Vous savez très bien qu'en ce moment, on est évalué. Si je rate mes examens…

Elle faisait une moue inspirée des plus grands mélodrames. Henri Whiter n'ignorait pas que les études représentaient énormément pour sa jeune protégée, a fortiori au moment où elle s'apprêtait à intégrer le dernier cycle, dont elle sortirait diplômée après deux années d'essai. Mathilde était animée d'une impétuosité peu commune. Dès lors qu'il s'agissait de son avenir, de sa volonté de faire carrière au Centre, elle était tout feu tout flamme. Parmi les élèves dont il avait suivi l'évolution, elle était de loin la plus prometteuse. Même s'il se gardait bien de le lui dire. Sans être dupe de sa piteuse manœuvre, le cœur qu'elle y mettait n'était pas pour lui déplaire.

– Que veux-tu que je te dise ? reprit-il au terme de longues secondes. Tu ne me laisses pas le choix. Si c'est pour le bon développement du numéro 804…

Il avait cet air indulgent qui la rassura.

– Oh, merci Henri ! Ça ne prendra que quelques minutes, vous verrez.

– Il y a intérêt. Si tes professeurs apprennent que tu es allée dans une salle sans eux… Dépêchons-nous tant que le sommeil artificiel est activé. Les équipes techniques sont à l'œuvre, mais elles auront bientôt terminé.

Mathilde lui renvoya un regard sûr pour montrer qu'elle comprenait, ce qui n'était qu'à moitié vrai. Ce n'était pas le moment d'afficher la moindre hésitation.

Henri la guida jusqu'à l'entrée des vestiaires féminins en indiquant qu'il la retrouverait après. Mathilde pénétra dans une salle immaculée qui abritait une série de grandes cabines aux parois de verre poli. Elle retira ses habits, les rangea dans l'un des casiers prévus à cet effet, et entra nue dans un compartiment. Ce dernier ressemblait en tous points à une douche classique, au détail près qu'il diffusait une solution aseptique. Quand la porte se fut refermée et qu'elle eut protégé ses yeux d'un masque, la machine se mit en marche. Une vapeur compacte envahit la cabine. Les bras en croix, Mathilde poussa un petit cri. Les émanations provoquaient sur la peau des picotements très désagréables. Sa gorge, ses voies respiratoires étaient également touchées. Elle commença à éternuer de manière compulsive. Quand elle fut débarrassée des germes qu'elle transportait, l'appareil s'éteignit, et une plateforme descendit du plafond avec, dessus, l'uniforme stérile à endosser. Elle s'exécuta. Son corps, à cause de cette combinaison blanche qui le moulait, parut paradoxalement plus dévêtu qu'il l'avait été une seconde plus tôt. Rien ne dépassait. Les mains étaient gantées, les pieds chaussés de semelles de crêpe, le reste du squelette disparaissant sous une seconde peau qui recouvrait jusqu'à la racine de ses cheveux. Tirant sur l'élastique, elle sortit à la hâte.

– Tout s'est bien passé ? demanda Henri quand il la vit arriver.

– Aaaaa… Atchoum !

– J'en conclus que oui, fit le vieil homme, amusé.

– Ce n'est pas drôle.

– Ne t'inquiète pas, c'est passager.

Il l'entraîna dans le labyrinthe d'acier. Il marchait trop vite pour qu'elle puisse se repérer, mais cela ne l'empêchait pas de se tordre le cou chaque fois qu'ils dépassaient une porte pour essayer de voir ce qu'elle dissimulait. Ils s'arrêtèrent finalement devant un sas de sécurité.

– Nous y sommes, déclara Henri. Tu es prête ?

Son regard était redevenu sérieux, comme s'il cherchait à la sonder. Mathilde se sentit vaciller. Elle n'avait plus aucune certitude sinon celle que s'ils restaient ici sans bouger, elle finirait par étouffer dans sa combinaison trop serrée. Plus que tout, elle n'en revenait pas d'être là, après tant d'années d'attente. Il lui semblait que le sas s'ouvrirait sur son avenir. Que la vraie vie allait commencer. Elle en éprouvait une grande excitation mêlée d'une certaine peur. De la même façon que si elle se fut trouvée au bord d'un précipice, sur le point de sauter. Tremblante, elle hocha la tête. Prête ou non, elle agissait.

Henri pénétra dans le sas, où son identité fut validée. Mathilde avança à son tour. Le stress contractait ses muscles. Cependant, contrairement à ce qu'elle redoutait, ses empreintes furent acceptées. Elle eut à peine le temps de comprendre ce qu'il se passait, que la cloison dans son dos se referma, tandis que glissait celle de devant. Elle rejoignit Henri avec une impression de flottement. À quelques heures près… Elle ne réalisait toujours pas.

Pourtant, son rêve était là.

Première fois

Mathilde et Henri Whiter, sur une estrade, surplombaient une pièce gigantesque. Les murs, lisses et cirés, créaient une impression de propreté froide légèrement effrayante. L'atmosphère était très sombre, d'une couleur oscillant entre le glauque et le noir. Mathilde mit un certain temps à s'y accoutumer. Des sources de lumière s'échappant du plafond par d'étroites fentes l'y aidèrent. Elles descendaient en rayons jusqu'à de grands quadrilatères posés au sol, disposés le long d'allées parallèles. De taille égale, identiques en apparence, on appelait ces objets des stèles. C'était la première fois que Mathilde les voyait « en vrai ». Ainsi mises en situation, ces dernières lui rappelaient les champs de sépultures militaires qui bordaient la frontière, et qu'elle apercevait de temps en temps aux informations. Analogie curieuse quand on savait ce que renfermaient les stèles. L'ensemble pouvait bien rassembler cinq cents à un millier d'unités, on ne pouvait s'en rendre compte tant l'éclairage était réduit et noyait le fond de la salle dans les ténèbres. Le calme était maître des lieux.

Henri et Mathilde empruntèrent une allée dans laquelle des agents travaillaient et s'arrêtèrent devant le numéro 804. Mathilde sentait son sang battre contre ses tempes. Elle hésitait. Henri posa la main sur le scanner incrusté dans la paroi et la grande porte noire coulissa en silence. Il poussa Mathilde à l'intérieur.

Celle-ci fut aussitôt saisie par le contraste qui régnait dans l'étui. C'était la pleine obscurité, à l'exception d'un éclat blanc-orangé qui irradiait du centre de la stèle, créant une sorte de halo irréel. Une fois que ses yeux se furent accoutumés à la pénombre, Mathilde s'y dirigea sur la pointe des pieds. Elle marcha droit devant elle, comme hypnotisée. Enfin, elle atteignait l'aboutissement du programme. Le cœur du mystère… Un quadrilatère plus réduit que la stèle elle-même, dans lequel se produisait un véritable prodige. Un miracle. Derrière les parois de verre, baignant dans un liquide transparent, inconscient qu'on l'épiait, un petit être dormait. Son front était incliné vers le bas, les paupières closes ; il était tranquille. De fines boucles caressaient l'arrondi du visage. On aurait dit une œuvre d'art. Mathilde était subjuguée. Combien de personnes pouvaient se vanter de connaître le spectacle qui se jouait sous ses yeux ? Henri Whiter la rejoignit.

– Tu peux toucher, si tu veux, dit-il doucement.

Elle n'osait pas. Il l'encouragea.

– Vas-y, n'aie pas peur. Il ne se rendra compte de rien.

Elle leva une main tremblante, qu'elle posa sur la paroi de l'utérus. Celle-ci était tiède, tapissée en son intérieur de plusieurs couches d'une matière spongieuse et translucide. Les membres soutenus par des sangles en silicone, le spécimen flottait dans le liquide amniotique, isolé de la dureté du verre.

Mathilde était bouleversée. Après quatre années d'études où on l'avait abreuvée d'images et de récits rapportés, elle ressentait le goût grisant de la première fois. Plus que jamais, elle éprouvait une admiration sans bornes pour cette étrangeté de la nature que le programme avait su reproduire en ses murs. Le corps qu'elle contemplait achevait sa cinquième année de gestation. Et à le détailler ainsi, elle le trouvait parfait. Superbe, pétri d'une esthétique rare. Particulièrement ce spécimen, dont la peau encore fine laissait entrevoir une partie de la complexe mécanique. Sous l'épiderme se construisait un formidable réseau. On pouvait presque suivre le tracé des veines et des artères. Résolument, l'humain était une extraordinaire machine.

– C'est incroyable, murmura-t-elle. J'ai beau en avoir vu des milliers en photos… ça ne fait pas le même effet. C'est comme si, d'un seul coup, ils devenaient réels.

Henri acquiesça. Bien que pour lui le phénomène n'ait plus rien d'inédit, il était ému de la voir si éblouie.

– Finalement, ce problème tombait bien, dit-il avec un sourire entendu.

Mathilde se ressaisit.

– Oui, en quelque sorte, répondit-elle en faisant mine de se concentrer.

Elle dévisagea de nouveau le petit être.

– La zone motrice du cerveau présente une déficience sur l'un des membres inférieurs, indiqua-t-elle. A-t-il bien effectué sa dernière séance d'exercice ?

Henri Whiter considéra le moniteur fixé au toit de l'utérus dont le rôle consistait à réguler les fonctions vitales du spécimen. L'appareil en mesurait le rythme cardiaque, la température corporelle, la tension, l'activité cérébrale, mais aussi le niveau des globules blancs, rouges, et approvisionnait le sujet en nourriture. Il ne transmettait les informations au poste de contrôle de sorte que si l'unité se comportait anormalement, si elle présentait une carence, ou si l'utérus lui-même était endommagé ; les équipes étaient alertées. Il interrogea le relevé de données.

– Oui, assura-t-il. En même temps que les autres.

Il scruta à son tour l'utérus.

– Attends un peu…

Il désigna l'une des sangles retenant la jambe droite du spécimen.

– Regarde… Le dispositif est sur le point de céder, là, derrière la cheville. Tu le vois ?

Mathilde colla son nez à la vitre. En effet, le lien de silicone ne tenait plus qu'à un fil. Le spécimen ne pouvait répondre correctement aux stimuli.

Bien que cette histoire d'anomalie fût un prétexte pour découvrir une salle de génération avant l'heure, elle ressentit un vrai soulagement. La veille, à l'étude, elle avait imaginé un dérèglement neurologique, ce qui aurait été autrement préoccupant. Malgré la technologie de pointe, il arrivait encore que des spécimens s'échouent et, autant que possible, elle préférait éviter que ce pourcentage lui revienne.

– J'ai bien fait de venir, dit-elle, satisfaite que son intervention ait eu une utilité. Vous pensez que l'on peut remplacer cela rapidement ?

– Dès la nuit prochaine. Aujourd'hui, il sera au repos.

– Ça ne devrait pas affecter son développement, estima la jeune élève d'un air docte. Il suffira de faire une séance de plus demain.

– Très bien.

Mathilde fit le tour de l'utérus en suivant des yeux le cordon ombilical qui reliait le spécimen à la muqueuse artificielle. Par cette voie, le corps recevait les nutriments nécessaires à sa croissance.

– Je dois vous avouer quelque chose, souffla-t-elle à l'attention du technicien. J'ai toujours trouvé ce tuyau très bizarre. Surtout son emplacement. Directement dans le ventre…

Elle grimaçait, ce qui fit rire Henri.

– Pourtant, tu en portes toi-même la cicatrice ! rétorqua-t-il. Mais ne t'inquiète pas. Sa disparition viendra avec l'évolution de l'espèce. Tu as vu cela en cours de civilisation.

Mathilde hocha la tête d'un air pensif.

– Oui, bien sûr. Je me demande simplement si, pour les prochaines générations, on ne pourrait pas le remplacer par des implants…

– Tu veux dire, comme nous pour les médicaments ? Pourquoi pas… Ce serait une solution à étudier.

Mathilde eut un sourire discret.

– C'est dans mes projets.

Henri lui renvoya un regard où perçait de la fierté et indiqua qu'il était temps de partir. Mathilde obéit à regret.

En quittant la salle, ils croisèrent un groupe d'individus qui franchissait le sas en sens inverse. Mathilde les dévisagea. Ces gens n'avaient pas l'air de techniciens, ni de chercheurs, et étaient bien trop âgés pour être des élèves. Par ailleurs, même si le Centre employait un personnel nombreux, elle connaissait vaguement la physionomie de chacun. De mémoire, ces visages ne lui disaient rien. Une fois dans le couloir, elle interrogea Henri Whiter sur leur identité. Celui-ci parut soudainement mécontent.

– Ce sont les parents des spécimens, maugréa-t-il. Je sais bien que la majorité ne s'est jamais déplacée, mais quelques-uns viennent encore visiter leur enfant.

Mathilde partit spontanément d'un grand éclat de rire.

– Leur enfant ?! Voyons, Henri, les enfants n'existent plus depuis longtemps !

L'air réprobateur du technicien l'arrêta. Elle se reprit :

– Je veux dire que, lorsqu'ils naîtront, ces spécimens seront des adultes.

Henri Whiter poussa un soupir désabusé. N'ignorant rien des différences qui l'opposaient aux jeunes générations, il ne pouvait s'empêcher d'en être souvent bouleversé.

– Leur corps sera peut-être terminé, répliqua-t-il, mais leur esprit demeurera aussi inexpérimenté que celui d'un nouveau-né. Il ne suffit pas d'avoir un cerveau pour savoir s'en servir. Et nous n'avons pas d'autre âge que celui de notre expérience. Crois-moi, la physique n'est pour rien là-dedans.

Le ton employé réduisit la jeune fille au silence. D'ailleurs, elle n'aurait pas voulu opposer de résistance. Elle ne comprenait pas le technicien et c'était, il fallait l'avouer, l'une des failles de la Communauté. La population regroupait deux types de personnes. Celles issues des anciennes générations, de conception dite « originelle », dont Henri faisait partie, et celles créées par le programme, comme elle. Et il n'était pas rare que les deux peinent à dialoguer. De son côté, elle avait beau avoir appris ce qu'était par exemple un enfant, le concept lui échappait totalement, jusqu'au mot, qui restait étranger à son vocabulaire. Sur ce point, elle était forcée de rejoindre son interlocuteur. Elle manquait cruellement d'expérience, et comme cette dernière n'existait plus, il y avait peu de chances que tous deux s'entendent un jour là-dessus. En revanche, ce qu'on lui avait appris, et qu'elle détenait pour la seule vérité, était qu'elle œuvrait chaque jour au développement de milliers de spécimens afin que ceux-ci deviennent des individus matures, épargnés par grand nombre de dangers et de maladies, prêts à intégrer la Communauté pour la faire prospérer. C'était le savoir qu'elle détenait, une réalité durement acquise et qu'elle avait toujours comprise. Dès son plus jeune âge. Elle s'apprêtait à répliquer lorsque, brusquement, elle fut interrompue par des cris.

Une mission

– Mademoiselle Simon ! Mademoiselle Simon !

Mathilde reconnut avec effroi celle qui l'interpellait. La soixantaine finissante, le teint couperosé, le torse engoncé dans un tailleur étriqué, Irène Davies trottait plus qu'elle ne marchait, et ses éclats de voix s'apparentaient aux jappements d'un roquet. Tout le monde connaissait cette féroce partisane du Doyen, qu'elle assistait en toute tâche. Mathilde sentit son cœur bondir dans sa poitrine.

– Mademoiselle Simon ! Votre ondophone ! glapit la femme-chien en pointant du doigt le poignet de la jeune fille. Vous ne voyez donc pas que l'on vous attend ? Le Doyen vous réclame depuis un quart d'heure ! C'est très urgent ! Il se passe des choses graves !

Elle se tourna ensuite vers le technicien, le regard plein de condescendance.

– Vous aussi, Whiter.

Mathilde réactiva son ondophone. Aussitôt, le visage du professeur Blake surgit au-dessus de son avant-bras. Il avait l'air calme mais Mathilde ne s'y trompait pas. Il fulminait. Elle regretta instantanément son incartade, et s'échappa dans le couloir sans plus prêter attention aux avertissements qui sifflaient encore de la bouche affolée d'Irène Davies.

À peine eut-elle pénétré dans la salle de réunion que le professeur Blake lui barra le passage, masquant de son imposante stature le reste de l'assemblée. Son regard noir, rendu gris et légèrement opaque par un début de cataracte, donnait toujours l'impression qu'il observait ses interlocuteurs par en dessous. Sa calvitie accentuait par ailleurs la ligne de ses sourcils, qu'il gardait constamment froncés. La bouche pincée sur un menton glabre et volontaire renforçait cette apparence sévère. Mathilde se figea.

L'homme qui se dressait devant elle comptait parmi les fondateurs du programme. Figure légendaire du Centre, il avait une vingtaine d'années lorsque le complexe avait été construit et que les recherches en développement humain avaient débuté. Par la suite, il s'était tant investi dans le projet, avait tant travaillé à son succès, qu'il avait rapidement été considéré comme l'un des plus brillants chercheurs de son époque. À la suite du décès de son mentor, trente ans auparavant, il avait accédé à la plus haute fonction de l'administration et, depuis, dirigeait d'une main de maître toutes les unités du programme. Christopher Blake, qui jouissait du titre honorifique de Doyen, était la tête pensante du Centre et passait son temps à superviser, coordonner et orienter le travail des autres. Par sa seule volonté, il pouvait mener chacun à la prospérité ou à la déchéance. L'étendue de son pouvoir inspirait un profond respect, mais aussi une certaine crainte, et Mathilde ne dérogeait pas à la règle. Elle leva vers lui des yeux paniqués.

– Vous êtes en retard, lâcha le professeur d'un ton austère. Cela fait bientôt vingt minutes que je m'époumone…

– Je…

Elle voulut s'expliquer mais il la devança :

– Votre petite visite impromptue vous aura ralentie.

Mathilde afficha une mine ahurie avant de baisser la tête.

– Je regrette que l'on ne m'ait pas informé de cette initiative, poursuivit le Doyen, glacial. Vous savez comme je suis attaché au respect du protocole. Il faut croire que je ne le répéterai jamais assez…

Prise sur le fait, Mathilde se jugea plus durement que n'importe quel tribunal ne l'aurait fait. Comment avait-elle pu imaginer, ne serait-ce qu'une seconde, que son incursion passerait inaperçue aux yeux du Doyen ? D'une manière ou d'une autre, il l'avait vue. Pourtant, elle aurait juré s'être montrée prudente. Peut-être était-ce son incident lors de son arrivée au Centre qui l'avait trahie. Elle songea à Matthew qui l'avait retardée et surtout fait remarquer. À cet instant, elle le détesta. Les autres militaires auraient signalé sa présence trop matinale, et, de là, les caméras n'auraient pas eu de mal à la suivre jusqu'à son entrée dans les salles de génération. C'était possible. Probable, même. Quelle idiote ! Elle qui n'avait plus eu à déplorer de différends avec la direction depuis sa préadolescence. Depuis quatre ans, elle étudiait d'arrache-pied en espérant voir ses efforts récompensés. C'était le seul rêve qu'elle nourrissait. Ses enseignants saluaient son endurance et son professionnalisme précoces. On la considérait comme l'un des grands espoirs du programme. Le Doyen en personne lui avait fait miroiter un brillant avenir à ses côtés. Entraver cette destinée d'une quelconque manière revenait donc à la condamner, du moins le concevait-elle ainsi. Elle bafouilla des excuses inaudibles :

– Je... pardon... J'ai relevé une erreur hier sur un spécimen avant de partir, alors je...

Le Doyen ne répondit pas. Son silence agissait comme le pire des châtiments. Il laissa passer des secondes interminables puis, considérant qu'il avait suffisamment réprimandé son élève, il changea d'attitude. Le timbre de sa voix se fit moins dur.

– Allons, dit-il en posant une main rude sur l'épaule de Mathilde, n'ayez pas peur. En tant que responsable, je me dois de vous rappeler à l'ordre lorsque vous commettez une erreur. Cela ne m'étonne guère de la part de Whiter, le pauvre n'a jamais rien compris au fonctionnement du Centre. Mais vous...

Disant cela, il jeta un regard méprisant au technicien qui, essoufflé, pénétrait à son tour dans la pièce. Le Doyen se décala à peine pour le laisser passer.

– Enfin, n'en parlons plus. Je ne cherche qu'à vous aider, vous le savez bien.

Le ton était de nouveau paternaliste, ce qui rassura Mathilde. Elle s'écarta et alla s'asseoir avec la plus grande discrétion.

Elle remarqua qu'une trentaine d'autres élèves étaient présents, dont elle savait qu'ils figuraient parmi les meilleurs éléments. Elle se demanda ce qu'ils faisaient là. Le Doyen avait en horreur tout changement de programme inopportun. Il fallait que l'objet de la réunion soit primordial pour qu'ils les dispensent d'aller en classe. Le reste de l'assemblée comptait une vingtaine de personnes. Les services représentés étaient ceux de la recherche, de la maintenance technique, et du suivi médical. Ce dernier changeait de représentant en fonction du cycle de croissance traversé pas les spécimens. Depuis le début du programme, le Centre lançait une génération tous les cinq ans. Quatre étaient donc en cours, chacune présentant un âge différent.

Linda, par exemple, qui s'occupait des spécimens durant leur première année, était le genre de personne qui étonnait profondément Mathilde. C'était une grande femme maigre, aux cheveux décolorés coupés court sur le crâne, et dont les mains, quand elle ne les gardait pas serrées contre sa poitrine, ne cessaient de trembler. À vrai dire, tout comme ses mains, Linda était constamment sur le qui-vive, donnant l'impression de n'avoir pas dormi depuis des décennies. Dans la même logique, elle parlait très vite et passait le plus clair de son temps à se ronger les ongles.

Pour le reste des équipes, il y avait Aicha, une superbe quinquagénaire à la chevelure brune et au sourire charmeur, chargée des spécimens de leur quatre à cinq ans, puis Nathaniel, un ami d'Henri Whiter, qui s'occupait des unités âgées de neuf à dix ans. Enfin, Robert, un homme à la stature impressionnante, bâti comme un roc, au parler franc et brutal, souvent grossier, responsable des spécimens âgés de quatorze à quinze ans. Les prochains à naître. Ces quatre personnages s'asseyaient toujours côte à côte. Pour l'heure, leurs visages étaient graves, surtout celui de Linda, dont elle essayait à grand-peine d'éliminer les tics nerveux, lesquels resurgissaient malgré tout aux commissures des lèvres et des paupières. Mathilde était occupée à guetter ces derniers lorsque le professeur Blake s'avança au milieu d'eux.

– Bonjour à tous, dit-il d'une voix solennelle, comme s'il s'apprêtait à annoncer une nouvelle attaque ennemie. Chacun de vous, je l'imagine très bien, se demande pourquoi je vous ai convoqués de manière extraordinaire. Il est vrai que ce n'est guère protocolaire. Je ne l'aurais fait si la raison n'était pas d'une extrême importance.

Il toussa un peu avant de reprendre :

– Il y a deux jours, un incident a eu lieu dans une salle de génération. La douze, pour être exact, qui abrite des spécimens de deuxième génération. En fin de journée, les équipes techniques se sont aperçues qu'elle avait subi une panne d'alimentation électrique. Nous avons déjà eu des précédents, le système n'est pas infaillible, mais cette fois-ci, l'avarie s'est propagée jusqu'aux circuits secondaire et tertiaire, privant les utérus d'énergie pendant trois heures.

Des exclamations indignées se firent entendre et Mathilde fut choquée de voir certains regards s'appesantir sur les épaules d'Henri.

– Sait-on ce qui l'a provoquée ? demanda la responsable d'un laboratoire.

– Non, malheureusement. Nous étudions le problème afin qu'il ne se répète pas, mais, pour l'instant, ce sont surtout les conséquences que nous avons à gérer. Cinquante unités touchées. Cinquante spécimens, vous entendez ? Qui présentent des anomalies jamais constatées auparavant. Robert, si vous voulez bien nous résumer le phénomène…

Robert fit face à l'assistance. Son regard était dur, sa voix le fut tout autant.

– Il est déjà arrivé que certains utérus soient privés d'énergie, dit-il. Généralement, nous observions une baisse de température, quelques carences passagères, mais rien de plus. Les spécimens sont robustes à cet âge, ils supportent bien les rares problèmes que nous rencontrons. Mais là, c'est différent ! Depuis l'incident, ils présentent des signes de nervosité. Du moins, c'est ainsi que nous les interprétons car nous n'avons jamais été confrontés à une telle situation.

– De nervosité ? reprit la laborantine. Qu'entendez-vous par là ?

– Eh bien, outre une tension importante, ce que nous constatons chez des unités prédisposées, les spécimens sont très agités. Le numéro 32 a même brisé les bras mécaniques de son utérus. Sans parler du sommeil artificiel… Dix y résistent !

Un murmure parcourut l'assistance.

– Vous avez consulté leur terrain génétique ? demanda un autre chercheur.

– Naturellement. C'est la première chose que nous avons faite.

– Et ?

– Et rien, professeur. Pas un de ces spécimens ne déclare de sensibilité particulière. Avant la panne, ils étaient parfaitement normaux. De toute façon, un terrain favorable n'a jamais eu de tels effets. Je rappelle qu'ils résistent au sommeil…

– Comment les traitez-vous ? reprit le chercheur d'un ton affecté.

Robert ricana.

– « Vous » ? Je crains qu'à présent il ne faille dire « nous », et travailler ensemble. Pour l'instant, nous agissons sur le cerveau. Nous inhibons la zone de stress. Mais ce n'est pas une solution à long terme.

La production doit naître dans deux mois. Et en parfait état !

– Asseyez-vous, Robert. Nous avons compris.

Robert regagna sa place en maugréant. Christopher Blake reprit la parole :

– Pour ma part, je vous rappellerai ceci : nous avons travaillé de nombreuses années pour que cette deuxième génération connaisse un taux d'échec quasiment nul. La Communauté est déjà fragile. Elle ne peut se permettre de perdre ces unités. Suis-je clair ?

Les têtes s'inclinèrent. Tous comprenaient l'enjeu et craignaient pour leur poste. Mathilde devinait leurs pensées car elle les partageait.

– Il est absolument hors de question, poursuivit le Doyen, que la technologie échoue là où la race humaine s'adapte de mieux en mieux. Nous allons rétablir ces spécimens !

Il se dirigea vers l'ondophone de la pièce et demanda à ce que s'affiche le plan de travail qu'il avait préparé. Aussitôt, un organigramme en trois dimensions se déploya dans l'espace.

– Voici comment j'entends procéder : les équipes techniques vont s'attacher à découvrir la cause de l'incident. Les laboratoires sont réquisitionnés jusqu'à nouvel ordre pour réviser l'historique de chaque spécimen et trouver le remède adéquat. Peut-être sommes-nous passés à côté de quelque chose. Enfin, je crée un groupe de travail dédié, composé uniquement des meilleurs élèves en génétique.

Ces derniers échangèrent des regards surpris.

– Il est temps de vous responsabiliser, justifia le Doyen en visant Mathilde. Vous voulez devenir chercheurs ?

C'est le moment de le démontrer ! Par ailleurs, vous êtes la preuve vivante de notre succès. Le premier test réussi. Même si vous n'aviez que dix ans au moment de votre naissance, vous avez vécu cette expérience. Il n'y a pas si longtemps, vous étiez dans ces utérus. Votre point de vue sera sans doute différent du nôtre et, je l'espère, pertinent. Je vous invite à travailler sans relâche. Le premier qui trouvera une solution se verra offrir un poste dans une unité de recherche.

Mathilde sentit son ventre se contracter. L'assurance d'exercer au Centre. Le rêve ultime. Elle s'y voyait déjà.

Le Doyen conclut :

– Nous devons réussir. C'est notre priorité absolue pour les jours à venir. Mettez tout le reste de côté, et déléguez !

Ils acquiescèrent avec une vigueur nerveuse. En quelques minutes, l'atmosphère était devenue suffocante. Personne ne voulait décevoir la direction, encore moins renoncer à ses ambitions. Seul Henri Whiter semblait échapper au stress ambiant. Mathilde savait que, contrairement à ses collaborateurs, il avait été confronté à de nombreux défis au cours de sa carrière et enrôlé dans l'alliance supposée en triompher. Si bien que des succès, il en avait connu, et des échecs aussi, surtout au début. Et de fait, année après année, problème après problème, il avait constaté qu'il respirait encore. Il lui en avait parlé un jour. Certes, il ne comptait pas parmi les figures les plus respectées du Centre, il n'appartenait pas aux cadors, mais enfin… De plus, il connaissait le Doyen. L'âge et la peur de mourir progressant, ce dernier faisait de l'objectif du zéro échec sa priorité, et Henri devinait qu'il désirait, avant de trépasser, voir l'œuvre de sa vie aboutir. Pour cette raison, l'homme redevenait à ses yeux plus humain, et, dans le même temps, moins intimidant. Mathilde était en train de se remémorer ses propos lorsqu'elle croisa le regard du technicien. À son grand étonnement, celui-ci lui adressa un signe de tête, l'invitant à le retrouver au-dehors.

Quand la séance fut terminée, ils s'écartèrent du brouhaha.

– Peux-tu venir me voir ce soir ? murmura Henri Whiter, en prenant garde que personne ne passe à côté d'eux. Il faut que je te dise quelque chose.

Mathilde fut prise de court.

– Cette nuit ?

– Oui. C'est à propos des spécimens.

Il jeta un regard inquiet à Robert et Linda qui arrivaient dans leur direction. Il reprit plus bas :

– Je n'ai pas tout dit au comité. Mais puisque tu vas travailler sur le cas… Peut-être que, toi, tu comprendras.

Mathilde lui opposa une moue franchement contrariée.

– Je préférerais savoir maintenant.

– Je ne peux pas, répondit Henri d'un ton ferme.

Mathilde sentit le malaise s'emparer d'elle. Henri éveillait une curiosité qu'il lui serait très difficile d'ignorer jusqu'au soir. D'autant que le technicien, peu coutumier du fait, paraissait perturbé. Elle résolut de ne pas le laisser s'échapper mais il la précéda en pensée et, avant qu'elle n'ait le temps de réagir, il interpella le professeur Blake qui quittait le bâtiment. Quelques instants plus tard, il s'éloignait à ses côtés et elle n'eut d'autre choix que de le regarder partir, impuissante.

Le centre de vie

Vers dix-neuf heures, Mathilde quitta le Centre pour se rendre en ville. La journée avait été d'une telle intensité, la mission qui lui incombait était si cruciale, qu'elle avait presque oublié ce que la date avait de particulier. Elle y songea dans le train et, de nouveau, comme au matin, le vertige la prit.

Considéré comme une cité au cœur de la cité elle-même, le centre de vie était un formidable complexe commercial dans lequel on trouvait absolument tout et tout le monde. Desservie par un vaste réseau souterrain, tant ferroviaire que routier, se distribuant sur trois étages, dont le dernier aérien, la fourmilière était bâtie à flanc de montagne et dominait la ville. Mathilde arriva par le niveau le plus enterré, qui était aussi le plus animé : celui de l'Information générale.

Il s'agissait de l'institution la plus ancienne jamais créée par la Communauté. Elle avait vu le jour suite au Grand Exil, plus de quatre-vingts ans auparavant, lorsque les migrants avaient posé leurs vies et bagages sur le territoire. Initialement conçue comme un moyen de communication ultra rapide pour prévenir les civils à l'approche d'attaques ennemies, l'Information générale était devenue au fil du temps un média pluridisciplinaire et omniprésent. Son administration se situait dans le centre, mais des annexes étaient implantées aux quatre coins de la région, partout où le public se trouvait. Mathilde parvint dans le hall. L'espace, très haut de plafond, était divisé en trois unités, dont les pôles *Réclamations* et *Témoignages*. Ce dernier pôle permettait aux gens de venir faire une déposition, laquelle était ensuite jugée digne, ou pas, d'être diffusée. Seuls étaient retransmis les messages fondés et susceptibles d'aider la Communauté. On retenait ainsi les renseignements pouvant servir l'armée (comme la description d'un criminel, ou le témoignage de personnes sinistrées), et dont Basile et Chloé prétendaient qu'ils appuyaient une politique sécuritaire abusive. Pourtant, le règlement n'avait que peu d'effet sur la population, qui continuait de se rendre en masse dans ces cellules, chacun courant après son heure de gloire. Dans le même ordre d'idée, juste à côté, se tenait le département des *Réclamations*. On y venait s'exprimer sur ce qui contrariait dans les actions du gouvernement ou de n'importe quelle instance dirigeante. À l'origine, les protestations étaient directement envoyées par ondophone, mais le réseau avait très vite été saturé de toute sorte de contestations, dont certaines ne valaient même pas la peine d'être consultées tant elles concernaient des querelles de voisinage. Aussi fallait-il désormais se déplacer et s'entretenir avec un employé des services, avant de voir sa déclaration enregistrée.

Mathilde était en train de se demander si elle aurait besoin un jour de pénétrer dans un endroit pareil, lorsqu'elle fut tirée de ses rêveries par des cris s'échappant du troisième pôle. Une idée germa dans son esprit.

La dernière cellule débordait de vie. Consacrée au divertissement, inondée de lumière, elle comportait plusieurs salles semblables à des bulles de verre, dans lesquelles les visiteurs allaient et venaient, boissons et friandises en main, à la recherche d'une programmation susceptible de les intéresser. Le pôle devait son succès au fait d'être le seul endroit où la population pouvait partager des loisirs en sécurité. Peu de temps avant la naissance de Mathilde, le territoire avait connu une recrudescence d'attaques qui avaient banni toute réunion dépassant la centaine d'individus. Le sport, la musique et le cinéma figuraient parmi les disciplines les plus touchées. Jusqu'à ce que l'Information générale ait l'idée de diffuser dans ses locaux des événements préenregistrés en l'absence du public. L'engouement avait été immédiat et au mécontentement des supporters et des groupies les plus fervents, avait succédé la joie d'assister au concert de sa vedette préférée sans se mettre en danger, avec de surcroît, trois dimensions obligent, l'option de pouvoir la frôler.

Mathilde consulta la programmation à venir et ne fut pas longue à arrêter son choix. Elle commanda quatre billets pour les *Victorious heads.* Un groupe de rock créé par cinq garçons de sa promotion, dont la notoriété dépassait désormais leur génération. Souvent, elle avait croisé les musiciens dans les dortoirs sans oser les aborder. Depuis leur succès fulgurant, ces derniers restaient à l'écart des autres élèves et passaient leur temps à répéter. Seul Matthew fréquentait un peu le chanteur, avec qui il partageait des classes d'entraînement. Elle haussa les épaules. Peu importait, finalement, de les connaître ou non. L'essentiel était de les écouter et elle se félicita de son achat. Enfin, elle avait trouvé une idée. Problème réglé. C'était parfait.

Soulagée, elle se dirigea vers la dizaine de tapis roulants conduisant à l'étage supérieur. Il s'y agglutinait une foule compacte qui explosa bientôt en une multitude de particules électrisées. Elle était parvenue à l'étage de « l'Être », dévolu à la mode et au paraître. Se heurtant aux passants, Mathilde remonta le courant.

Plus encore qu'à l'étage du dessous, il régnait ici une incroyable effervescence. Les boutiques s'égrenaient le long d'une allée qui paraissait sans fin. Instituts de beauté, centres de bronzage, de chirurgie esthétique, salons de coiffure et magasins de prêt-à-porter rivalisaient d'ingéniosité pour attirer le badaud. Certaines, par exemple, faisaient s'installer le client dans un confortable fauteuil, offraient une collation, pendant qu'une hôtesse virtuelle venait exposer les produits de la maison. D'autres encore n'hésitaient pas à faire défiler dans leur vitrine des mannequins numériques au physique parfait, aux poses scandaleusement lascives. Apercevant un promeneur sur le point de succomber aux charmes d'une splendide jeune femme, Mathilde sourit jusqu'à ce que, peu après, elle se trouve elle-même hypnotisée par la devanture d'un marchand de chaussures. Derrière le verre, un mannequin aux yeux de braise l'invitait à le rejoindre. Gênée, elle fixa le sol en rougissant. Elle possédait déjà plus de chaussures que nécessaire et, à bien y réfléchir, la manière dont elle achetait habituellement ses affaires s'avérait moins dangereuse pour son compte bancaire. Il lui suffisait de les commander avec son ondophone et, une fois son choix arrêté, le Centre réceptionnait la livraison dans l'heure. Se détournant, elle accéléra le pas et fendit la foule sans plus prêter attention aux multiples artifices qui, chaque fois qu'elle dépassait une boutique, tentaient de l'attirer à l'intérieur.

À cette heure, la verrière du dernier étage baignait dans une atmosphère sereine. Surtout pour qui venait des niveaux inférieurs. L'immense dôme laissait filtrer les derniers rayons du soleil, éclairant d'une teinte orangée un espace meublé de fauteuils arrondis où se reposaient des visiteurs alanguis. Certains portaient à la ceinture une poche alimentaire dont ils aspiraient le contenu en continu par une paille, sans prêter attention aux saveurs de synthèse dont ils se nourrissaient. Mathilde soupira d'aise en imaginant le dîner qu'on lui servirait bientôt. Disposés en arc de cercle autour de l'aire de détente, plusieurs restaurants lui faisaient face, dont celui où elle avait rendez-vous. Plus cher que les autres, il fallait que l'occasion soit unique pour qu'elle s'apprête à y laisser toutes ses économies.

Outre son décor épuré, son parquet en imitation bois et son subtil parfum ambiant citronné, Biothic était réputé pour ses produits frais et son service humain. Mathilde avait toujours rêvé d'y aller. Parce que rare, et donc coûteux, l'accueil humain, contrairement au virtuel, était l'apanage du luxe. La femme qui la reçut fut adorable. Elle la guida jusqu'à la grande baie vitrée qui bordait le restaurant en indiquant que les autres convives n'étaient pas encore arrivés. Peu importait à la jeune fille. La beauté de l'endroit la fascinait. Aussi, quand elle eut pris place et que la serveuse se fut éloignée, elle bascula sur son siège et promena son regard dans la salle. À sa connaissance, Biothic était le seul établissement de la ville à entretenir des plantes vertes pour son seul agrément. Une partie de sa renommée venait de là. Curieusement, les végétaux ne servaient pas en cuisine, mais participaient à l'ornementation. Le phénomène était suffisamment incroyable pour qu'elle entreprenne de les compter. Elle en dénombra une vingtaine. C'était inouï.

– Elles sont belles, n'est-ce pas ? fit une voix dans son dos.

Se retournant, Mathilde avisa un inconnu qui lui souriait.

– Oui, répondit-elle, surprise. C'est ce que j'étais en train de me dire.

Le serveur gonfla le torse.

– Avec la vue, elles sont notre principale fierté !

Elle le félicita car leur entretien nécessitait un gros investissement. Basile, qui était cultivateur, lui avait suffisamment répété que s'occuper de la flore sur pareille terre était une cause laborieuse. L'homme parut ravi de trouver une cliente sensible à la condition de ses plantes.

– C'est exact ! s'exclama-t-il. Le restaurant a dû financer lui-même son système de traitement d'eau de pluie. Et ce presque exclusivement pour le soin des plantes. Il ne s'agissait pas d'une priorité pour le département des ressources et je soupçonne ces voyous de nous avoir fait payer le prix fort. Vous savez, ces gens-là n'ont aucune sensibilité. Ils font leur métier, et c'est tout.

Il s'interrompit et regarda Mathilde d'un air coupable.

– Qu'ils font bien, nuança-t-il avec embarras. Après tout, s'ils n'étaient pas là, rien ne fonctionnerait…

Il s'écarta, pressé de reprendre son service. Mathilde le suivit d'un œil amusé avant de plonger dans la contemplation du panorama que le restaurant offrait.

Le vieux quartier, situé en contrebas du pic rocheux, était son préféré. On pouvait encore y admirer les habitations séculaires construites par les premiers occupants du territoire. Des ingénieurs, marginaux pour la plupart, venus chercher ici le précieux thorium, sans se douter qu'ils seraient rejoints des années plus tard par la population d'émigrés dont Mathilde descendait. Forcées de cohabiter, les deux communautés avaient fusionné, et même si les fondateurs étaient depuis longtemps disparus, il demeurait quelques-unes de leurs maisons. Contrairement aux nouveaux logements dont les espaces se concentraient en sous-sol (à l'exception des pièces à vivre comme le salon ou la salle à manger), les anciens habitats, eux, atteignaient plusieurs mètres de hauteur. Pour protéger leur singularité, on avait dressé autour une enceinte bétonnée. L'effet était relativement curieux, et pas toujours des plus élégants, mais les propriétaires s'en servaient souvent comme d'un mur d'expression. Ainsi beaucoup présentaient des fresques originales, avec ou sans motifs, le plus souvent dans des tons chatoyants. Un contraste d'autant plus saisissant que le reste de la cité s'étendait en une suite de toits similaires.

Mathilde eut une pensée pour Basile et Chloé qui possédaient l'une de ces anciennes bâtisses. Elle culpabilisa d'être partie à l'aube sans leur dire au revoir. Chloé avait dû en être attristée. Mais c'était plus fort qu'elle. Elle se sentait si peu à l'aise en leur présence, si peu à sa place. Il lui semblait que leur relation était artificielle. Elle se demanda comment faisaient les autres. Assurément, elle ne pouvait prendre exemple sur aucun de ses amis. Marc n'avait plus ses parents, Matthew connaissait à peine son père, quant à Marie… certes elle adorait sa mère, mais n'avait jamais rencontré son géniteur, qui s'était enfui avant sa naissance. Mathilde n'enviait aucune de ces situations. Elle décida de faire un effort et d'appeler Chloé. Le visage de sa mère se matérialisa au-dessus de son poignet.

– Ma chérie ! s'exclama cette dernière. Je suis si heureuse de te voir. Je suis désolée de t'avoir manquée ce matin. J'aurais voulu…

Mathilde n'aimait pas que Chloé la surnomme « ma chérie », il lui semblait que cela sonnait faux.

– Ne t'en fais pas, coupa-t-elle. Je dîne chez Biothic.

– Ah… très bien. C'est une excellente idée.

Malgré les efforts fournis par Chloé pour dissimuler ses sentiments, Mathilde percevait sa déception. Comme une faiblesse dans le ton. Elle voulut se rattraper et demanda si elle pourrait revenir chez eux, un soir prochain.

La voix de Chloé se fit extatique.

– Mais bien sûr ! s'écria-t-elle. Quand veux-tu venir ?

– Je ne sais pas. Dans dix jours ?

Sa mère marqua une pause pendant laquelle Mathilde devina qu'elle était en train d'enregistrer l'information sur son ondophone domestique.

– C'est parfait, reprit Chloé. J'espère que ton père sera là.

– As-tu besoin de quelque chose ?

– De toi. C'est tout.

Mathilde fut gênée.

– Je serai là. À bientôt, alors.

– Bonne soirée, ma chérie. Amuse-toi bien. Je suis contente, tu sais.

Mathilde émit un léger grognement signifiant qu'elle savait puis raccrocha.

En fin de compte, l'exercice n'était pas si difficile. Elle se sentait mieux. Et Chloé aussi. C'était le principal.

Avançant son siège, elle laissa son regard s'assoupir à la lumière du soir. Sous les rayons du couchant, la cité ressemblait à un gigantesque kaléidoscope. Le verre des panneaux solaires mêlé aux fresques des vieux quartiers, et jusqu'aux toits lointains des serres, par-delà les limites de la ville…

Soudain, l'idée la frappa que, de son poste de guet, elle pourrait apercevoir la frontière, et elle se leva.

Majorité

– Tu perds ton temps !

Mathilde fit volte-face. Marc et Matthew l'observaient avec un grand sourire.

– Moi aussi, j'ai essayé, reprit ce dernier sur le ton de la confidence. Mais même quand le ciel est dégagé, on ne voit rien. C'est trop loin !

Il planta ses yeux dans les siens.

– Tu meurs d'envie d'y aller, pas vrai ?

Marc lui tapa dans le dos.

– Parle plus fort, tant que tu y es !

Matthew se laissa tomber sur un siège en haussant les épaules.

– Pas besoin de paniquer, personne n'écoute...

Marc soupira avant d'embrasser Mathilde. Elle lui trouva le teint plus pâle que d'habitude. Surtout à côté de Matthew, qui avait la peau bronzée à force de monter la garde en plein air. Elle se fit la réflexion que les deux garçons n'avaient décidément rien en commun, sinon la profonde amitié qu'ils partageaient. Marc avait les cheveux châtain, à la limite du blond vénitien, des yeux gris perle presque transparents, la musculature fine, tandis que Matthew avait le regard noir et un profil plus massif.

L'un était le pendant de l'autre, le premier se montrant aussi innocent et rassurant que le second était incontrôlable et facétieux.

Matthew était inconscient. Évoquer la frontière, et plus encore l'idée de s'y rendre, pouvait attirer des ennuis. Les autorités demeuraient extrêmement sensibles à ce sujet. Il en allait de la sécurité de la Communauté. Mathilde le toisa mais, comme toujours, celui-ci ne parut pas regretter sa question. Au contraire, il attendait qu'elle réponde, ce qu'elle ne ferait évidemment pas. Elle savait rester prudente.

Pourtant, au fond, elle partageait son sentiment. Affirmer n'avoir jamais rêvé atteindre la frontière aurait été un mensonge éhonté. À vrai dire, elle y pensait très souvent, à chaque fois qu'elle observait l'horizon et sa brume poussiéreuse. Mais depuis sa naissance, on n'avait cessé de lui répéter que s'en approcher constituait un délit des plus répréhensibles. Et pour cause, une telle escapade signifiait une mort assurée, et risquait de mettre l'adversaire en appétit, de provoquer de nouveaux conflits, sans doute meurtriers. Or, la Communauté avait déjà trop de morts à pleurer. Lorsqu'il arrivait que des déséquilibrés franchissent la limite interdite, ils étaient tués par l'ennemi, ou bien rattrapés in extremis par l'armée, et incarcérés. L'Information générale relayait au moins une fois par an ce type d'événement, et l'on voyait alors sur tous les ondophones les images ensanglantées d'un pauvre hère abattu sans merci. Quant à comprendre ce qu'était le clan adverse, les visages demeuraient flous et leur folie confuse. On savait seulement que la guerre avait été déclarée des dizaines d'années auparavant, lorsqu'une partie de la population avait fui des persécutions dans son pays d'origine. Les femmes, en particulier, étaient visées. Un virus non identifié modifiait leur ADN, provoquant une malformation de l'utérus qui les empêchait de mener une grossesse à terme. Touchant au début une petite partie de la société, le mal avait rapidement progressé sans que l'on soit en mesure de l'endiguer, si bien qu'avant la naissance de Mathilde, le taux de malades avoisinait les 100 %. Depuis, la Communauté s'attachait à survivre. D'où la mise en place du Centre et de son programme.

Malgré tout, sachant cela, Mathilde ne pouvait s'empêcher de ressentir l'envie inavouable d'aller explorer, un jour, le territoire ennemi. Elle se tourna vers Matthew dont les yeux se perdaient au-dehors. Une curiosité semblable les animait. Par ailleurs jamais satisfaite.

Heureusement, Marie arriva, allégeant l'atmosphère de son humeur joviale. Elle était si contente de les voir ! Comme d'habitude, ses cheveux courts parsemés d'épis formaient une crinière mordorée et remuante qui chatouillait quiconque embrassait sa propriétaire. À la saison sèche, ses joues rondes se piquaient de minuscules tâches de rousseur. Jamais avare de démonstrations, elle les serra un à un dans ses bras. Il se dégageait de sa personne une douceur apaisante et contagieuse. Très vite, ils retrouvèrent le sourire. Après tout, il s'agissait d'un jour spécial qu'ils ne pouvaient partager avec personne d'autre. Ils avaient tant vécu ensemble ! Dix années de folles équipées, d'apprentissages, d'amour, d'amitié... La séparation approchait. C'était aujourd'hui que leurs chemins se dissociaient, qu'ils étaient autorisés à faire leurs propres expériences. Vivre. Marc commanda la meilleure bouteille de jus de fruits de la maison et remplit les verres à ras bord. Ils trinquèrent d'un air solennel.

– Joyeux anniversaire ! lancèrent-ils en chœur. À nos vingt ans !

Tandis qu'elle levait le bras, Mathilde sentit sa gorge se nouer. Des sentiments contraires la submergeaient. D'un côté, apparaissait la liberté tant attendue, synonyme de tous les possibles, et de l'autre, le grand inconnu, qui se dérobait sous ses pieds comme un vide sans fond. Comment serait l'avenir désormais ?

Dix ans qu'ils vivaient au Centre. Dans un mois, au maximum, hormis Matthew qui habitait l'une des casernes, ils seraient dans l'obligation de le quitter. Une nouvelle génération arrivait et il fallait faire place. Déployer leurs ailes afin d'apprendre à devenir de vrais citoyens avec un travail, une vie de couple, des responsabilités…

Marc était très excité par cette idée. Déclaré précoce à la naissance, le jeune homme avait toujours eu un temps d'avance sur ses amis. Surdoué, il saisissait les choses concrètes avec facilité, particulièrement les lois de l'informatique et des mathématiques. L'existence ne l'effrayait nullement et il avait hâte de s'y frotter. Des quatre, il était celui qui avait le plus attendu ce moment. Contrairement à Matthew qui n'en concevait pas une grande différence. Pour lui, la voie était tracée. Soldat il était, soldat il resterait. Habitué à répondre aux ordres sans réfléchir, pris en charge par l'armée, le militaire ne questionnait pas son avenir et se reposait avec paresse sur une logistique bien huilée. Le gîte et le couvert lui étaient assurés, c'était plus que ce qu'il demandait. Marie, de son côté, s'inquiétait surtout de ne pas avoir de petit ami. Depuis longtemps déjà, elle doutait de pouvoir en trouver un et était passée spécialiste dans l'art de voir des signes partout, a fortiori là où il n'y en avait pas. Mathilde, enfin, plus que les autres, craignait d'être livrée à elle-même. Loin du Centre et de sa protection. Elle aurait voulu y rester éternellement. Elle s'y considérait chez elle. Bien plus que chez Basile et Chloé, où, faute d'alternative, elle irait s'échouer dans les premiers temps. La perspective la faisait frémir. Non que ces derniers fussent malveillants, au contraire, ils lui témoignaient une affection sincère, mais elle se sentait chez eux comme une étrangère. En outre, son aspect original mis à part, elle n'aimait que moyennement leur maison, vieille et inconfortable. L'excentricité de Chloé l'embarrassait, quant au caractère bourru de Basile… Non, décidément, elle ne voyait aucune raison de se réjouir.

Elle chassa ces pensées et revint à ses amis. Avec eux, au moins, elle était en sécurité. Ils étaient sa famille. La seule qu'elle reconnaissait. C'était d'ailleurs ainsi qu'ils avaient rebaptisé leur petit groupe : *La famille*. Un terme qui définissait mieux que n'importe quel autre les liens qui les unissaient. Ensemble, envers et contre tout. Cet amour inconditionnel dont Basile et Chloé lui avaient si souvent parlé, c'était à eux qu'elle l'avait accordé.

Marie la fit revenir au présent :

– Alors ? interrogea cette dernière avec une curiosité toute juvénile. Vous avez trouvé votre stage ? C'était le dernier jour aujourd'hui. J'espère que vous n'avez pas oublié… J'ai entendu qu'Oscar, vous savez, le grand de la sixième section, celui qui a les yeux très noirs… Pour l'instant, il n'a rien. Et le Centre ne peut pas le garder. Je me demande où il va aller…

Marie, bien que ce ne fut pas très professionnel de sa part, adorait colporter les malheurs des autres. Trépignant sur sa chaise, elle faisait allusion à l'obligation, passée la quatrième année d'instruction, de mettre en pratique l'enseignement dispensé. Pendant deux ans, chaque élève irait achever sa formation auprès d'un futur employeur.

– Alors ! répéta-t-elle au comble de l'excitation. Vous avez trouvé, oui ou non ?

– Ce que tu peux être curieuse ! fit Matthew. Pourquoi tu ne nous dis pas, toi ?

C'était tout ce que la jeune fille attendait.

– Très bien, dit-elle en essayant, d'une main, de dompter ses mèches rebelles. Ça risque de vous surprendre, mais je reste au Centre !

– Hein ?

– Vous avez bien entendu.

– Mais pour y faire quoi ? demanda Mathilde.

Marie était étudiante en psychologie. Une discipline certes populaire auprès de certains membres de la Communauté, mais qui demeurait une ineptie pour les éminences scientifiques. Que le professeur Blake ait pu en engager semblait une incongruité. Marie, qui connaissait fort bien l'opinion que l'on avait de son futur métier, s'expliqua :

– Rassurez-vous, nous ne sommes pas là pour le personnel ou les élèves. En revanche, quand les spécimens de la deuxième génération seront nés, on pourrait avoir une utilité. Rappelez-vous, après notre naissance, certains étaient quand même déboussolés. Je dirais même, un peu attardés…

– C'est toujours le cas ! lancèrent Marc et Matthew en se désignant mutuellement.

Ils rirent de bon cœur puis Matthew saisit son verre.

– Bravo, une de casée !

Ils burent au succès de Marie. Cette dernière se tourna vers Mathilde.

– À toi ! dit-elle avec entrain.

Mathilde eut un sourire gêné. Elle se remémora l'épisode du jour. La crise qui agitait le Centre. La convocation d'Henri Whiter dans la nuit. Si elle réussissait, nul doute qu'un avenir brillant l'attendait. Mais si elle échouait… Si d'autres élèves la surpassaient… Si elle devait se contenter du rôle de sous-fifre… Elle ne se le pardonnerait pas. Elle avait travaillé trop dur pour cela. Elle secoua la tête comme si elle avait avalé un aliment amer.

– Normalement, je reste au Centre, dit-elle. Mais c'est très difficile. J'espère que j'y arriverai.

– C'est sûr, fit Marc pour la réconforter. Tu es la meilleure dans la plupart des matières. Il n'y a aucune raison pour qu'ils ne te gardent pas. Sinon, au pire, tu pourras travailler en agence de santé…

– Ou à l'hôpital ! compléta Marie avec enthousiasme.

Mathilde hocha la tête sans conviction.

– On verra bien.

Elle regarda Matthew, espérant détourner l'attention.

– Et toi ? reprit-elle en direction du militaire. Tu restes aussi au Centre, je suppose ?

Son ami s'assombrit un instant avant de retrouver le sourire et de répondre d'un simple hochement de tête.

– Et moi, alors ? lança Marc. Ça intéresse quelqu'un ?

Depuis le début de la soirée, il avait toutes les peines à se contenir. Il bouillait de parler. Prenant son courage à deux mains, il se lança :

– Premièrement, annonça-t-il, j'ai décroché un stage à l'Information générale !

Ses amis le félicitèrent et Mathilde l'embrassa. Travailler à l'Information générale était un rêve que Marc poursuivait depuis la réalisation de son premier circuit informatique, à l'âge de onze ans. Sans surprise, il atteignait son but. Dans sa discipline, il était un génie.

– Et aussi, continua-t-il d'un ton plus nerveux, j'ai décidé de reprendre la maison de mes parents. Je m'y installe dès ce soir.

La consternation se lut sur les visages.

Six ans auparavant, les parents de Marc avaient été assassinés alors qu'ils dînaient chez des amis. Pour une raison inexpliquée, l'alarme signalant l'approche des bombardiers n'avait pas fonctionné, et les convives s'étaient fait surprendre en plein repas, sans avoir le temps de se réfugier sous terre. Marc avait douze ans au moment des faits. À peine était-il né qu'il devait déjà dire adieu à ses géniteurs. La scène demeura sous scellés pendant un mois avant que les services techniques de la ville ne viennent déblayer les gravats. Marc en gardait une blessure qu'il n'évoquait jamais, mais dont ses amis savaient qu'elle n'était pas cicatrisée. Contrairement à Mathilde ou Matthew, il avait entretenu une relation intime avec ses parents. Dès le début, ces derniers l'avaient adoré, et réciproquement. Durant sa période de gestation, ils s'étaient rendus chaque jour au Centre pour voir leur spécimen. Fait rare, déjà à l'époque. À la naissance, ils s'étaient empressés de multiplier les permissions de sortie, de choyer celui qu'ils appelaient « leur petit ». Mathilde se souvenait d'eux, mais aussi de la réaction de Marc au moment de l'attentat, réaction qu'elle n'avait pas comprise tant elle différait de ce qu'elle-même éprouvait. À l'annonce du décès, le garçon s'était d'abord prostré, rejetant la réalité. Ensuite étaient venus les pleurs incontrôlables et les cris de dément. Et puis, en dernier lieu, des semaines après le drame, le bégaiement.

Un dysfonctionnement auquel aucune agence de santé n'avait su remédier. Depuis, Marc avait toujours refusé de remettre les pieds chez ses parents, comme de vendre la maison dont il avait hérité. Le lieu demeurait un sanctuaire où rien n'avait bougé. Les objets, le linge, les couverts, les gravures meublaient le mausolée mais pas le silence. Il était arrivé à Mathilde d'imaginer les habits de la mère de Marc encore disposés dans l'armoire, peut-être jetés au sol, prêts à être lavés. La volonté nouvelle que son petit ami exprimait la faisait frissonner. Que comptait-il trouver dans ce lieu où rien n'avait osé s'aventurer hormis la poussière et les araignées ?

– Et puisque c'est notre anniversaire, poursuivit ce dernier sans paraître remarquer sa réaction, comme cadeau, je vvvv… je vvvv… je vvv…

Il s'interrompit, exaspéré. Suspendus à ses lèvres, les autres échangèrent des regards inquiets. À force de cours d'orthophonie, Marc était parvenu à maîtriser son handicap. Il fallait que l'émotion soit forte pour qu'il resurgisse ainsi dans la conversation. De fait, le garçon était devenu rouge écarlate. Mathilde posa une main sur son bras.

– Calme-toi, dit-elle. Prends ton temps. Qu'est-ce que tu veux dire ?

Il se redressa.

– Puisque c'est notre anniversaire, lança-t-il en regardant cette fois-ci droit devant lui, en guise de cadeau, je voulais te prrr… prrrr… proposer d'habiter avec moi !

Enfin ! Il l'avait dit ! Il reprit son souffle et adressa à Mathilde un regard fiévreux.

– Que… qu'est-ce que tu en penses ?

Cette dernière accusa le choc. Elle se tourna vers Marie et Matthew en espérant trouver du soutien, ou, du moins, des sentiments identiques aux siens. De la stupeur, de l'effarement... mais ses amis n'avaient pas l'air plus surpris que cela. Sans doute considéraient-ils la proposition comme normale, attendue. Marie se montrait même très enthousiaste, prête à applaudir. Sentant le regard de Marc posé sur elle, Mathilde réfléchit à toute vitesse.

Depuis quelques heures, elle avait vingt ans. Elle était majeure. Avec Marc, ils formaient un couple depuis deux ans. En tout état de cause, elle était en âge de se mettre en ménage. La pratique était même fortement encouragée par la Communauté. Dans un futur proche, elle recevrait de la documentation sur la nécessité de procréer afin de laisser son embryon aux mains du Centre et fournir de nouvelles générations. Comme Basile et Chloé l'avaient fait avant elle. Bientôt, elle aurait cette place dans la société. Légitime, officielle. Tout était pour le mieux. Oui, mais vivre avec Marc ? Dans ce lieu ? Dans cet endroit marqué par le deuil ?

L'absence de choix la décida. Quelle autre option avait-elle sinon d'emménager chez Basile et Chloé ? Au moins, avec Marc, elle serait libre de faire ce qu'elle voudrait, d'aller et venir comme elle l'entendrait, sans besoin d'aucune sorte de permission. Et puis, elle ne pouvait le décevoir. Un refus de sa part, ne serait-ce qu'une réticence, le rendrait triste. Il ne pourrait s'empêcher de l'assimiler à un rejet, sans considérer la véritable cause de son hésitation, à savoir la peur. Marc était quelqu'un de valeur. Comme il en existait peu. L'exemple de Marie, en cela, était utile. Trouver la bonne personne n'était pas une chose facile. Or, avec Marc, ils se complétaient bien, et hormis quelques crises de jalousie imputables à son manque de confiance en lui, ils tombaient souvent d'accord. Sur les études, les sorties, la Communauté…

À ses côtés, Marc attendait désespérément une réponse. Ses ongles cisaillaient le bord de la table. Mathilde décida de dépasser son appréhension. C'était l'unique marche à suivre. Tout l'indiquait. Par ailleurs, elle pourrait toujours demander à arranger la maison et refaire la décoration. Marc accepterait sûrement. Tâchant de faire preuve d'assurance, elle hocha la tête.

– Oui, répondit-elle, la voix malgré tout un peu étranglée. C'est une bonne idée.

Marc exulta. Trop heureux, il la serra dans ses bras.

– Tu vas voir, explosa-t-il, ça va être génial !

Tandis qu'ils s'étreignaient, Matthew remplit de nouveau les verres.

– Il fallait le dire, qu'on célébrait aussi un mariage ! fit-il avec ironie.

Mathilde braqua sur lui des yeux assassins.

– On va juste vivre ensemble.

– Je plaisante.

Mais elle riait jaune. Se gardant de croiser le regard de ses amis, elle but son verre jusqu'à la lie.

Nuit blanche

Comme convenu avec Henri Whiter, à la nuit tombée, Mathilde retourna au Centre. Pour ne pas éveiller les soupçons de Marc qui désirait qu'ils passent la nuit dans leur nouveau logement, elle prétexta avoir encore du travail à finir. Sans masquer sa déception, son petit ami n'émit pas de protestations. D'expérience, il savait qu'il était inutile de faire pression sur celle qu'il aimait, a fortiori lorsqu'il était question de ses études. Au pire, Mathilde se fermait complètement, au mieux il obtenait l'effet inverse à celui escompté.

Mathilde et Henri Whiter se retrouvèrent dans la salle de repos des techniciens. À peine eurent-ils fermé la porte, que le vieil homme déposa un petit paquet devant elle.

– Je n'avais pas oublié, dit-il, mais tu m'as pris au dépourvu ce matin.

Mathilde lui lança un regard sombre.

– Vous n'allez pas vous y mettre, vous aussi…

– De mon temps, on disait merci.

Elle eut un sourire gêné.

– Pardon. Merci, Henri. C'est seulement que je ne comprends pas pourquoi tout doit changer maintenant.

Henri haussa les épaules.

– Il faut bien grandir un jour. Ouvre.

Elle s'exécuta. La boîte contenait un objet rond, cuivré, inconnu.

– C'est une boussole, expliqua Henri. Mon père me l'a offerte quand j'avais ton âge.

Mathilde détailla l'objet avec curiosité.

– À quoi ça sert ?

– À se repérer quand on est perdu, répondit Henri dans un clin d'œil. Même s'il s'agit plutôt d'une antiquité.

Bien qu'ignorant la façon de l'utiliser, Mathilde appréciait son cadeau. Le mouvement de l'aiguille l'intriguait.

– Merci beaucoup, Henri.

– De rien. Il fallait que je la lègue à quelqu'un.

Elle opina, touchée par la place qu'elle occupait dans le cœur du vieil homme. Lui qui n'avait pas de famille, considérait certains éléments de la première génération, dont il avait pris soin durant la gestation, qu'il avait vus naître, dont il avait suivi l'éducation, un peu comme ses descendants. Elle sourit en le regardant.

– Dites-moi, quelle est cette chose dont vous vouliez me parler, si secrète qu'elle nécessite de se voir en pleine nuit ?

Elle le taquinait mais Henri Whiter se montra soudain soucieux. Avant de répondre, il jeta un coup d'œil autour d'eux pour vérifier qu'ils étaient seuls.

– Il y a certaines informations que je n'ai pas mentionnées lors de la réunion, avoua-t-il. J'ai peur que l'on me prenne pour un fou, tu comprends. Mais, à toi, je vais le dire. On ne sait jamais.

Mathilde se fit attentive.

– Voilà. Tu te souviens que le spécimen 32 a cassé l'un des bras mécaniques qui le soutenaient ?

– Bien sûr.

– Eh bien, j'ai constaté que son utérus était fissuré et laissait échapper du flux placentaire…

Mathilde plissa le front.

– Vous voulez dire que le spécimen aurait fracturé son utérus ?! Question nervosité, ce serait une première !

Henri eut l'air embarrassé.

– Oui, comme tu dis… Mais ce n'est pas exactement là où je voulais en venir. J'ai découvert que les circuits électriques de cet appareil, en particulier, étaient grillés.

– Je ne comprends pas.

Le technicien plongea ses yeux dans les siens. Dans la pénombre, ils semblaient d'acier.

– D'un point de vue pratique, poursuivit-il, ce constat conduit à deux hypothèses. La plus vraisemblable est qu'une panne a eu lieu, qui a affecté les spécimens, particulièrement le numéro 32. À tel point que celui-ci a brisé un bras mécanique, fissuré la stèle, et que le liquide s'en échappant a ensuite détérioré la machine.

Mathilde retenait son souffle.

– Ou, reprit-il d'un ton prudent, le spécimen s'est agité de manière inhabituelle jusqu'à fendre son utérus, occasionnant ainsi une fuite à l'origine du court-circuit général.

Mathilde afficha une mine ahurie.

– Vous voulez dire que le mal du spécimen serait antérieur à la panne ? Et, plus que ça, qu'il en serait la cause ?

Henri Whiter semblait ennuyé.

– Je sais que cela paraît fou. Mais il fallait que je t'en parle. Cette affaire a l'air plus complexe que celles que nous avons l'habitude de traiter.

Mathilde s'adossa au mur opposé.

– Vous ne m'aidez pas, lança-t-elle dans un rire nerveux. En admettant que ce soit possible, il faudrait trouver l'anomalie qui, en premier lieu, a provoqué l'agitation du spécimen.

– C'est vrai, admit Henri. Pour l'instant, nous n'avons rien trouvé. Nous continuons de chercher.

– Pourquoi ne pas en avoir parlé lors de la réunion ?

– Parce que ce n'est qu'une idée. Une telle chose ne s'est jamais vue. Mais comme tu travailles désormais sur le dossier, il ne faudrait pas que tu passes à côté d'un élément, si improbable soit-il.

– Merci, Henri. Je note l'idée, même si je ne vous cache pas qu'elle me paraît complètement irréaliste. Si le spécimen avait présenté des troubles psychomoteurs ou un terrain nerveux, les équipes médicales l'auraient signalé.

– Oui. Tout cela est très étrange. Je suis certain que nous trouverons la solution.

Il gagna la porte.

– Je te laisse, mon service va commencer.

– Bon courage, Henri. Et merci.

Le technicien lui renvoya son sourire en une réplique un peu plus fatiguée, et disparut dans les couloirs.

Mathilde se rendit dans la salle d'étude, qu'elle partageait avec d'autres élèves, et s'installa face à son ordinateur. La journée avait été riche. Difficile. De l'aube au crépuscule, elle n'avait connu aucun répit. La tête dans les mains, elle réfléchit. La priorité consistait à trouver le moyen de guérir les spécimens. De là découlerait la possibilité de faire carrière au Centre et de réaliser son rêve. Un jour, elle serait chercheuse. Les propos d'Henri lui revinrent à l'esprit et son visage se contracta.

Elle ouvrit les dossiers des spécimens touchés qui s'affichèrent en farandole autour d'elle. Il fallait éliminer l'hypothèse qu'Henri Whiter avait émise. Par respect pour lui autant que pour sa propre tranquillité. Elle devait examiner l'impensable éventualité que le comportement du spécimen 32 soit à l'origine du court-circuit, et non l'inverse. Du bout des doigts, elle balaya les cinquante dossiers jusqu'à s'arrêter sur celui qui l'intéressait.

La fiche identitaire se déclinait en quatre parties : les références de création, les caractéristiques physiques externes, internes, et, enfin, une série de prévisions à plus ou moins long terme. En général, Mathilde s'attardait peu sur ces dernières informations, celles-ci servant surtout au spécimen après sa naissance. On entrait ces données sur son ondophone, lesquelles constituaient ensuite une base de travail pour les médecins. Ainsi, la traçabilité était complète.

Mathilde agrandit le document. Celui-ci commençait comme suit :

Génération : 2e

Salle : 12

Numéro de stèle : 32

Sexe : Masculin

Nom des géniteurs : Whitam

Venaient ensuite les courbes d'évolution du poids et de l'âge, les mensurations, la typologie de peau et de cheveux, le tout illustré par des images correspondant à chaque année de gestation.

Mathilde poursuivit sa lecture. Elle arrivait à la troisième partie du document, celle qui l'intéressait le plus, qui présentait la composition interne du spécimen. Son empreinte génétique, la structure des systèmes nerveux, lymphatique et sanguin, et diverses coupes du cerveau et des organes vitaux. Les équipes médicales réajustaient ces informations une fois par semaine. Si un changement se déclarait, le dossier le stipulait. Dans le cas présent, il n'y avait rien d'anormal.

Elle poursuivit sa consultation jusqu'aux prévisions d'évolution du spécimen après sa gestation. Mais, là non plus, elle ne trouva rien d'alarmant. Le spécimen 32 présentait au jour de la panne un développement sain et régulier. Elle referma le dossier, satisfaite d'avoir eu raison de la théorie d'Henri, et cependant dépitée de n'avoir débusqué aucun indice susceptible d'orienter ses recherches.

Lasse, elle se rendit au réfectoire où elle acheta des poches alimentaires parfumées à la pomme et une boisson énergisante. Elle but cela d'un trait. Par-delà le rempart, l'aube s'annonçait.

– Mathilde ? Eh, oh ! Réveille-toi !

Elle ouvrit les yeux. Le visage de Mila, une camarade de sa promotion, était près du sien. Elle se redressa dans un sursaut.

– Tu m'as fait peur ! s'exclama-t-elle quand elle eut recouvré ses esprits.

– Toi aussi ! riposta la jeune fille à la peau d'ébène. Ça fait cinq minutes que je te secoue ! J'ai cru que tu faisais un malaise. Tu as dormi, ici ?

– Non, j'ai travaillé toute la nuit. J'ai dû m'assoupir.

Mila fronça les sourcils.

– Hum, c'est strictement déconseillé par les agences de santé, jugea-t-elle. Il faut dormir au moins sept heures par nuit. Tout le monde le sait. Tu en as parlé lors de ton dernier bilan ?

– Non. Mais mon problème n'est pas médical. Je ne cesse de penser aux spécimens.

Mila soupira.

– Moi aussi. Je venais justement te proposer de travailler en binôme. Je t'ai apporté du café. Ça te dit ?

Mathilde acquiesça. Visiblement, son corps était à court de stimulants. Elle saisit la tasse contre laquelle elle réchauffa ses mains. Mila l'observait d'un air préoccupé.

– Tu ne devrais pas travailler autant, conseilla-t-elle. L'étude de ce cas risque de durer un certain temps.

– Je n'y peux rien, c'est plus fort que moi.

Mila hocha la tête.

– Ce sera sans doute plus rapide si nous nous y mettons à deux…

Mathilde considéra la proposition. En tout, ils étaient une trentaine d'élèves élus par le professeur Blake pour résoudre l'énigme de la salle 12. La compétition serait rude. Mila était minutieuse, d'un caractère conciliant, et s'investissait pleinement dans un projet lorsque c'était nécessaire. Faire équipe leur faciliterait la tâche. À ce stade, aucune aide n'était superflue. Elle accepta en songeant qu'il serait toujours temps de s'entendre en cas de récompense.

– Le Doyen ne tolèrera aucun échec, lança-t-elle cependant en guise d'avertissement.

Mila lui renvoya un regard sûr.

– Ne t'inquiète pas, nous allons réussir. C'est mathématique. La panne a agi sur une de leurs facultés physiques. Il faut simplement trouver laquelle.

Mathilde fut gagnée par la confiance et la volonté sans faille de sa camarade. Sous son influence, ses craintes se dissipèrent. Elle demanda des nouvelles d'Antoine, le petit ami de Mila. Elle avait appris que le couple s'était fiancé.

Mila afficha un visage radieux.

– Tu es gentille de poser la question, dit-elle. Je ne réalise pas encore. J'ai l'impression que nous nous sommes rencontrés hier. Pourtant, le mariage aura lieu avant la fin de l'année. Tu es invitée, bien sûr.

– Merci.

– Et vous ? reprit Mila. Vous avez des projets avec Marc ? Vous comptez vous marier ?

Sans qu'elle puisse se l'expliquer, Mathilde fut, comme la veille au soir, de nouveau assaillie par la peur. Elle se reprocha de ne pas éprouver la même excitation que Mila.

– Oui et non, répondit-elle avec embarras. Rien ne presse, tu sais. Pour l'instant, nous emménageons ensemble.

– Félicitations ! s'exclama Mila.

– Merci. Même si je ne crois pas que cela produise un grand changement. Nous nous connaissons trop pour qu'il y ait des surprises.

Mila eut un air perplexe qui ennuya Mathilde. Elle renchérit :

– Ce que je veux dire, c'est qu'à force d'être ensemble, chacun fait un peu partie du décor de l'autre.

Mais Mila ne pouvait pas comprendre. Elle n'avait rencontré son fiancé que quelques mois auparavant. Depuis, ils n'avaient d'autre occupation que de se découvrir, inconnus qu'ils étaient l'un à l'autre. Pour Mathilde et Marc, l'histoire avait été différente. Totalement différente. Ils se connaissaient depuis toujours. Durant les premières années de leur éducation, le petit groupe qu'ils formaient avec Marie et Matthew s'était initié au jeu de l'amour sans vraiment définir les règles. À force, ils s'étaient tous trompés de sentiments. Tour à tour, Mathilde avait flirté avec Marc et Matthew, allant de ruptures en réconciliations, tandis que Marie avait préféré se perdre dans des aventures sans lendemain avec les garçons sages de leur promotion. Cela ne faisait pas très longtemps qu'une histoire plus sérieuse était née entre Mathilde et Marc. Le dévouement de ce dernier à son égard y avait joué un rôle déterminant. L'adolescent n'avait jamais manqué une occasion de lui tenir compagnie, de l'aider, de lui témoigner son affection... Si bien qu'à force d'assauts répétés, elle avait fini par céder et, depuis, ils ne s'étaient plus quittés. Son petit ami n'avait jamais exigé qu'elle changeât ses habitudes pour lui, ce dont elle lui était reconnaissante. De plus, ils entretenaient une véritable complicité. Auprès de lui, elle se savait soutenue et protégée. Et bien que la passion fût derrière eux, elle l'aimait sincèrement.

– Ne te méprends pas, dit-elle en fixant Mila. Je suis fière d'être avec Marc. C'est une belle personne.

– Bien sûr, répondit sa camarade, gênée. Je ne disais pas le contraire...

Elle toussa pour faire diversion mais Mathilde mit fin à la conversation en se tournant vers son ordinateur.

– On devrait se remettre au travail, dit-elle.

Elle fit mine de se concentrer sur ses dossiers, sous le regard stupéfait de Mila qui ne tarda pas à s'écarter.

Le Cave

Durant la journée, Mathilde ne quitta pas son poste et personne, hormis sa responsable, ne vint la déranger. Celle-ci souhaitait s'enquérir de l'avancée des travaux afin d'en référer au Doyen. Mathilde s'efforça de se montrer aussi sûre d'elle que possible, maîtrisant les événements avec professionnalisme et sang-froid. La façade fit illusion.

En début de soirée, elle gagna l'un des gymnases du Centre pour y pratiquer son heure d'exercice quotidien. Sans hésiter, elle se dirigea vers le punching-ball qu'elle frappa avec force. Comme toujours, le premier coup fut le plus pénible. Le poing, bien que protégé d'un gant, s'écrasa contre le sac en lui arrachant un râle de douleur. Elle enchaîna un second coup, puis plusieurs. Bientôt, le geste fut si mécanique qu'elle en oublia la sensation. Peu après, les chevilles vinrent seconder les poignets. Elle alternait les frappes à une cadence rapide, où chaque touche faisait mouche. La chorégraphie, si souvent répétée, était acquise depuis longtemps. Seul l'effort évoluait. Et à cet instant, ceux de Mathilde décuplaient. Il se dégageait de ses mouvements une rage intense. Suspendue à sa lutte, elle restait indifférente à la sueur qui lui noyait la vue. Mille pensées l'assaillaient. Les récentes remontrances du Doyen à son égard, l'écrasant défi qu'elle devait relever… Aurait-elle les épaules assez larges ? L'instinct assez fin ? L'esprit suffisamment lucide ? Et cette nouvelle vie qui débutait hors du Centre. Sa cohabitation avec Marc. Ce dernier serait-il aussi prompt à proposer le mariage ? Songeait-il déjà à l'étape suivante ? Il avait l'air si sûr de lui. Était-il normal qu'elle ne le fût pas autant ? Quant à Basile et Chloé, il faudrait leur annoncer qu'elle n'irait pas vivre chez eux. Ils seraient déçus, certainement. Vingt ans qu'ils attendaient ce moment. Comment leur dire sans les blesser ?

Une vive douleur la fit revenir à elle. Une tache de sang perçait au niveau de ses phalanges. D'un geste sec, elle retira les bandages qui les recouvraient. Ses mains étaient meurtries. D'ordinaire, elle savait se ménager. D'ailleurs, à bien y réfléchir, elle savait se brider en toutes choses. Pourquoi aujourd'hui l'esprit grondait-il ? Pourquoi n'arrivait-elle pas à s'épuiser ?

Elle s'obligea à capituler. En dépit de cette fièvre qui lui dictait de continuer et qui, si elle l'écoutait, l'enverrait tout droit en agence de santé. De cela, au moins, elle avait encore conscience et nullement envie.

Matthew choisit justement ce moment-là pour la contacter. Tout d'un coup, son visage apparut, la faisant sursauter.

– Tu pourrais prévenir quand tu appelles ! s'exclama-t-elle en s'essuyant le front.

– Sûrement pas ! répondit Matthew. C'est le privilège de l'accès libre que j'ai sur ton ondophone. Qu'est-ce que tu fais ?

– Du sport. Je viens de finir.

– Et après ?

– Je pensais rentrer.
– Chez Marc ?
– Chez nous.
Matthew fit la moue.
– Tu as bien le temps de prendre un dernier verre ?
– Tu sais que nous nous sommes vus hier ?
– Beaucoup de choses ont pu changer depuis hier.
Le ton mystérieux qu'il employait amusa Mathilde.
– D'accord, tu as gagné. Mais pas trop tard. La journée a été longue.

Au demeurant, elle n'était pas pressée de rejoindre ce qui constituait désormais une sorte de domicile conjugal. Elle se détesta de concevoir les choses ainsi. Marc ne méritait pas un tel déni.

– Des problèmes avec l'administration ? s'enquit Matthew.
– Pas seulement.
– Dans ce cas, je crois que nous avons tous les deux besoin d'un petit remontant. Rendez-vous au Cave dans une demi-heure.

Mettant fin à la communication, il disparut aussi vite qu'il était apparu.

Le Cave était un bar peu fréquenté du centre-ville, dans lequel Matthew frayait déjà depuis plusieurs années, bien que ce genre d'établissements soit interdit aux mineurs. Le jeune homme avait été initié par ses aînés, des militaires peu scrupuleux mais soucieux de garder le secret, si bien qu'il n'avait pas été inquiété. À sa connaissance, le Cave était la seule adresse du territoire où le gérant n'était pas trop regardant quant à la quantité d'alcool ingérée. Il existait une sorte d'accord tacite entre le tenancier et ses clients. Contrairement à la législation en vigueur, on pouvait y consommer plus d'un verre, mais si on se faisait arrêter, il était hors de question de dénoncer l'endroit. Quelques exceptions à la règle avaient bien entendu provoqué le débarquement inopiné des forces de l'ordre, mais le patron, habile dans ses manœuvres, comptait parmi ses habitués quelques hommes politiques haut placés. Ainsi, depuis son ouverture, le Cave n'avait souffert que de rares fermetures.

Les deux amis empruntèrent un ascenseur qui les déposa cent mètres sous terre devant l'entrée. L'hôtesse qui les accueillit avait une voix nasillarde et grésillante. L'ondophone accusait une certaine vétusté. Après avoir décliné leur identité, ils pénétrèrent dans la salle.

Contrairement à la plupart des espaces publics de la Communauté, les lieux étaient plongés dans la pénombre. Un éclairage carmin se reflétait sur les lignes usées d'un mobilier en fer. Derrière le bar, un homme à l'allure impeccable, vêtu d'un tablier et d'un nœud papillon, veillait au confort des clients comme à la préparation de leur commande. Selon Matthew, le personnage n'avait pas changé depuis la création du Cave. C'était toujours le même exécutant, professionnel et discret, qui accueillait les clients d'un simple signe de tête. Sa sobriété, si peu coutumière de la vie communautaire, était appréciée. Ils prirent place à une table et commandèrent aussitôt.

Deux heures plus tard, alors que le barman venait de leur servir pour la quatrième fois le cocktail star de la maison, et que Mathilde, après avoir raconté son histoire, eut désamorcé jusqu'au dernier atome de stress, Matthew entrechoqua son verre au sien.

– Aux nouvelles responsabilités ! s'exclama-t-il.

– Absolument ! répondit-elle, au bord de l'épuisement. À mon avenir au sein du programme !

Matthew la regarda d'un air énigmatique.

– Hé, hé... Il ne s'agit pas que de toi, figure-toi. Moi aussi, je vais devoir relever un défi.

Mathilde leva un sourcil en lui faisant signe de poursuivre.

– Je vais partir, avoua Matthew d'un air grave. Pour la frontière.

Elle lâcha son verre dont le liquide se répandit sur la table.

– Mais... enfin, balbutia-t-elle. C'est impossible...

Matthew ne répliqua pas.

– Ils n'ont pas le droit ! renchérit-elle. On n'envoie jamais de jeunes recrues. C'est trop dangereux, c'est...

Matthew conservait le regard baissé. Contrairement à Mathilde, il savait que le doute n'était pas de mise. Depuis qu'il avait appris la nouvelle de sa mutation, l'angoisse lui grignotait le ventre. Mathilde avait raison. D'ordinaire, seuls les soldats émérites étaient affectés à la frontière. Les guerriers, ceux qui avaient triomphé des conditions les plus difficiles, de tous les terrains. Mais à quoi bon lutter ? En choisissant l'armée, il savait à quoi il s'engageait. Jamais cependant il n'aurait imaginé l'échéance si proche.

De son côté, Mathilde rejetait l'information en bloc.

– Pourquoi n'envoient-ils pas plutôt des droïdes ? lança-t-elle. Je croyais que c'était eux qu'on mettait en première ligne. C'est pour ça qu'on les fabrique, non ?

Matthew secoua la tête.

– Tu sais bien qu'ils n'ont droit à aucune responsabilité. Ce sont de simples boucliers. On me donne un poste de commandement. Dans les faits, c'est une sacrée promotion. En réalité, je crois qu'ils veulent me tester.

– Mais... pourquoi ?

– Me faire payer mon insolence, me mettre au pas…

C'était pour lui la seule explication plausible.

– Ils te punissent… ? murmura Mathilde, désemparée.

Son esprit s'embrumait. L'émotion était trop forte. Matthew passa une main sur son front.

– Tu veux qu'on sorte ?

– Comme si j'allais sortir dans cet état. Tu veux que je me fasse arrêter ?

– Il faudra bien partir.

– Ne change pas de sujet.

Elle l'observait du fond de son siège, deux billes sombres et glacées braquées sur lui comme le canon d'un revolver.

– Quand ? demanda-t-elle.

Il esquiva son regard. Subitement, lui non plus ne se sentait pas bien. Son assurance commençait à se volatiliser. Doucement, mais sûrement. Il regretta d'avoir parlé, de s'être lui-même piégé. Mais c'était trop tard. Et l'alcool n'arrangeait rien au désespoir. Car c'était bien le désespoir qui ne manquerait pas de le cueillir, plus tard, dans la nuit. Cela aussi, il le savait. Parce qu'entendre ces questions de la part de celle qu'il aimait lui était insoutenable. Avec les autres, il réussissait toujours à se défiler au travers d'une plaisanterie ou d'un coup de sang, mais quand il était auprès de Mathilde, toute sortie devenait impossible. Il se sentait minuscule, lâche, et souvent ridicule. Il rapetissait à chacun de ses regards. Elle le connaissait si bien. Elle savait ses contours et détours de conscience, ses dérobades, ses vraies souffrances et fausses joies, les choses qui le faisaient rire, celles qui le révoltaient, ce qu'il pensait des autres, du monde, d'elle. Et par-dessus tout, même s'ils n'en avaient plus parlé depuis que Marc partageait sa vie, elle savait qu'il

Stigmates

L'emménagement avec Marc s'avéra un changement moins délicat que prévu. Travaillant désormais en des endroits différents, ils passaient moins de temps ensemble, et ce nouvel ordre n'était pas pour leur déplaire. Le manque offrait un second souffle à leur relation, et lorsqu'ils se retrouvaient le soir, ils pouvaient parler de choses que l'autre n'avait pas vécues. Mathilde trouvait cela très revigorant. En outre, la présence de Marc la rassurait. Depuis l'affaire des spécimens malades, elle dormait difficilement. Le fait de se blottir contre son petit ami, de se réchauffer à sa peau, avait des vertus apaisantes. Elle se sentait moins seule. D'un point de vue pratique, la maison avait bien supporté le passage des ans. Tout était en ordre et le mobilier encore relativement moderne. Il faut dire que Marc s'était lancé dans un grand ménage avant que Mathilde ne franchisse la porte d'entrée. Sans doute avait-il deviné ses réticences. Mais cette dernière n'avait plus rien à reprocher à l'endroit, à l'exception qu'il n'était pas le sien. Son unique problème venait de là. Pour parer à cette impression, elle proposa qu'ils revendent quelques meubles, au moins ceux du salon et de la chambre à coucher, pour en acquérir de nouveaux, rien qu'à eux. Dormir dans le lit de ses défunts beaux-parents la bouleversait. Il lui semblait que la fatalité allait s'accrocher à elle comme un poison funeste. Cependant, bien qu'elle ait insisté sur ce point, Marc refusa au motif qu'ils n'avaient pas suffisamment d'argent. C'était vrai, car ils vivaient de leurs seules indemnités de stage, mais Mathilde ne pouvait s'empêcher de douter que la véritable raison fût celle-ci. L'attachement de Marc à ce qui restait de ses parents relevait de l'obsession. On aurait dit qu'il considérait chaque bibelot comme une relique, un fragment vivant de ses chers absents. Sa quête impossible inquiétait Mathilde sans qu'elle se décide à l'en dissuader. Craignant d'accentuer sa peine, elle espérait qu'avec le temps, il accepterait l'irréparable. La seule chose qu'elle imposa fut de changer l'hôte numérique de l'ondophone domestique. La procédure était gratuite et il était hors de question de continuer à discuter à longueur de journée avec la vieille gouvernante sèche et désagréable que les précédents propriétaires avaient configurée. Ils choisirent donc un personnage masculin d'une vingtaine d'années, qu'ils prénommèrent Édouard, doté d'un sourire farceur et d'un bon sens de l'initiative. Sa mission consisterait principalement à organiser et à synchroniser leurs emplois du temps, à accueillir les invités, à gérer les robots ménagers et le courrier. Édouard était malin, avenant, et peu envahissant. C'était tout ce que Mathilde demandait.

Lorsqu'un soir, justement, après être rentrée tard, l'intelligence artificielle lui rappela qu'ils étaient conviés à dîner le lendemain chez Basile et Chloé, elle poussa un soupir de lassitude. Elle avait complètement oublié et aurait voulu annuler pour continuer à travailler.

Mais Marc ne l'entendit pas ainsi. Lui qui n'avait plus la chance d'avoir de famille encourageait Mathilde à entretenir les liens avec la sienne. Son statut d'orphelin rendait la lutte inéquitable. Que le mot chance fût ou non approprié, il aurait été cruel de le contredire. Ils quittèrent donc leur domicile le jour d'après pour rejoindre le centre-ville où vivaient les parents de Mathilde.

Ces derniers habitaient une vieille bâtisse biscornue dont Chloé avait décoré l'enceinte. Ayant été déclarée inapte au travail lorsque Mathilde était encore en gestation, elle occupait ses journées à peindre, et considérait le mur comme sa principale vitrine. Pour le reste de ses créations en revanche, personne ne les admirait jamais, car elle les conservait dans un atelier clandestin que le père de Mathilde avait creusé au deuxième sous-sol de la maison. Se moquant du caractère illégal de l'entreprise, c'était pour lui un moyen de protéger sa femme contre la Communauté. Car Chloé dérangeait. Elle s'habillait toujours de costumes aux couleurs flamboyantes, aux coupes amples et hors mode, qu'elle concevait elle-même et qui volaient à tout vent en s'emmêlant à ses longs cheveux gris. Malgré ses soixante ans, la mère de Mathilde était encore très belle. La silhouette fine, elle se mouvait avec grâce, comme si elle marchait sur un nuage. Deux yeux verts venaient éclairer le visage, et la peau, contrairement à celle des autres femmes, demeurait diaphane tant Chloé exécrait les salons d'esthétique. Parfois, au cours d'une conversation, elle fixait son interlocuteur, le regard brillant d'un éclat inquiétant, et son esprit en profitait pour vagabonder ailleurs. Les voisins retenaient alors d'elle l'image d'un personnage fantasque, une gentille folle en somme, un peu bizarre mais guère nuisible. En outre, ils lui reconnaissaient volontiers son talent pour le dessin qui, depuis le mur de sa maison, contribuait à la bonne réputation du quartier. Incrustée de minuscules éclats de verre et de miroir, teintée d'indigo, la fresque faisait la fierté de Chloé, laquelle expliquait, lorsqu'on le lui demandait, qu'elle avait essayé de reproduire une mer par beau temps. Mais parce qu'elle était inaccessible, tapie derrière l'interminable désert, personne ne savait conceptualiser la mer. La voix de l'Information générale décrivait une abstraction polluée, dangereuse et inutile. Quant à sa magnificence… elle était aussi peu fondée que l'image qu'en donnait la peinture de Chloé. Néanmoins, quand le soleil assommait la cité, la maison aux murs bleus se voyait de très loin, étincelante comme un solitaire au milieu de l'immensité grise.

Plus jeune, Mathilde avait été fascinée par l'histoire de cette mer dont Chloé certifiait la splendeur, et avait souhaité découvrir ce mystère dont sa mère prétendait détenir le secret. Trop heureuse de représenter pour sa fille une source d'intérêt, celle-ci ne s'était pas fait prier. Elle conservait dans son atelier, à l'insu de la Communauté, ce qu'elle nommait des livres. À l'écouter, il s'agissait de véritables antiquités, des trésors qu'elle chérissait, car ils appartenaient, disait-elle, à un monde révolu. Elle en possédait cinq. Cinq lourds volumes reliés d'une couverture de cuir abîmée. Chloé les avait hérités de sa mère, qui elle-même les tenait de la sienne. Jamais au Centre Mathilde n'avait vu pareils objets, pas plus qu'elle n'en avait entendu parler dans ses cours de civilisation. Chloé avait alors expliqué qu'il en existait d'autres, mais en très faible quantité, et que tous étaient détenus par le département des Archives, où était leur place. Même si, pour sa part, elle ne s'était jamais résignée à confier les siens. Ils constituaient son héritage, la seule chose qui demeurait de ses parents et, un jour, ils appartiendraient à Mathilde. Sans comprendre la langue qui y était employée, cette dernière s'était immédiatement passionnée pour ces curiosités que Chloé traduisait du mieux qu'elle pouvait. Au cours des rares permissions de sortie de Mathilde, la mère et la fille s'enfermaient pendant des heures dans l'atelier souterrain et Chloé décrivait la mer, les montagnes enneigées, les animaux vivant sous des cieux que jadis on appelait tropiques, ceux qui venaient de contrées froides, et beaucoup d'autres images fantastiques échappées d'un univers inconnu. Naturellement, Mathilde avait fini par poser des questions. La plus récurrente étant de savoir s'il subsistait, quelque part, des vestiges de cet eldorado. Cette éventualité l'obsédait. Mais à cette interrogation, sa mère avait toujours réagi de la même façon. Elle se montrait soudainement mal à l'aise et changeait de sujet. Une fois cependant, Chloé avait bougonné que le monde avait évolué, que c'était normal, et qu'il ne fallait pas regretter. Mathilde lui avait opposé un regard lourd de soupçons en demandant tout bas si, pour sa part, elle y croyait encore. À la condition de ne plus jamais en reparler, Chloé avait acquiescé.

Mathilde ignorait qu'en réalité sa mère se protégeait. Dans le passé, ses convictions l'avaient livrée plus d'une fois aux instituts de raison, et elle n'éprouvait pas de plus grande terreur que d'y retourner. Anciennement centres pénitentiaires, ces établissements accueillaient les individus déclarés déraisonnables par les médecins et les policiers. On s'occupait d'eux selon des conditions allant de la semi-liberté à l'incarcération la plus totale, en leur réapprenant à vivre au sein de la Communauté. On leur inculquait les règles. Chloé en était sortie au terme de nombreux examens, épuisée et meurtrie. Non pour cause de mauvais traitements (au contraire, on avait pris grand soin de sa personne), mais pour être revenue sur ses propos et ses convictions. Elle gardait de ces séjours un souvenir terrible et taisait désormais ses pensées les plus intimes. Le seul écart de prudence avait été pour sa fille, ce qu'elle avait vite regretté.

Mathilde, un jour, avait divulgué l'existence des livres à quelques camarades de classe en espérant qu'eux aussi en auraient entendu parler. Et si, à sa demande, Marie, Marc et Matthew s'étaient tu, les autres élèves n'avaient pas résisté à la tentation de faire circuler l'information, de sorte que, deux jours plus tard, toute la promotion connaissait le secret de Chloé. Dès lors, en plus d'être moquée, Mathilde avait été convoquée par le professeur Blake. Avec une fermeté sans égale, ce dernier avait récité les chefs d'accusation rapportés par les enseignants. Sur le moment, l'adolescente avait bien essayé de protester, de dire qu'elle avait vraiment vu ces images, mais en vain. Le Doyen avait balayé la crédibilité de son discours. Il comprenait sa crédulité, imputable à son inexpérience, mais son rôle était de la mettre en garde contre les propos ineptes de sa mère. D'un air contrit, il avait confié que si Chloé avait été déclarée inapte à travailler, c'était à cause d'un état psychique déficient. Selon lui, les rechutes n'étaient pas rares, et Chloé y avait certainement succombé.

Sur le moment, la nouvelle avait provoqué en Mathilde un véritable cataclysme. Le Doyen avait expliqué que Chloé vivait dans un monde imaginaire, qu'il avait été plusieurs fois question de l'interner définitivement, mais que les autorités y avaient renoncé, considérant que la pauvre femme ne présentait de danger pour personne, sinon pour elle-même.

– Cependant, avait-il ajouté, si ta génitrice t'influence avec des idées fausses, cela pose un grave problème. Il ne faudrait pas que ces théories rocambolesques altèrent ton éducation et t'empêchent de te concentrer sur tes études. Il serait vraiment dommage qu'à force de répandre des insanités, nous soyons contraints de te renvoyer…

La phrase avait résonné en Mathilde comme une mise à mort.

Elle ne voulait évidemment pas que Chloé fût une nouvelle fois internée, mais ne souhaitait pas non plus voir son avenir saboté. Le Doyen l'avait observée un long moment, se demandant si elle allait persister dans son entêtement. Après un court silence, elle s'était redressée en assurant que de telles déconvenues ne se reproduiraient plus. Elle était désolée de s'être rendue coupable d'indiscipline et plus jamais elle ne se laisserait corrompre par la folie de Chloé. Le directeur avait paru satisfait.

Dehors, dans le couloir, Marc, Matthew et Marie l'avaient attendue, mais devant sa mine sombre, ils n'avaient pas posé de questions, se contentant de lui emboîter le pas. Mathilde s'en était agacée. Dans un sanglot rageur, elle avait maugréé que Chloé était malade, qu'elle aurait dû se méfier de ses discours, et que c'était la dernière fois qu'elle prêtait attention à ces romances ridicules. Puis elle avait couru jusqu'à l'ascenseur qui s'était refermé sur elle et ils n'avaient plus jamais reparlé de l'incident.

Cet événement avait eu sur la jeune fille des répercussions fondamentales. Dotée d'une fierté peu commune, Mathilde s'était sentie trahie par Basile et Chloé, ces êtres à qui elle avait fait confiance, sans les connaître vraiment. À compter de ce jour, son cœur inexpérimenté s'en était donc remis au Centre, le seul guide qu'il reconnaissait, et elle avait cessé de rendre visite à ses parents.

Un dîner chez Basile et Chloé

Quand son hôte domestique annonça l'arrivée du jeune couple, Chloé se précipita dans l'escalier en manquant se casser une jambe. Elle se jeta dans les bras de sa fille.

– Ma chérie ! s'exclama-t-elle avec émotion. Comme je suis heureuse de te voir !

Elle se ressaisit aussitôt, craignant de commettre un impair.

– Vous aussi, Marc, ajouta-t-elle. Je suis contente que vous soyez venu. La dernière fois, nous nous sommes croisés.

– Merci. Vous avez l'air en pleine forme !

Chloé exulta.

– Toujours, quand Mathilde est là... Basile est en train de jardiner dans la cour. Je le préviens tout de suite !

Elle s'éloigna vers le fond de la maison.

Marc embrassa Mathilde dans le cou.

– Détends-toi...

– Je suis très calme, répliqua la jeune fille dans un sourire figé. Juste un peu déstabilisée par son enthousiasme.

– Ce sont tes parents, rétorqua Marc d'un ton critique. Chez les gens normaux, il est courant de se réjouir quand on se retrouve en famille.

Mathilde lui jeta un regard noir qu'il fit mine d'ignorer. Il la poussa dans la pièce principale. Quelques instants plus tard, Chloé revint avec un plateau rempli de victuailles, suivie par Basile, dont Marc pensa qu'il avait le pas plus lourd que la dernière fois qu'il l'avait vu. « Ils vieillissent, songea-t-il. Ils vieillissent, et elle ne s'en rend pas compte. »

Le père de Mathilde avait soixante-cinq ans. Dans sa jeunesse, il avait dû être un géant, mais sa taille accusait désormais les années. Tout au long de sa vie, son métier de cultivateur l'avait obligé à se courber pour soigner les plantes, et ses épaules auparavant larges et charpentées penchaient à présent vers le sol. Son front un peu plus clairsemé chaque année le vieillissait davantage. Heureusement, sa passion pour le jardinage l'exposait régulièrement à l'air libre, si bien qu'il affichait une mine lumineuse. Par ailleurs, il souriait souvent.

Traînant des pieds dans sa combinaison d'ouvrier, il se dirigea vers sa fille mais, avant qu'il ait pu l'étreindre, celle-ci posa une main distante sur son bras.

– Comment vas-tu, Basile ? lança-t-elle en forçant le ton.

Son père reprit contenance.

– Très bien. Et toi ?

– Un peu fatiguée. J'ai beaucoup de travail en ce moment.

– Tu vas nous raconter.

Il avança le fauteuil le plus confortable.

– Tiens, assieds-toi.

Il se tourna vers Marc. Ce dernier lui tendit franchement la main et tous deux prirent un siège pendant que Chloé disposait son plateau sur la table basse. À la vue des fruits posés dessus, Marc se réjouit.

– Des fraises ! s'exclama-t-il. Je ne savais pas que la banque alimentaire en avait cette semaine. C'est tellement rare…

– Elles ne viennent pas de là, fit Chloé en jubilant.

Marc lui lança un regard incrédule.

– Disons qu'elles proviennent de ma petite réserve personnelle, poursuivit Chloé avec malice. Je vous en donnerai, si vous les trouvez bonnes.

Comme Marc la dévisageait sans comprendre, elle expliqua qu'elle faisait pousser des fruits dans son atelier avec du matériel que Basile avait récupéré sur son lieu de travail. Mathilde se rembrunit.

– Tu continues tes cultures sauvages ? Décidément, tes excentricités ne finiront jamais…

Chloé se tordit les mains en un mouvement coupable.

– Je suis désolée. Je pensais que cela vous ferait plaisir…

– Et tu as raison ! tonna Basile en jetant un regard sévère à sa fille.

Mais celle-ci s'emporta de plus belle :

– Mais enfin, c'est inconscient ! s'écria-t-elle. Ce type de pratique est illégal, vous le savez très bien. S'il existe une banque alimentaire, ce n'est pas pour rien. C'est elle qui distribue la production à la population. Vous risquez d'avoir des ennuis. On pourrait témoigner contre vous. On vous accuserait de vous livrer à du marché noir… vous pourriez…

– Quoi ? Avoir une amende ?

Son père avait parlé doucement.

– Par exemple.

– Et après ?

Mathilde pensa aux précédents internements de sa mère.

– Après, c'est votre problème, bien sûr, répondit-elle en détournant les yeux.

– En effet. D'autre part, il ne faut pas tout confondre. Chloé a fait cela pour te faire plaisir. Rien ne sortira d'ici. Ce n'est pas toi qui vas nous dénoncer ?

Son père l'intimidait. Elle n'osa pas riposter.

– Alors profite de ce minuscule bonheur tant qu'il est là, poursuivit-il. Et cesse de te tourmenter pour des conséquences aussi absurdes qu'improbables. Parce que même si nous étions poursuivis, je ne regretterais pas un instant d'avoir goûté ces fruits !

Sur ces mots, il attrapa une fraise dans laquelle il croqua à pleines dents. Marc fit de même et, devant le regard impérieux qu'il lança à Mathilde, celle-ci l'imita à contrecœur.

Tentant d'alléger le climat ambiant, Chloé demanda comment se passait la vie au Centre. Mathilde ravala son dépit. Elle se prêta à l'exercice, même si, à cet instant, ses études étaient la dernière chose dont elle souhaitait parler. Elle évoqua le problème auquel elle était confrontée.

– De quoi souffrent les spécimens ? s'enquit son père.

– Pour l'instant, d'une extrême nervosité. Au point que certains opposent une résistance aux appareils de croissance. D'autres au sommeil artificiel. C'est très préoccupant.

– Leurs parents doivent être morts d'inquiétude, intervint Chloé d'un air désolé.

Mathilde la regarda avec étonnement.

– Ce n'est pas comme s'ils les connaissaient, objecta-t-elle. Ils se contentent d'observer des corps inconscients à travers une vitre. De toute façon, ils ne sont pas au courant. Les visites sont suspendues jusqu'à nouvel ordre. Raison technique.

– Si tu permets, ce n'est pas tout à fait ainsi que cela se passe, rétorqua Basile. Pendant ta gestion, nous venions te voir tous les jours. Et même si nous ne pouvions te parler, nous t'aimions déjà. Tu as été notre enfant à la seconde où ton cœur s'est mis à battre…

Mathilde s'aventurait sur un terrain glissant. Elle et ses parents avaient maintes fois évoqué ce sujet, et jamais elle n'était parvenue à comprendre leur point de vue, pas plus qu'eux, le sien. Au plus profond de son être, elle trouvait très incongru d'éprouver de l'affection pour un corps vide et étranger. Mais Basile et Chloé lui opposaient systématiquement l'existence d'un amour inné, inexplicable, antérieur à la naissance. Tous deux avaient toujours eu une âme romantique, surtout sa mère, tandis qu'elle considérait son activité sous un jour exclusivement scientifique. Elle s'en tenait aux faits.

– Quoi qu'il en soit, reprit-elle, très peu de géniteurs… enfin, de parents, viennent au Centre. Ce n'est plus comme à votre époque où ma génération représentait une prouesse technologique.

Elle regarda sa mère.

– Ne t'inquiète pas pour eux, Chloé. Si on compte un millier de visiteurs sur les quatre générations en cours, c'est un maximum. Les autres ont déserté depuis longtemps, et la majorité n'est même jamais venue. Ils se manifesteront après la naissance.

– Je suppose qu'avant, l'intérêt est limité… fit Basile avec amertume.

– Disons que ça dépend des gens. Et, géniteurs ou pas, ce n'est pas ça qui va m'aider à résoudre mon problème. Mon avenir est en jeu. Le Doyen nous met une pression terrible !

– Ne te laisse pas déstabiliser, dit Marc. Tu vas y arriver.

– Absolument ! approuva Chloé en apportant la suite du repas.

Mathilde tendit son assiette à sa mère qui la remplit d'une mixture brune très odorante.

– Qu'est-ce que c'est ? demanda-t-elle en humant la vapeur qui se dégageait du plat.

– Une purée d'algues, répondit Chloé sans conviction. Je n'ai rien trouvé de mieux. Difficile de cuisiner avec ça mais, tu vois, nous sommes aussi capables de faire comme tout le monde. Goûte, ce n'est pas mauvais. Juste un peu salé.

Mathilde remercia avant de plonger dans son assiette.

Le dîner se poursuivit sans heurts, mais sans grande animation non plus. Ils parlèrent du métier de Basile, qui devenait de plus en plus pénible à mesure que la population croissait, de l'eau qui manquait durant la saison sèche et de celle qui débordait à la saison des pluies, inondant parfois les fermes souterraines. Chloé leur montra ses dernières créations, et leur en offrit une. Mathilde en fut un peu embarrassée, bien qu'heureuse d'imaginer une nouvelle peinture accrochée aux murs de leur maison. C'était un point de gagné sur le passé. Quand ils revinrent dans le salon, Basile avait disposé sur la table des tasses et une cafetière fumante. Ils reprirent leurs places. Chloé demanda des nouvelles de leurs amis. Marc s'apprêtait à répondre que tout allait pour le mieux lorsque Mathilde le devança :

– Matthew part pour la frontière, annonça-t-elle sans préavis.

Basile se redressa.

– Quand ? s'enquit-il d'une voix fébrile.

– Il ne sait pas exactement. Dans trois mois, maximum. Il a commencé une formation.

Marc la regardait avec insistance. Il l'apostropha :

– Tu… tu ne m'as rien dit ! Depuis quand le sais-tu ?

– Depuis la semaine dernière, répondit Mathilde d'un ton prudent. Nous avons pris un verre.

Marc affichait une mine perplexe tandis que Basile et Chloé étaient inquiets. Mathilde décida de briser le seul tabou qu'elle leur connaissait.

– Vous savez ce qu'il va y faire ? osa-t-elle d'une voix faible.

Chloé lança aussitôt un regard anxieux à son mari.

– Tu sais très bien ce qu'il va y faire, répondit celui-ci en fixant le mur. Il va défendre la Communauté.

– Oui, bien sûr. J'espérais simplement que vous auriez plus d'informations. Après tout, vos grands-parents l'ont passé cette frontière.

Basile baissa la tête, et Mathilde remarqua que ses mains s'étaient mises à trembler.

– Absolument pas, dit-il d'un ton sec. Nous n'étions pas nés à cette époque. Et bien trop jeunes ensuite pour nous souvenir de leurs récits.

Il observa le fond de sa tasse.

– Tout ce que je sais, tu le sais aussi, ma petite fille… Toute ma famille y est passée. Mon père, ma mère, mes tantes… tous ! Je n'étais pas là quand ils ont attaqué le quartier. J'étais à l'hôpital pour deux jours. J'avais des problèmes respiratoires.

Il eut un rictus triste.

– En fin de compte, c'est ce qui m'a sauvé. J'ai eu beaucoup de chance. Pour le reste, je ne me souviens de rien. La seule chose que je sais, c'est que les soldats nous défendent. Parce que de l'autre côté, ils ont décidé que nous devions cesser d'exister.

Il fit une pause et soupira bruyamment

– C'est bien ce que fait Matthew… Courageux, ce gamin.

Il se tut. Mathilde se demanda si Matthew reviendrait un jour. Elle regarda Marc mais lui aussi était dans ses pensées. Sans doute songeait-il à la même chose. Finalement, Basile reprit la parole comme si de rien n'était.

– Je suis content de vous avoir vus, dit-il en se levant. Vraiment, c'était gentil de venir. D'autant que vous n'habitez pas à côté. J'espère que vous reviendrez.

Il épousseta sa combinaison.

– J'ai du travail à finir dans la cour, prétexta-t-il. Je n'ai guère de temps libre et j'ai promis à Chloé que j'essaierais de lui faire pousser des fleurs.

Marc se leva, heureux que son beau-père offre l'échappatoire qu'il cherchait depuis quelques secondes. Il répliqua d'une voix enrouée :

– Oui, nous ne voulons pas vous retenir.

Il se tourna vers Chloé avec un sourire de marionnette.

– Le repas était délicieux !

Celle-ci répondit par un signe de tête.

– Cela m'a fait plaisir de vous revoir, Marc. Vous êtes le bienvenu, ici.

Prise de court, Mathilde embrassa maladroitement son père puis fit de même avec sa mère. Cette dernière était nerveuse, elle le percevait. Elle aurait eu envie de l'enlacer, comme elle le faisait parfois avec Marc, mais elle en était incapable. À défaut, elle étreignit ses épaules d'un geste emprunté avant d'actionner l'ouverture de la porte.

Dans le train du retour, le silence s'installa entre Mathilde et Marc. Ce dernier fixait les parois du tunnel, s'attardant sur les publicités, et Mathilde reporta son attention sur les passagers assis autour d'eux. Certains somnolaient, d'autres consultaient les nouvelles récentes dans une attitude très concentrée, la plupart étaient occupés à rejouer la scène du dernier attentat. Ceux-là étaient facilement reconnaissables, non seulement aux images projetées par leurs ondophones, mais surtout aux cris qu'ils poussaient chaque fois que leur personnage numérique abattait un terroriste du clan ennemi. Régulièrement perçaient ainsi dans la mêlée les exclamations rauques des gagnants.

Mathilde ne se sentait pas l'envie de jouer, pas plus que de tirer Marc de son humeur maussade. Avec une angoisse sourde, elle ressassait les mots qu'avait prononcés son père, les souvenirs terribles qu'il avait exhumés.

Lorsqu'ils arrivèrent chez eux, Marc se tourna vers elle, l'air rancunier.

– Qu… qu… quand comptais-tu m'en parler ? lança-t-il d'un ton accusateur.

– Quoi ?

Elle vit les muscles de sa mâchoire se contracter.

– Qu… Quand comptais-tu m'avertir du départ de Matthew ?!

– Je ne sais pas, répondit-elle, décontenancée. J'étais tellement inquiète que j'ai fait abstraction. J'attendais la bonne occasion…

– Et je su… su… suppose qu'un dîner chez tes parents con… constituait l'opportunité rêvée ?!

Elle recula.

– Je leur ai donné les nouvelles qu'ils demandaient. Si tu m'avais posé la question…

– J'ai le droit de savoir, mais je ne peux pas deviner !

Mathilde lui jeta un regard furieux.

– Qu'est-ce qui te dérange le plus ? lança-t-elle. Le fait que Matthew parte pour la frontière ou que je l'aie vu sans toi ?

L'espace d'une seconde, Marc fut déstabilisé avant de s'énerver davantage.

– Ssss… sss… son départ, bien sûr ! Et le fait que tu ne m'aies rien dit ! Matthew est mon meilleur ami !

– Ce n'est pas ma faute s'il ne t'en a pas lui-même parlé plus tôt. Il le ferait certainement si tu lui en laissais le temps. Ou si tu l'appelais, ton meilleur ami…

Marc enrageait. Il la toisa, l'œil débordant de reproches, puis alla se réfugier dans la chambre dont il claqua la porte.

Mathilde demeura interdite dans l'entrée de la maison. Elle hésitait à le rejoindre comme elle avait coutume de le faire chaque fois qu'ils se querellaient, mais elle manquait d'énergie. Lasse, elle gagna le séjour. Marc remonta une heure plus tard.

– Je n'aime pas que tu le voies sans moi, concéda-t-il au bout de quelques secondes.

Il se tenait sur le seuil, le visage dissimulé dans la pénombre.

– Et je n'aime pas me disputer avec toi.

Elle lui fit signe de la rejoindre sur le canapé, ce qu'il fit sans hésiter. Mathilde n'ignorait rien du mal qui le rongeait. C'était toujours la même insécurité qui s'interposait, régulièrement, entre eux. Elle avança la main pour lui caresser les cheveux.

– Tu n'as rien à craindre, dit-elle avec douceur.

La première réaction de Marc fut de hausser les sourcils comme s'il n'avait aucune idée de ce à quoi elle faisait référence, puis il capitula. À quoi bon ? Elle le connaissait si bien.

– Je sais, soupira-t-il. Mais c'est plus fort que moi. J'ai peur de te perdre. J'ai peur de Matthew et de son humour. Parfois, quand je vous observe, je me dis que vous vous entendez mieux que nous ne le ferons jamais.

– Tu te trompes.

Il fit la moue et la prit dans ses bras.

– Pardon, dit-il. Je n'aurais pas dû crier. Mais la simple idée de te perdre me met dans tous mes états. Je me suis tellement battu pour toi…

– Il serait peut-être temps d'abandonner, répondit Mathilde dans un murmure. Tu as gagné. Je suis grande maintenant.

Elle colla le menton à sa joue.

– Quant à Matthew, je crois que tu devrais le voir. Il est terrifié. Et moi aussi, pour tout te dire.

Marc l'embrassa sur le front.

– Moi aussi, souffla-t-il. Moi aussi.

Impasse

Les jours qui suivirent, Mathilde et Mila travaillèrent sans relâche. Le défi était de taille. Il fallait trouver une façon de soigner les spécimens, si possible sans intervenir chirurgicalement. Pour ajouter à leur peine, personne n'avait encore déterminé l'origine de la panne, ni sa corrélation avec la maladie, si bien qu'elles étaient forcées d'avancer à l'aveugle. C'était la première fois que le Centre était confronté à un problème de cette envergure. D'ordinaire, lorsqu'il s'agissait de concevoir un traitement, on connaissait la nature du trouble initial. Pour l'heure, on manquait cruellement de point de départ, et l'attitude du Doyen n'arrangeait rien. Depuis la première réunion, ce dernier convoquait les équipes chaque jour afin de contrôler leurs progrès et, face à la lenteur des avancées, il se murait dans un silence accablant. Plus ses collaborateurs tardaient à trouver, plus l'estime qu'il leur portait diminuait. À la fin de la semaine, la pression était telle que Mathilde avait perdu du poids et s'était disputée plusieurs fois avec Marc. Aussi, lorsque Mila l'accueillit un matin avec un grand sourire, elle crut son calvaire terminé.

– Ça y est ! claironna sa camarade en levant les bras au ciel.

Mathilde se précipita.

– Tu as trouvé ?

– Pas tout à fait, répliqua Mila. Mais nous avons reçu les nouveaux bilans médicaux.

Mathilde afficha une expression déçue.

– Ah. Ton enthousiasme fait plaisir à voir… Tu as déjà tout étudié ?

– Non, je viens d'arriver. Mais j'ai quand même ouvert les documents. Ils contiennent les dossiers des spécimens malades et sains, et une note de synthèse.

Mathilde remercia Mila et s'assit à son bureau. Depuis quelque temps, tout en elle respirait le découragement. D'un geste las, elle sélectionna les fichiers des spécimens sains. Les équipes médicales avaient consigné leur évolution sur de savants schémas. Mathilde réalisa qu'étudier chaque dossier constituerait l'affaire de plusieurs jours. Il y en avait des centaines. Elle se focalisa sur la note.

Le document était concis et, par endroits, très attendu. Il indiquait naturellement que, lors de la panne, toutes les unités avaient été privées de nourriture, de chaleur, d'exercice physique et de stimuli cérébraux, mais qu'elles n'en avaient subi que des conséquences mineures. En fin de compte, le rapport ne signalait rien de vraiment singulier. Ces spécimens étaient en bonne santé, et, ainsi que cela avait été rappelé lors de la réunion, ils ne présentaient pas de défaillances extraordinaires, du moins pas plus après la panne qu'avant.

Elle fut de nouveau saisie par cette question qui la hantait depuis plusieurs jours. Pourquoi seule une cinquantaine de spécimens étaient atteints d'un mal inconnu ? Pourquoi celui-ci n'avait-il pas touché la totalité des stèles ?

Elle appela Mila.

– Rien à signaler de ce côté, indiqua-t-elle avec dépit. Les agents ont sans doute déjà tout passé au peigne fin. Pour les unités malades, je propose qu'on se partage le travail. Tu t'occupes des vingt-cinq premiers cas et moi des autres. Nous pourrions faire un bilan dans deux heures…

Mila acquiesça et vint s'installer près d'elle. Bientôt, il régna dans la pièce un silence appliqué.

Mathilde se concentra. Le document mentionnait que, depuis la panne, pas un seul spécimen ne se développait de manière cohérente. Sans espérer de miracle, ce genre de nouvelles ne pouvait que la déprimer davantage. Elle accéda au dossier de l'unité 32 avec appréhension. Ce dernier avait été le premier à s'agiter de manière inhabituelle jusqu'à endommager la paroi de son utérus. Le rapport ne relevait aucune amélioration. Au contraire, le spécimen présentait toujours un rythme cardiaque et une tension élevés, un taux d'adrénaline très au-dessus de la normale, une crispation régulière des muscles, des tremblements, et, comme d'autres, une résistance au sommeil artificiel. Les agents craignaient l'apparition de lésions internes, ayant déjà constaté un ralentissement de l'activité rénale. Mathilde interrompit sa lecture. Jusqu'à présent, faute de meilleur traitement, on administrait aux spécimens de puissants anesthésiants. Mais le protocole n'était pas sans risque. Il était susceptible d'occasionner des séquelles sur le système nerveux, lesquelles conduiraient à l'arrêt du programme. Elle songea que le professeur Blake ne pardonnerait jamais un tel fiasco.

– Ce qui m'étonne beaucoup, dit-elle en levant vers Mila des yeux découragés, c'est que même la panne réparée, leur état continue de se dégrader. Techniquement, tout va bien, et pourtant, on ne constate aucune amélioration. Une simple détérioration progressive… et collective !

– Oui. C'est inexplicable.

Mathilde quitta la salle et se rendit au réfectoire dont elle revint les mains chargées de boissons énergisantes. Les autres élèves avaient dû piller les billes de sucre dont Mila raffolait. Pour toute réponse, celle-ci lui agrippa le bras.

– Viens voir ! lança-t-elle d'une voix tendue.

Elle pointait du doigt le cliché d'un spécimen.

– Là ! Regarde !

Mila désignait l'articulation d'un coude féminin, à la peau délicate et souple, avec dans sa pliure une grosse tache brune.

Mathilde fronça les sourcils.

– Qu'est-ce que c'est ?

– C'est apparu hier, répondit Mila. Mais ça date peut-être de plus longtemps. Difficile de savoir à cet emplacement. Un autre se développe aussi sous le genou.

Elle zooma sur les jambes jusqu'à distinguer une imperfection plus large que la précédente, également plus rouge, mais sans relief.

– Ce n'est peut-être que la marque des bras artificiels, indiqua Mathilde.

– Impossible. Tu as vu l'ampleur de la lésion ?

– Qu'est-ce que c'est alors ?

Mila souligna une phrase que Mathilde lut par-dessus son épaule.

– Un psoriasis ?

– Selon le rapport, il s'agit d'une affection de la peau qui normalement ne touche que des individus déjà nés.

Mathilde lui lança un regard ahuri.

– Des personnes comme toi et moi ? Jamais des spécimens ?

– Non.

Mathilde s'écarta du bureau. Plus rien n'était cohérent. Désormais, elle regrettait de faire partie de cette mission. Intentionnel ou non, le piège était là, qui se refermait. Elle revint auprès de Mila.

– Très bien, dit-elle d'un ton résolu. Dans ce cas, il faut que nous trouvions un médecin. Un spécialiste de cette maladie. Quelqu'un qui pourra nous expliquer son origine et le moyen de la soigner. En toute discrétion, bien sûr. Pas la peine de mettre nos concurrents au courant.

– C'est inutile, répondit Mila. J'ai déjà cherché. Ce sont les docteurs en psychologie les mieux placés…

Mathilde sourit. Une psychologue, elle en connaissait une. Et même très bien.

– Je reviens, dit-elle immédiatement.

Quelques minutes plus tard, elle entrait à toute volée dans le bureau flambant neuf de Marie. Celle-ci sursauta avant d'interrompre la conférence qu'elle était en train d'écouter.

– Mathilde ! Qu'est-ce que tu fais là ? Il y a un problème ?

Courbée en deux, la future chercheuse reprenait son souffle. Elle siffla en promenant son regard dans la pièce.

– Eh bien ! C'est minuscule, ici !

Marie soupira.

– Je te rappelle que je suis en stage. C'est la première fois que le Centre a recours à des psychologues. Sans compter que, pour l'instant, nous n'avons pas de patients. Difficile de réclamer le moindre investissement.

– Tu ne t'ennuies pas trop ?

– Non. Je révise. Enfin, je révisais, avant que toi et ta tête ne fassiez irruption.

– Qu'est-ce qu'elle a ma tête ?

– Elle n'est pas terrible pour être honnête.

Mathilde se laissa tomber sur la seconde chaise de la pièce. Sans surprise, elle la trouva inconfortable.

– C'est parce que je suis venue à pied ces derniers jours, soupira-t-elle. Mais c'est fini maintenant. Le temps change.

Marie parut contrariée.

– J'espère que tu ne t'es pas trop exposée au soleil, dit-elle. Je ne vais pas te reparler des consignes sanitaires. Tu sais combien c'est dangereux... De quand date ton dernier bilan médical ?

Mathilde lança un regard amusé à son amie. Celle-ci s'inquiétait toujours trop.

– Un mois. (Elle tapota sa jambe d'un air résolu.) Mais j'ai encore suffisamment de calmants pour tenir un moment. Et toi ?

Marie éluda la question.

– Tu dors bien ?

– Non, pas tellement.

– Tout se passe bien avec Marc ?

– Pourquoi tu me demandes ça ? répliqua Mathilde, piquée au vif.

Marie baissa les yeux en rougissant.

– Pour rien. J'essaie juste de mettre en application ce que j'ai appris. Vivre avec quelqu'un est une étape qui nécessite parfois des ajustements.

Mathilde fronça les sourcils. Elle n'était pas venue pour se faire analyser.

– Arrête de t'inquiéter, dit-elle d'un ton réprobateur. J'ai besoin de toi.

Marie capitula.

– Très bien. En quoi puis-je t'être utile ?

Mathilde raconta son histoire. La réunion, l'état des spécimens, la découverte du psoriasis…

– Vous avez consulté les archives pour voir si ce type d'incidents s'était produit avec notre génération ?

– Bien sûr. Mais nous n'avons rien trouvé. Aucune prédisposition génétique non plus. Le fait que les spécimens présentent une telle nervosité, à un tel degré, est une nouveauté. Sans parler de ces lésions.

– Et tu es certaine qu'il y a un lien entre le comportement de tes spécimens et la panne ?

– Tout se passait très bien avant.

– Tu es sûre qu'il s'agit d'un psoriasis ?

– Les prélèvements sont formels. Comment l'expliques-tu ?

Marie éclata de rire.

– Mais je n'en sais rien ! Il faut que je réfléchisse. Tu as des images à me montrer ?

Mathilde actionna son ondophone. Le visuel se projeta au-dessus de son poignet. Elle agrandit le cliché.

– Tu aurais pu me les envoyer. La qualité n'est pas très bonne là-dessus…

– Je ne veux pas qu'il y ait une trace de ces documents dans ton service. C'est confidentiel.

Marie souleva un sourcil.

– Pourquoi viens-tu me voir alors ?

– Parce que je te fais confiance.

– Je n'aime pas ça, murmura l'apprentie psychologue.

Mathilde la supplia du regard.

– S'il te plaît. J'ai juste besoin de ton avis. Personne n'en saura rien. Le Doyen contrôle tout ce que nous faisons. S'il s'aperçoit que je suis allée consulter l'unité de suivi psychologique pour traiter d'un problème propre aux spécimens, il risque de se poser des questions.

– Moi aussi, pour tout te dire. Je ne vois pas très bien comment je peux t'aider.

– Commence par m'expliquer ce qu'est un psoriasis. C'est un champignon ?

– Non. C'est une maladie de la peau qui peut, entre autres, être déclenchée par le stress, ou par un choc émotionnel.

– Sauf que les spécimens n'ont pas d'émotions. Pas avant la naissance.

– En effet.

– Un événement extérieur alors ?

– Pourquoi pas.

– La panne pourrait constituer un choc suffisant ?

Marie secoua la tête.

– Ça m'étonnerait. Il y a déjà eu des précédents. Et puis, si c'était le cas, tous les spécimens seraient atteints, non ?

Mathilde soupira.

– Quelque chose m'échappe…

Les deux amies se regardèrent avec une complicité désolée, déçues que leurs compétences combinées ne puissent résoudre le dilemme auquel Mathilde était confrontée. Elles restèrent quelques minutes réfugiées dans leurs pensées, lorsque Marie reprit d'une voix hésitante.

– Vous avez envisagé la piste… criminelle ?

– Hein ?

Marie baissa les yeux.

– Oublie ce que je viens de dire.

Mais une lueur s'était allumée dans ceux de Mathilde.

– Cette hypothèse ne m'a même pas effleurée !

Elle réfléchit avant de se raviser.

– Non. Cela supposerait que quelqu'un se soit attaqué aux spécimens en infiltrant un virus ou une bactérie inconnue dans les utérus. Ou en agissant sur leurs cerveaux… Or, le Centre est très bien protégé.

– Quelle autre option te reste-t-il ?

– Pour l'instant ? Aucune. Enfin, si. Continuer de chercher…

Marie se pencha vers elle.

– Nos ennemis sont dangereux, tu sais.

– Très bien, mais pourquoi eux ? Pourquoi s'en tenir à cinquante spécimens quand on peut décimer toute une génération ?

– Je ne sais pas, admit Marie. Mais ça vaut peut-être la peine d'y réfléchir. Surtout si, pour l'instant, tu n'as rien d'autre.

Mathilde leva les yeux au ciel.

– Vu sous cet angle… Je vais en parler aux techniciens. Je ne maîtrise pas le système de sécurité des salles.

Elle lança à Marie un regard navré.

– Du coup, je t'ai dérangée pour rien.

– Non, puisque tu as une deuxième piste.

– C'est vrai.

– Ne te décourage pas, dit Marie dans un sourire.

Mathilde l'embrassa avant de sortir.

– Merci de ton aide.

Révélation

Mathilde ne fut pas longue à rejoindre la salle de repos des techniciens, dans laquelle Henri Whiter se trouvait.

– Je vous dérange ? dit-elle en entrant.

Il était seul.

– Non.

Son regard s'attarda sur le haut de sa jambe, qu'elle comprimait de ses doigts. Ses joues présentaient une rougeur anormale.

– Tu as couru ? s'enquit-il. Je croyais que ta hanche ne te le permettait pas…

Il avait raison, elle n'aurait pas dû se presser. Du reste, peut-être parce qu'on l'avait évoquée, la douleur commençait de se réveiller. Elle se propageait toujours de la même manière. Au début, ce n'était qu'une pointe au creux de l'aine qui gagnait, *crescendo*, le reste du corps. Du dos jusqu'aux chevilles, la souffrance se répandait à la vitesse d'une décharge électrique, comme si on piquait son corps de mille aiguilles. Les médicaments encapsulés dans l'implant qu'elle portait à la cuisse agissaient plus lentement. Elle demanda à s'asseoir. Henri désigna les couchettes du personnel de nuit.

– Ce n'est pas d'un très grand confort mais cela te reposera.

Il offrit son bras pour l'aider, ce qu'elle déclina.

– Je dois me débrouiller seule.

Elle claudiqua jusqu'au lit où elle allongea sa jambe.

– Je sais que je suis bête de courir, confia-t-elle. Mais je devais vous voir.

– Que puis-je pour toi ?

– La question va vous paraître insensée.

– Dis toujours...

Elle planta son regard dans le sien.

– Pensez-vous que quelqu'un ait pu s'introduire dans la salle le jour de la panne ?

– Je ne comprends pas. Beaucoup de personnes passent en salle de génération...

– Je veux parler de manière illégale.

– Tu es sérieuse ?

– Peut-être. Répondez-moi, s'il vous plaît.

Le technicien écarta les mains.

– Pas à ma connaissance. Chaque passage est validé par le scanner, tu le sais bien. Nous aurions remarqué une intrusion non autorisée. Qu'est-ce qui te fait croire ça ?

– Je suis vos conseils, fit Mathilde avec amertume, car elle était malgré tout déçue. J'essaie de tout envisager. Depuis le début, nous sommes focalisés sur cette panne. Mais peut-être que la cause n'est pas là. J'ai pensé que des criminels auraient pu...

Henri laissa échapper un rire qui la vexa.

– Voyons, dit-il. Le Centre est l'endroit le plus sûr de la Communauté. Avant que l'ennemi parvienne à l'infiltrer, il se passera un certain temps...

– C'est vous qui m'avez conseillé de n'omettre aucune piste. Je croyais que ça valait pour toutes les hypothèses.

Elle sauta de la couchette et s'apprêtait à quitter la salle, quand Henri Whiter la rattrapa.

– Excuse-moi. Tu as raison. Il ne faut rien exclure. Allons au poste de contrôle pour revoir le déroulé de cette journée, d'accord ?

Une fois dans la pièce, ils se dirigèrent vers l'un des moniteurs.

– Regarde, dit-il, avant de lire à haute voix.

En même temps qu'il parlait, les prises de vue du sas d'entrée s'affichaient.

– Minuit. Le jour de l'accident. Les constantes des spécimens sont stables. Le sommeil artificiel est activé. Les équipes de nuit se mettent en place.

Les images montrèrent les membres du personnel qui s'identifiaient auprès du scanner. Mathilde connaissait la plupart d'entre eux.

– Sept heures, poursuivit Henri. Fin de travail des équipes de nuit. Passation au personnel de jour. Aucune anomalie révélée chez les spécimens.

On vit le ballet d'échange entre les nocturnes et les diurnes.

– Rapport technique : la jauge de la stèle 59 présente un déficit en magnésium. Les bras articulés des numéros 5 et 210 fonctionnent difficilement, signalement adressé au service des stocks de les remplacer au plus vite. Huit heures : visite des géniteurs.

Mathilde l'interrompit.

– Qui sont ces gens ? demanda-t-elle en pointant l'image d'une femme qui traversait le sas.

D'autres individus lui emboîtaient le pas.

– Eh bien, les géniteurs, les parents, je viens de te le dire.

– En est-on sûr ?

– Je dois mal comprendre…

– Est-ce que nous sommes certains de leur identité ? De leurs intentions ?

Henri lui opposa un regard outré.

– Évidemment ! répliqua-t-il avec véhémence. Quelle question ! Ces personnes viennent ici depuis le premier jour. Tu ne crois pas que s'ils avaient voulu mal agir, ils l'auraient fait dès le début ? Par ailleurs, comment peux-tu imaginer une seconde que des parents puissent nuire à leur enfant ?

Mathilde ne s'était pas attendue à une telle réaction de sa part. Elle soutint son regard.

– J'étudie toutes les possibilités, répondit-elle, froidement. Qui sont ces gens ? Je veux connaître leur identité et faire des recherches sur eux.

Henri était choqué. Une profonde déception s'empara de lui. Il demanda à l'ordinateur d'émettre la liste des géniteurs présents le jour de la panne. Il les énuméra tandis que s'affichait leur portrait.

– Mme Bessire : génitrice du spécimen 46. M. Helton : géniteur du spécimen 472. Mme et M. Nicol : géniteurs du spécimen 838. M. et Mme Whitam : géniteurs du spécimen 32…

Mathilde fit un bond.

– Ils étaient là ! cria-t-elle.

Henri s'interrompit.

– Ils étaient là ! répéta-t-elle avec colère.

Le technicien commençait à saisir mais, contrairement à Mathilde, il n'en retirait aucune forme d'excitation.

– Je n'ai effectivement pas fait de parallèle entre les parents présents le jour de la panne et les spécimens malades, admit-il, le regard brouillé.

La liste comptait environ quatre-vingts individus. Mathilde constata que tous étaient les géniteurs de spécimens déclarés instables depuis. Elle poussa un juron et fit face au technicien. Elle enrageait d'avoir perdu tant de temps par sa faute.

– Ces personnes viennent depuis quatorze ans, reprit Henri Whiter d'une voix subitement fatiguée. Lorsque les équipes médicales sont passées après, elles n'ont rien remarqué. Les spécimens dormaient et les moniteurs n'ont relevé aucun problème. Il y a par ailleurs d'autres unités malades dont les géniteurs n'étaient pas présents à ce moment-là.

– Excepté qu'il ne faut pas être très nombreux pour attaquer cinquante unités. S'il n'y en a pas eu plus, c'est qu'ils n'ont pas eu le temps, voilà tout ! Je sais qu'ils viennent depuis le début. Justement, c'est bien pensé ! Qui les aurait soupçonnés ? Puisque vous-même n'y avez pas songé…

Henri ne bougeait plus.

– Nous subissons régulièrement des attaques, poursuivit Mathilde d'un ton incisif. Le Centre restait le dernier bastion. Mais ils ont réussi à l'infiltrer !

– Tu dis n'importe quoi !

Henri la transperçait de ce regard qui l'avait si souvent impressionnée. Mais pour la première fois, elle n'en tremblait plus. Il s'était montré si négligent ! Son inattention, lourde de conséquences, pesait sur des vies. Sur sa future carrière. En proie à la révolte, elle quitta la salle en se promettant de se comporter désormais avec lui comme n'importe quelle autre élève, sans plus de familiarité. Pour le reste, elle choisissait de ne pas dénoncer son imprudence. Ce serait, en quelque sorte, son cadeau d'adieu.

La veuve Bessire

Bien décidée à les faire avouer, Mathilde partit à la rencontre des géniteurs. Sur les quatre-vingts personnes ayant pénétré dans la salle de génération le jour de l'accident, les fiches identitaires précisaient qu'à cette heure elle ne pourrait trouver à leur domicile que Mmes Bessire et Whitam.

Élisabeth Bessire vivait seule depuis la mort de son mari, disparu dix ans plus tôt lors d'un bombardement à la frontière où il exerçait en tant que médecin. Tombée en dépression depuis le tragique événement, incapable de travailler, la veuve occupait son temps à visiter les individus réputés dangereux des instituts de raison. Son dossier stipulait qu'elle venait au Centre quotidiennement. Ema Whitam, de son côté, dirigeait l'équipe d'infirmières de nuit de l'hôpital, tandis que son époux était contremaître dans une usine de fabrication de droïdes destinés à l'armée. Eux aussi rendaient régulièrement visite à leur spécimen.

Ces informations en tête, Mathilde prit le train et éteignit son ondophone, afin que son excursion demeure confidentielle. Elle contempla son reflet dans la vitre. Le teint était pâle mais ses yeux retrouvaient l'éclat qui les animait habituellement. Le goût du danger excitait son appétit. La sensation n'était en fin de compte pas désagréable.

En atteignant les abords de la rue où vivait Élisabeth Bessire, elle fut stupéfaite de constater que le quartier abritait une succession d'habitations délabrées. La plupart des murs d'enceinte étaient ébréchés, voire, dans le pire des cas, écroulés. De plus, même si les maisons étaient construites selon la norme, on remarquait au premier coup d'œil que les matériaux utilisés étaient de piètre facture. Jamais Mathilde n'avait vu de telles demeures. Celle d'Élisabeth Bessire n'était qu'à quelques mètres. L'entrée était équipée d'un ondophone obsolète, un modèle n'existant plus depuis des années, qui exigeait que le visiteur signale lui-même son arrivée. Mathilde effleura le bouton d'appel et attendit. Rien ne se produisit. Elle réitéra son geste, mais l'appareil ne renvoya qu'un silence persistant. Elle eut alors l'idée, puisque l'état du mur le permettait, de guetter la présence de quelqu'un à l'intérieur. Se hissant sur la pointe des pieds, elle distingua derrière la baie du salon le profil d'une femme, assise sur un fauteuil. S'étant assurée que personne ne la regardait, elle escalada l'enceinte et sauta de l'autre côté.

Ne connaissant d'arrière-cour que celle que Basile entretenait amoureusement, elle marqua un temps d'arrêt. Tout, dans les environs, évoquait la désolation. Le sol était jonché de débris, d'éclats de verre et de morceaux de béton descellés du mur, lesquels dissimulaient le chemin qui, jadis, devait conduire à la maison. Des panneaux solaires gisaient à terre, privant l'habitat d'une précieuse énergie. Mathilde slaloma parmi les détritus jusqu'à atteindre le perron, et frappa trois coups à la porte. Comme elle n'entendit aucune réponse, elle vint se poster au-dessous du séjour. Malheureusement, de cet emplacement, il lui était impossible d'apercevoir l'immobile personnage, aussi elle tenta d'appeler. Après trois essais infructueux, elle était prête à renoncer, de peur d'alerter le voisinage, quand soudain la porte s'ouvrit. Une minute plus tard, les deux femmes se faisaient face.

Comme l'indiquait sa fiche descriptive, Élisabeth Bessire avait cinquante-cinq ans. Mais elle en paraissait le double. Elle portait une longue tunique noire enveloppant un corps squelettique et androgyne. Les cheveux longs et clairsemés, au travers desquels on apercevait un crâne cireux, étaient retenus par un minuscule chignon qui tirait sur la peau du visage, le faisant paraître plus émacié qu'il n'était, sans réussir à en estomper les nombreuses rides. Seuls les sourcils, fins et arqués, conféraient à l'ensemble un semblant d'expression. Celui d'une fleur flétrie.

Mathilde ne s'était pas attendue à une telle rencontre.

– Madame Bessire ? débuta-t-elle, peu sûre d'elle.

N'obtenant aucune réaction, elle répéta, plus fort :

– Madame Bessire ! Je suis désolée de vous déranger au milieu de vos activités, mais je souhaiterais discuter avec vous.

La femme demeura impassible.

– Je m'appelle Mathilde Simon. Je suis élève au Centre, en génétique. Je m'occupe du spécimen 46.

– Mon fils, murmura la femme comme si, tout d'un coup, on l'eut pincée.

– Heu, oui, répondit Mathilde. C'est ça, votre fils. Est-ce que je peux entrer ? C'est très important.

– Bien sûr. J'attendais votre visite.

Mathilde lui lança un regard surpris mais ne répliqua pas. En traversant l'habitat, elle constata que si le terrain extérieur était chaotique et insalubre, l'intérieur l'était tout autant. Pour ne rien arranger, contrairement à l'usage qui voulait que l'on reçoive dans la partie la plus lumineuse de la maison, Élisabeth Bessire la conduisit dans la cuisine, en sous-sol.

– Puis-je vous offrir quelque chose à boire ? demanda-t-elle d'une voix éraillée. Je dois bien avoir un peu de ProActiv…

Mathilde fronça les sourcils. Le breuvage en question était connu pour ses effets stimulants et n'était vendu qu'après approbation médicale. Les publicités le conseillaient aux grands sportifs ou aux militaires. Son hôtesse n'appartenait à aucune de ces catégories.

– Mon mari est médecin, justifia la veuve comme si elle lisait dans ses pensées. C'est lui qui en a acheté pour Adam. Les jeunes adorent ça.

Un coup d'œil à la poche qui contenait le ProActiv et Mathilde déduisit que le produit ne devait plus avoir aucune vertu sinon celle de faire vomir. Déconcertée, elle se focalisa sur le motif de sa venue.

– Je ne prendrai rien, merci.

Elle s'approcha de la femme.

– Madame Bessire, je voudrais vous parler de votre spécimen.

– Ce n'est pas trop tôt, répondit la femme d'un air soudainement mécontent. Cela fait trois semaines que l'on m'interdit de lui rendre visite. J'ai appelé le Centre mais personne ne veut me renseigner. Je suis heureuse que vous soyez là. Quand pourrai-je le voir à nouveau ?

Mathilde la dévisagea. Son interlocutrice semblait parfaitement sincère dans son étonnement.

– Vous ignorez vraiment la raison pour laquelle vous ne pouvez plus le voir ? demanda-t-elle d'un ton soupçonneux.

La veuve se contenta de secouer la tête.

– La dernière fois que vous êtes venue, le spécimen 46 était dans son état normal ?

– De qui parlez-vous ?

– D'Adam, répondit-elle, un peu agacée. Je vous parle d'Adam. Tout était normal ?

Elle avait haussé la voix sans y prendre garde. Elle commençait à perdre patience. Elle n'avait pas prévu cela. Elle s'était préparée à la résistance, au mensonge, mais pas à la déraison ou à la faiblesse. Pas à la détresse qu'elle percevait derrière le masque ridé.

Son hôtesse la regardait avec des yeux inquiets. L'attitude de Mathilde l'avait effrayée. Acculée, elle balbutia :

– Tout était normal… Bien sûr, tout était normal. Adam est normal, il n'a pas de problème. Il est comme son père. Il n'a pas de problème. N'est-ce pas qu'il n'a pas de problème ? Il a un problème…?

Tout en parlant, elle s'était mise à tourner sur elle-même comme une toupie, semblant avoir perdu le sens de l'orientation. Mathilde comprit qu'elle ne tirerait rien de cet entretien. Du moins rien qui puisse s'ancrer dans la réalité. Tout, dans la demeure, était brisé, jusqu'à son occupante. Repensant au dossier de cette dernière, qui précisait qu'elle était en dépression depuis la mort de son mari, elle eut pitié de cette femme. De cette lucidité que le chagrin avait définitivement altérée.

– Tout va bien, assura-t-elle alors d'un ton radouci. Nous avons simplement un problème technique. C'est la raison pour laquelle vous n'avez pas pu visiter votre spécimen dernièrement. Je veux dire, Adam. Nous attendons que tout soit réparé, vous comprenez ?

La femme parut rassérénée.

– Oui, fit-elle d'une voix lointaine. J'espère que vous trouverez rapidement une solution. Mon fils me manque…

Elle avait expiré ces mots et il sembla à Mathilde que son esprit repartait. Comme s'il avait suffi de le consoler pour qu'il retrouve sa cachette. Toute animation se retira ainsi peu à peu du visage, ne laissant au milieu de celui-ci qu'une fenêtre ouverte sur un néant terrifiant. Une pensée inédite traversa Mathilde. Qu'adviendrait-il de cet être esseulé si, par manque de chance, le programme ne parvenait pas à rétablir le spécimen 46 ?

La femme ne remarqua pas l'air troublé de sa visiteuse. Elle alla s'asseoir sur un fauteuil rouillé où elle commença de se balancer en poussant des gémissements lancinants. Mathilde eut hâte de quitter les lieux. Pourtant, au moment où elle passait la porte, un dernier remords la rappela auprès de la veuve, et elle s'entendit lui dire, s'étonnant elle-même, qu'elle ferait tout pour guérir son fils.

Les Whitam

Contrairement à ses voisines, la maison des Whitam présentait une originalité restreinte. On avait peint de gris le mur déjà gris de l'enceinte, comme s'il avait fallu rendre la construction encore plus hermétique, et ce au mépris de toute considération esthétique. Mathilde se dirigea vers l'entrée. Fait rare, elle fut accueillie par un hôte d'une cinquantaine d'années, au faciès peu aimable, qui lui intima l'ordre de se présenter sans user de formule de politesse. Il disparut dès qu'elle se fut exécutée et un accent féminin directement issu de l'ondophone la cloua sur place.

– Que voulez-vous ?

– Madame Whitam ?

– Je vous ai posé une question, répliqua la voix sèchement.

– Je travaille au Centre, annonça Mathilde, déstabilisée. Je viens vous expliquer les raisons pour lesquelles les droits de visite ont été suspendus.

La voix ne baissa pas la garde pour autant.

– C'est bien la première fois que le Centre se soucie de nous, grinça-t-elle. Je vous ouvre.

Mathilde prit une grande inspiration. Il lui faudrait

manœuvrer finement pour obtenir des informations. Ema Whitam l'attendait sur le perron. C'était une femme brune de taille moyenne, aux cheveux coupés au carré. Elle portait une jupe droite sous un chemisier gris, et des talons si hauts qu'ils paraissaient la ficher dans le sol. Mathilde se fit la réflexion qu'elle avait une allure irréprochable, mais sans beauté ni rayonnement. Quand elle l'eut rejoint, l'antipathique personnage tendit la main. L'étau se resserra lorsque Mathilde y plaça la sienne.

– Entrez, dit la femme sans sourire. J'espère que ce ne sera pas long. Mon mari va bientôt rentrer.

– Non, rassurez-vous, répondit Mathilde qui n'était pas loin de vouloir repartir en courant. Je serai brève.

Lorsqu'elles furent dans le séjour, Ema Whitam se posta dos au mur les bras croisés. Quelque peu refroidie par la manière dont elle était accueillie et jugeant qu'elle n'obtiendrait aucune confidence par la ruse, Mathilde opta pour l'attaque frontale. Sans plus attendre, elle annonça que le spécimen 32 souffrait d'une pathologie rare et préoccupante.

Le roc s'ébranla aussitôt. Ema Whitam se laissa tomber sur le premier fauteuil venu. La réaction parut si naturelle qu'elle surprit Mathilde.

– J'exagère un peu, rectifia-t-elle alors. La situation n'est pas encore catastrophique. Mais le Centre m'a missionnée pour vous interroger. La salle de génération de votre spécimen a été victime d'un problème, aux conséquences inédites. Nous cherchons à savoir pourquoi.

– C'est Blake qui vous envoie ?

La voix, grave, tranchante, venait de l'entrée.

Mathilde pivota. Un homme pénétrait dans la pièce d'un pas énergique.

– Sam ! s'exclama la femme, soulagée. Heureusement, tu es là. Je ne sais pas quoi répondre à cette jeune fille…

Mathilde eut la nette impression d'être prise au piège.

– Je ne suis pas venue vous ennuyer, dit-elle cependant d'un ton calme. J'essaie simplement de comprendre ce qui arrive au spécimen 32.

– Asseyez-vous, ordonna l'homme sèchement.

Mathilde obéit. L'attitude de son interlocuteur l'effrayait. Elle se reprocha de ne pas s'être renseignée à son sujet.

– Alors ? reprit ce dernier d'une voix de stentor. Le Centre nous envoie des émissaires, maintenant ?

– Je ne comprends pas, répondit Mathilde, de plus en plus mal à l'aise.

– Vraiment ? répliqua l'homme en la fixant. Dans ce cas, je vais vous expliquer. Voilà près de quinze ans que mon épouse et moi venons voir notre fils. Autant d'années de parfaite ignorance de la part des responsables du programme ! Pas une fois, depuis le début du développement de Ben, quelqu'un n'a pris la peine de prêter attention à nos questions. Quinze ans d'interrogations sur son état de santé, sa croissance, sa naissance. Elles sont restées sans réponse…

Son débit était saccadé. Mathilde tenta d'adopter une attitude posée. Il ne fallait pas céder au rapport de force. Voyant qu'elle ne disait mot, Sam Whitam se mit à arpenter la pièce en tous sens.

– Quinze ans ! Vous trouvez ça normal ? Le seul droit que nous avons est de venir en visite et de nous taire !

Mathilde s'offusqua :

– Vous avez eu tous les renseignements nécessaires lorsque le programme a été initié ! s'exclama-t-elle, choquée d'être ainsi agressée. Vous savez très bien comment les choses se passent.

Sam Whitam se fendit d'un sourire sarcastique.

– Oh, tout va bien, alors ! De quoi se plaint-on ? Depuis le début, nous vivons avec un schéma qui s'applique à tout le monde et n'importe qui… Voyez-vous, mademoiselle, je me moque des grands principes du programme. Ce que je veux, c'est savoir comment va mon fils !

– Si nous passions notre temps à répondre aux questions de chacun, on ne pourrait pas s'occuper d'eux.

Sam Whitam lui lança un regard excédé. Sa femme tenta de le calmer mais il la rejeta férocement.

– Arrête ! dit-il avec une violence qui impressionna Mathilde. Cela fait tellement longtemps que j'attends ce moment. Pour une fois que l'on veut bien nous écouter !

Il s'approcha si près de Mathilde qu'elle prit peur. Cet homme était hors de lui et elle était seule face à sa rancœur. Elle se souvint que personne ne savait où elle était et que son ondophone était éteint. L'effroi lui vrilla le ventre.

Son interlocuteur poursuivit avec une agressivité croissante :

– Je ne vous demande pas de nous donner quotidiennement de ses nouvelles, renchérit-il. Mais, de temps en temps, ce serait un minimum. Je ne crois pas que cela ferait chuter la production. Car c'est bien la question, n'est-ce pas ?

Mathilde ne répondit pas. Son esprit cherchait le moyen de s'extraire de cette situation critique, tout en sachant qu'en vérité, elle était coincée. Elle maudit son initiative et sa naïveté. Sam Whitam ne cessait de vociférer :

– Vous dites que nous avons eu toutes les informations

nécessaires au lancement du programme ? Il est vrai que, sur ce point, je ne peux vous contredire ! Vos collègues étaient plus courtois lorsqu'ils ont prélevé notre embryon. Là, tout le monde était aimable ! De l'information, on en avait ! Jusque sur notre ondophone, dix fois par jour. Remarquez, nous n'avions pas le choix. C'était ça ou prendre le risque que ma femme fasse une fausse couche. Finalement, le Centre n'a pas eu besoin d'user de beaucoup de persuasion. Nous vous avons confié Ben en pensant que ce serait la meilleure solution. Si j'avais su…

– Sam, ne dis pas n'importe quoi. Maîtrise-toi !

Ema Whitam avait frémi.

– Ma femme n'est pas d'accord avec moi, poursuivit l'homme en scrutant Mathilde. Pourtant, ai-je tort ? Quel est l'intérêt d'avoir un enfant si on ne peut lui parler ni avoir d'échange avec lui ?

« Nous y venons », pensa Mathilde.

– Vous ne pouvez pas comprendre, reprit Sam Whitam avec amertume. Vous faites partie de la première génération. C'est tout ce que vous connaissez. Peut-être que je ne suis qu'un vieux réactionnaire… peut-être…

La colère l'avait essoufflé. Lorsqu'il se tut, Mathilde osa enfin le regarder dans les yeux. Et subitement, alors qu'à la seconde précédente elle tremblait de peur, elle eut la sensation que c'était lui la bête traquée, et non pas elle. Qu'elle avait à ses côtés un homme certes malade, mais tellement bouleversé que l'on ne pouvait y rester complètement insensible. Et si indignée qu'elle était par la virulence de son comportement, elle éprouvait à son égard, comme pour la veuve Bessire, un étrange sentiment de compassion. Une réaction irrationnelle qu'elle s'expliqua par la similitude des propos entendus avec ceux qu'avaient plus d'une fois tenus Basile et Chloé. Elle examina le couple, leurs yeux pleins de désarroi, et admit en son for intérieur que, pour une raison obscure, certains géniteurs souffraient de ne pas avoir de contact avec leur spécimen. Elle décida d'aborder le problème sous un autre angle.

– Monsieur Whitam, reprit-elle d'une voix plus douce. Vous êtes habitués à un mode de procréation qui n'existe plus. Vous savez bien qu'aucune femme ne peut plus mener de grossesse à terme. Si nous élevons les spécimens en milieu artificiel, c'est pour leur sécurité. Dehors, ils seraient à la merci du climat, de nos ennemis. Nous n'avons pas le choix.

Les mains sur les épaules de son épouse, l'homme la regardait sans rien dire.

– De plus, il est primordial qu'ils restent isolés, comme ils le seraient dans un utérus naturel. Nous essayons de recréer les conditions d'origine afin de ne pas perturber leur évolution. Malheureusement, certaines personnes, comme c'est votre cas, s'attachent aux spécimens avant leur naissance. Cette approche pose un problème lorsque nous sommes obligés d'arrêter le développement de l'un d'eux…

Le couple écoutait mais Mathilde sentait que Sam Whitam était loin d'être calmé.

– Justement, coupa-t-il, la croissance de certains spécimens est interrompue… sans que les parents soient consultés.

Mathilde lui opposa un regard inflexible.

– Bien sûr, répliqua-t-elle avec fermeté. Nous y sommes contraints lorsque les déficiences sont trop importantes. Vous pensez qu'il est de notre intérêt d'arrêter le développement de ces spécimens ?

La tension l'échauffait. Ses paumes étaient moites. Elle reprit :

– Songez aux anciens… Combien d'entre eux se sont fait massacrer ? Les enfants étaient les premiers visés. C'est votre instinct de survie qui a créé le programme, ne l'oubliez pas.

Sam Whitam lança un regard désespéré à sa femme qui intervint :

– Mademoiselle, je crois que nous ne tomberons jamais d'accord là-dessus. Pour nous, Ben n'est pas un spécimen comme les autres. Il est notre fils. Voilà pourquoi je souhaiterais revenir à lui. Vous avez dit qu'il avait un problème. Que se passe-t-il ?

– Oui, venons-en au fait, approuva Mathilde. Le spécimen 32…

– Ben, coupa Sam Whitam.

– Pardon, dit Mathilde. « Ben » souffre d'une grande nervosité et de plusieurs pathologies préoccupantes.

Le regard de la femme se troubla.

– Je ne vois pas comment nous pouvons vous aider, dit-elle. Il est de votre ressort de le soigner, pas du nôtre. Comme l'a dit mon mari, nous n'avons aucun droit. Le seul contact que nous avons avec notre fils se fait à travers une vitre de cinq centimètres.

Mathilde se lança :

– Je cherche à savoir si vous n'avez rien remarqué d'anormal lors de votre dernière visite. Si vous n'êtes pas intervenus d'une manière ou d'une autre sur l'utérus. La moindre information serait cruciale pour les équipes médicales.

Sam Whitam marcha vers elle.

– Nous ne sommes responsables de rien, si c'est ce que vous insinuez, lâcha-t-il d'un air menaçant.

Mathilde était confuse. Le ton était trop agressif pour être honnête, et cependant, son interlocuteur semblait accorder une importance capitale au spécimen 32. Elle aurait voulu poursuivre ses investigations, mais Sam Whitam la poussa vers la sortie.

– Tenez-nous au courant de l'évolution de la situation, dit-il en faisant ouvrir la porte. Nous avons été trop longtemps mis à l'écart. Vous le ferez ?

Il avait posé la question en lui attrapant l'épaule. L'étreinte, ferme, témoignait de sa détermination. Mathilde acquiesça. Sam Whitam eut alors un sourire presque amical.

– Merci, dit-il. J'espère que je peux compter sur vous. Vous n'êtes peut-être pas comme les autres…

Mathilde baissa les yeux et s'éloigna. Seulement, avant de quitter la propriété, alors qu'Ema Whitam demeurait dans l'ombre de son mari, elle abattit sa dernière carte.

– Je suis contente d'avoir fait votre connaissance, lança-t-elle en soutenant le regard de la femme. J'apprécie la confiance que vous m'accordez. C'est pourquoi je vais être honnête avec vous. Pour l'instant, nous sommes incapables d'expliquer ce qui est arrivé à votre fils. (Elle insista lourdement sur ce mot comme si elle eut usé d'un poignard.) Nous ferons tout pour le guérir mais il se peut que nous n'y parvenions pas. Si tel était le cas, le comité d'éthique arrêtera le développement de Ben.

Le couple échangea un regard hébété. Feignant d'ignorer leur réaction, Mathilde fit un pas en avant. Ema Whitam se jeta sur elle. L'étudiante en éprouva un profond malaise.

– Je suis désolée, murmura-t-elle. Au bout d'un certain temps, on a tendance à croire que le spécimen arrivera à terme, mais les accidents de parcours peuvent survenir jusqu'au dernier moment…

Ema Whitam avait les larmes aux yeux.

– J'ai pensé que vous deviez savoir. Je ne veux pas vous mentir.

Et sur ces mots, elle disparut dans la nuit.

Visiteurs nocturnes

À peine Mathilde eut-elle franchi la porte de son domicile que Marc courut à sa rencontre.

– Où étais-tu ? lança-t-il, affolé. Ça fait une heure que j'essaie de te joindre !

– Je travaillais en salle de génération, prétexta-t-elle. J'ai dû éteindre mon ondophone.

Mentir la rebutait mais compte tenu de son caractère irrégulier, elle préférait garder le secret de son escapade. Marc cependant ne fut pas dupe de ce qui la tourmentait.

– Toujours ces spécimens, hein ? Tu vas finir par y perdre la santé !

Il lui trouvait très mauvaise mine. Il prit son visage dans ses mains.

– Tu es pâle.

S'il n'y avait eu qu'elle, Mathilde se serait mise au lit pour ne plus en sortir. Mais Marc était là, qui s'inquiétait pour elle. Derrière lui, elle apercevait la table du séjour dressée, ornée de bougies à la luminosité vacillante, témoins de son attente. Le tableau acheva de la décourager. Elle le regarda, chercha les mots pour s'expliquer, mais se mit finalement à pleurer. Ses faiblesses la trahissaient, lui échappant sans contrôle. Ce n'était pas dans son tempérament. Pourtant, la peur, la frustration, l'amertume, quel sentiment que ce fût, s'écoulait dans la douleur et lui brûlait les yeux. Marc ne bougeait plus. Jamais auparavant, Mathilde n'avait affiché de fragilité en sa présence. Tout au plus avait-il constaté au cours de leurs disputes un regard humide de colère ou de rage. Mais de dénuement, jamais. D'ordinaire, c'était lui qui s'effondrait. Elle se dégagea de ses bras.

– Excuse-moi, dit-elle d'une voix dure, comme pour se punir elle-même. Je ne sais pas ce qu'il m'arrive. J'en parlerai lors de mon prochain bilan médical.

– C'est une bonne idée, approuva Marc. Tu souffres sûrement d'un déséquilibre hormonal.

– Oui.

Il considéra la table à manger.

– Je suppose que tu ne veux pas dîner, conclut-il, déçu. Je peux débarrasser ce que j'ai préparé...

Mathilde se ressaisit.

– Mais non ! s'exclama-t-elle en ravalant un sanglot. C'est magnifique ce que tu as fait !

Ravi, Marc descendit en cuisine d'où il revint bientôt, un plat entre les mains. Il le déposa devant elle.

– J'espère que ce n'est pas trop cuit. J'ai acheté tes champignons préférés.

Il insista sur le « préférés », ce qui la toucha. Pourtant, lorsqu'elle approcha sa fourchette de l'assiette, qu'elle eut respiré le parfum d'humus qui s'en dégageait, elle fut prise d'une irrépressible envie de vomir.

– Tu as raison, gémit-elle en palpant son abdomen. Il doit y avoir un dérèglement quelque part.

– Tu m'inquiètes, dit Marc. Allons à l'hôpital.

– Non. Ce n'est pas la peine. Je vais aller me coucher.

– Je viens avec toi.

– Tu devrais plutôt profiter de ta soirée. Je ne suis pas de bonne compagnie.

– Tu es sûre que tu ne veux pas aller à l'hôpital ?

– Certaine.

Elle l'embrassa et gagna l'étage inférieur. Une fois dans la chambre, elle se glissa sous la couverture thermorégulatrice qui épousa la forme de son corps et s'endormit instantanément.

– Mathilde ? Mathilde… insista la voix.

Mais elle refusait d'écouter. Perdue dans les chimères, elle se sentait bien. Elle avait réussi à guérir les spécimens et le professeur Blake la félicitait devant le personnel du Centre. Elle, particulièrement. Mila était là. Marie, dans le fond de salle. Tous l'applaudissaient. Ses concurrents l'enviaient. Peu à peu, son assurance revenait, et avec elle les certitudes. Jusqu'à ce que la foule s'évanouisse dans un lent tourbillon et qu'elle ait de plus en plus de mal à distinguer les visages. Les mots du Doyen se brouillèrent…

– Mathilde !

Marc la secouait.

Elle s'assit, hagarde.

– Que se passe-t-il ?

– Nous avons de la visite.

– À cette heure ! Qui ?

– Aucune idée. Ils sont deux. Édouard prétend qu'ils veulent te voir mais je serais plutôt d'avis de prévenir la police.

– Tu les as laissés dehors ?

– Évidemment !

Une pensée l'effleura.

– Ce doit être les Whitam, fit-elle, soucieuse.

– Qui ?

– Les Whitam. Je t'expliquerai. Ce sont les géniteurs d'un spécimen. Je suis sûre qu'ils sont impliqués dans ce qui lui arrive.

– J'appelle la sécurité !

– Non !

Ils gagnèrent le rez-de-chaussée et épièrent l'extérieur. Les Whitam s'étaient bel et bien introduits dans leur propriété. Dans la cour, Sam Whitam faisait les cent pas, les mains nouées dans le dos. Son épouse fixait la porte d'un air si déterminé qu'en l'observant, Mathilde eut plus peur d'elle que de lui. Elle activa l'ondophone domestique.

– Que voulez-vous ? lança-t-elle, nerveusement.

Sa voix claqua au-dehors.

– Vous voir, répondit Ema Whitam dont le regard s'était soudainement allumé.

– Vous n'avez pas le droit d'être ici. Je pourrais vous faire arrêter.

– Ne faites pas cela.

Le visage de la visiteuse s'était contracté sous le coup de la menace. Il fallait qu'elle ait des choses à se reprocher.

– C'est à propos du spécimen 32 ? reprit Mathilde.

– De Ben, oui.

En temps normal, Mathilde n'aurait jamais ouvert la porte à des intrus, en pleine nuit, a fortiori s'agissant des principaux suspects dans l'affaire qui l'occupait. Pourtant, ce fut précisément en songeant à cela qu'elle résolut de les accueillir. Son instinct lui commandait que les Whitam étaient là pour apporter la solution à son problème.

– Entrez, dit-elle en restant sur ses gardes.

Ema Whitam fit le premier pas. Lorsqu'elle fut à sa hauteur, Mathilde reconnut à peine la femme pleine de suffisance rencontrée quelques heures plus tôt.

– Je viens de pleurer, expliqua cette dernière, penaude, car elle avait relevé le regard insistant de Mathilde.

Elle lissa ses paupières bouffies.

– Que voulez-vous ? demanda Mathilde d'une voix atone.

– Vous parler.

– Je n'ai pas d'autres informations.

– Vous m'avez mal comprise. C'est nous qui ne vous avons pas donné ce que vous cherchiez…

Mathilde observa la femme sur le point de défaillir, le mari réduit au silence… Le bras de fer s'inversait.

– Allons dans la cuisine.

Marc passa devant le couple.

– Qu'est-ce que c'est que cette histoire ? chuchota-t-il à l'oreille de Mathilde.

Elle posa une main sur sa joue.

– Je t'expliquerai, je te le promets. Mais pour l'instant, il vaut mieux que tu nous laisses.

– Hors de question ! Je reste avec vous. Ils ne m'inspirent pas confiance !

Elle le congédia gentiment.

– S'il te plaît. Ta présence pourrait les empêcher de parler.

Marc tenta de protester mais Mathilde affichait une volonté de fer. Il tourna les talons non sans lui faire jurer de l'appeler à la rescousse en cas de danger.

Une fois dans la cuisine, Mathilde nota qu'au sein du couple Whitam, les rôles s'étaient également intervertis. L'homme fixait le sol tandis que son épouse s'était au contraire redressée.

– Nous nous sommes mépris sur votre compte, débuta cette dernière d'un air décidé. Vous attachez de l'importance à notre enfant et cet intérêt vous classe dans une catégorie à part.

Mathilde ne dit mot. Ema Whitam poursuivit :

– À vrai dire, je ne suis pas fière de la manière dont nous vous avons reçue. Nous sommes tellement tenus à l'écart du Centre, depuis si longtemps, que nous avons fini par nous comporter comme des chiens de garde envers tout ce qui en émane. Si nous avions saisi l'importance du problème, nous vous aurions tout dit.

– Nous devions être prudents, intervint son mari sans oser regarder Mathilde. Mais puisqu'il s'agit de la santé de Ben… Tant pis. Il n'y a pas d'autre priorité.

Il se tourna vers Mathilde :

– C'est la première fois que nous faisons cela. La dernière aussi, quand vous nous aurez dénoncés.

Mathilde l'examina. Sous cet éclairage, l'homme ressemblait à une bête sauvage que l'on aurait enfermée dans une cage, et dont les yeux trahissaient une peur irrationnelle. Elle ne put s'empêcher d'en éprouver de la pitié. Par ailleurs, l'aveu résonnait en elle avec une étonnante justesse. D'une certaine manière, il confirmait ses craintes.

– Je vous écoute, dit-elle.

Ema Whitam prit son courage à deux mains.

– Comme d'habitude, nous sommes arrivés en avance ce jour-là, reprit-elle faiblement. Nous venons toujours tôt pour être certains de ne pas perdre une minute de notre temps de visite. Sur place, nous étions environ quatre-vingts personnes. Nous nous connaissons bien. Durant les premières années, nous étions plus nombreux.

Puis, d'un millier, nous sommes passés à quelques centaines à peine, et enfin à des dizaines. Il faut dire que certains spécimens n'ont pas survécu. Quelques parents en ont été affectés, d'autres moins. Pour les autres, c'est la lassitude qui l'a emporté… Je sais que c'est difficile à comprendre, vous qui êtes issue de la première génération, mais assister au développement de son enfant sans avoir d'échange avec lui est une chose compliquée à vivre. Nous n'avons pas été élevés ainsi. Personnellement, j'ai bien connu ma mère. Nous étions seules voyez-vous, nous nous serrions les coudes…

– Pardonnez-moi, dit Mathilde, malgré l'air dévasté de son interlocutrice, mais je voudrais savoir ce qu'il s'est passé en salle de génération…

– J'y viens, mademoiselle… Mais nos actes sont rarement dissociables de notre histoire. Si je vous raconte ça, c'est parce que je garde l'espoir que vous comprendrez notre geste. Je poursuis… Nous sommes donc arrivés en avance. Le responsable nous a ouvert, et nous nous sommes identifiés. Sauf que, cette fois-ci, nous avions prévu de réveiller les spécimens.

– Vous aviez prévu quoi ?

Ema Whitam baissa le regard.

– De les réveiller, répéta-t-elle avec une assurance diminuée. En intervenant sur le système informatique.

Mathilde demeura hébétée. Incapable d'assimiler pareille information. Le silence s'installa dans la pièce. Au bout d'un moment, Ema Whitam posa une main sur son bras ballant.

– Je vous en prie, dites quelque chose…

Les yeux de Mathilde dérivèrent vers elle.

– Vous les avez… réveillés ?

Le couple hocha la tête. Mathilde revint peu à peu à elle. Leur inconscience la scandalisait.

– Vous vous rendez compte des conséquences de votre acte ?! s'écria-t-elle, la voix étranglée. Tous les spécimens ont souffert de la panne. Vous auriez pu les tuer !

En prononçant ces mots fatidiques, elle sentit ses larmes refluer.

– Pourquoi… ? balbutia-t-elle.

Les Whitam l'observaient avec impuissance. Mathilde était sous le coup de l'incompréhension, désespérée de voir tant de travaux réduits à néant par leur inconséquence. Car elle réalisait à présent que l'acte n'avait pas été criminel. Il avait simplement été ignorant… et à quel prix !

– Comment avez-vous fait ? demanda-t-elle, stupéfaite. Comment est-ce possible ?

– Là n'est pas la question, répondit Sam Whitam. Nous préparons cette action depuis des années. Nous n'avions pas prévu…

– Quoi ? Que Ben lui-même en souffrirait ? Que son programme serait interrompu ? À cause de vous ?

Ema Whitam se leva.

– Vous allez trop loin ! glapit-elle. Nous ne savions pas !

– Dans ce cas, pourquoi ?

– Pour toutes les raisons invoquées tout à l'heure, gémit la femme en essuyant ses joues humides. Nous ne savions pas si, à sa naissance, Ben représenterait quelque chose pour nous. Nous ignorons tout de ses pensées, de ce qu'il ressent…

– C'est un spécimen, il ne ressent rien.

Sam Whitam la toisa.

– Vraiment ? Dans ce cas, comment se fait-il que son réveil l'ait perturbé ?

Mathilde se sentit à court d'arguments.

– Je ne sais pas, avoua-t-elle, abattue.

– Nous non plus, reprit la femme d'une voix désespérée. Mais c'est en train de tuer notre fils…

De grosses larmes s'échappaient de ses yeux. Son dénuement n'était pas feint. Mathilde serra sa main dans la sienne. À son contact, Ema Whitam sursauta mais se laissa faire.

– Vous n'êtes vraiment pas comme les autres, murmura-t-elle. Je suis contente de vous parler…

– Pour le reste, poursuivit Sam Whitam, nous avons réussi l'irréalisable. Dans la stèle, notre fils a ouvert les yeux.

– Ils sont verts, ajouta sa femme en hoquetant. Comme ceux de son père.

– Nous étions tellement émus. Même si nous savions qu'il ne pouvait nous entendre, nous sommes entrés en contact avec lui. J'ai posé ma main sur mon front, puis je lui ai montré le sien. Il a fait de même. Ensuite, j'ai désigné mon nez, ma bouche, mes épaules… nous avons parcouru nos deux corps en même temps. C'était… très émouvant. Il a compris que nous étions liés. Peut-être qu'il n'est pas capable de parler, mais je peux vous assurer que mon fils m'a reconnu !

Mathilde lui lança un regard navré.

– Il l'aurait fait deux mois plus tard. Pourquoi ne pas avoir attendu ?

– Nous voulions être certains qu'il irait bien. Que ce n'était pas un monstre. Avant de partir, nous avons réenclenché le sommeil artificiel. Jamais nous n'aurions pensé qu'une interruption si courte les rendrait malades.

Il considéra Mathilde, espérant une réponse de sa part.

Mais cette dernière en était incapable. Elle ne pouvait qu'admettre son propre désarroi. Son désir de tout abandonner. Quitter cette mission qui, chaque jour, pesait un peu plus sur ses épaules et venait de lui porter le coup de grâce.

Elle bredouilla qu'il lui fallait réfléchir. Le cas était inédit et elle ne pouvait en mesurer les conséquences. Elle se sentait faible. Elle avait besoin de repos.

Les Whitam étaient prostrés.

– Il faut que vous partiez, annonça-t-elle à voix basse.

– Vous allez nous dénoncer ?

La peur imprégnait le regard de Sam Whitam.

– Je ne sais pas.

– Vous allez le sauver ?

C'était elle qui avait parlé. Mathilde secoua la tête.

– Je vais tout faire pour que le développement de Ben continue. Mais je ne suis qu'étudiante. Je ne décide de rien.

Les Whitam lui emboîtèrent le pas. Mathilde demanda à Édouard de leur ouvrir et ils sortirent dans l'obscurité.

– Une chose me gêne, ajouta-t-elle à leur intention, tandis qu'ils étaient encore sur les marches. Certains géniteurs de spécimens atteints étaient absents le jour de la panne. Vous êtes intervenus sur d'autres stèles ?

Sam Whitam prononça un non si massif qu'elle sut qu'il mentait.

– Vous n'avez pas agi seuls, n'est-ce pas ? Une telle manœuvre représente énormément de travail. Je ne pensais même pas que ce soit possible…

– Tout est possible avec le temps, répondit Sam Whitam. Et quatorze ans, c'est beaucoup de temps…

Mathilde ne répliqua pas, et ils s'en allèrent.

Après qu'ils furent partis, elle demeura un long moment sur le perron à réfléchir, à humer l'air gorgé de pluie. À accueillir la saison nouvelle qui arrivait. Sans en deviner la nature exacte, elle percevait l'avènement d'un changement.

En voie de guérison

Lorsque Mathilde s'éveilla le lendemain matin, Marc était assis au bord du lit.

– Comment te sens-tu ? demanda-t-il, inquiet.

Elle battit des cils pour chasser le sommeil mais, malgré ses efforts, la pièce demeura sombre.

– Peux-tu allumer, s'il te plaît ?

– C'est fait, répliqua Marc. Il ne manquait plus que ça… Tu dois aller à l'hôpital !

– Non, je vais très bien.

– Vraiment ? Tu as déliré toute la nuit. Tu n'as pas cessé de geindre, de crier…

Il ne plaisantait pas. Elle glissa sous le drap.

– J'ai fait un mauvais rêve, prétexta-t-elle dans un grognement.

Mais Marc s'obstina. Il posa une main sur son front.

– Tu es brûlante ! s'exclama-t-il. Que se passe-t-il ? Ton implant est défectueux ? Tu n'es jamais malade, d'habitude. « Nous » ne sommes jamais malades…

Mathilde ferma les yeux. Marc avait peut-être raison. Ses paupières étaient trop lourdes, ses pensées trop confuses, ses membres courbatus. Furieuse de ne pas savoir maîtriser les caprices de son corps, elle rejeta le drap sous lequel elle suffoquait désormais et lança à son petit ami un regard démissionnaire.

– D'accord, tu as gagné.

Avec les agences de santé, l'hôpital composait l'ensemble du département médical. Les premières s'occupaient du suivi de l'individu lors de bilans réguliers, tandis que le second gérait les dégradations inopinées de l'organisme et l'accompagnement des vieillards en fin de vie. Ces derniers constituaient la majorité de la clientèle. Ils venaient quand le corps n'était plus qu'usure, afin de mourir dans le calme et la dignité, et s'ils n'y arrivaient pas seuls au bout de quelques jours, le personnel les y aidait. De sorte que le roulement était permanent et que l'institution ne manquait jamais de lits.

Comme chaque patient, Mathilde dut attendre que soient prélevées ses empreintes et une infime quantité de sang avant d'être orientée vers le service approprié. Elle se rendit au niveau -6 du bâtiment, où on lui attribua une salle de consultation. Quittant ses vêtements, elle se plaça au centre de la pièce. Un infirmier virtuel apparut pour guider l'examen. Sur son invitation, Mathilde se soumit à divers exercices de souplesse destinés à évaluer l'état de sa hanche puis, quand ce fut fait, des milliers de faisceaux lasers, plus fins qu'un cheveu, jaillirent des murs vers son corps. En quelques secondes, ils en mesurèrent la température et en radiographièrent la structure. Mathilde laissa échapper un rire nerveux car la chaleur dégagée par les rayons chatouillait un peu. L'infirmier ne réagit pas. Il clôtura la séance en réclamant de nouveaux échantillons, puis disparut. Mathilde se rhabilla à la hâte avant de rejoindre le service de médecine générale pour y recevoir son diagnostic.

Un thérapeute l'accueillit à l'un des multiples comptoirs de l'espace. Son teint excessivement bronzé jurait terriblement avec la blancheur de sa blouse.

– Vous souriez, dit-il à Mathilde lorsqu'elle approcha.

– Oui. Si j'avais eu quelque chose de grave, ce n'est pas à vous que l'on m'aurait adressée. Mon ami s'inquiétait ce matin.

– Rassurez-le, vous n'avez rien.

– Rien du tout ?

– Non. Une simple baisse de tension. J'ai d'abord songé à un début de grossesse (Mathilde présenta spontanément un visage horrifié qui fit froncer les sourcils à son interlocuteur), mais ce n'est pas le cas. Votre implant fonctionne, et le niveau de contraceptifs y est tout à fait normal.

Il marqua une pause pendant laquelle Mathilde se ressaisit.

– Vous n'avez rien, répéta-t-il. Juste une légère fatigue.

– J'avais de la fièvre ce matin.

– Et vous en avez toujours. Mais votre organisme, hormis cette surchauffe passagère, va très bien.

Mathilde eut un sourire amusé.

– Mon corps est en surchauffe ?

– Mais oui, comme une machine. C'est exactement ce que nous sommes. Vous devriez savoir aussi qu'il ne faut pas en abuser.

Il lui lança un regard inquisiteur.

– Vous remplissez votre devoir sanitaire ? Vous dormez le nombre d'heures réglementaire ? Vous prenez les nutriments nécessaires ?

Mathilde leva les yeux au ciel.

– Docteur, je suis élève au Centre. Je m'occupe de spécimens toute la journée. Croyez-moi, je suis bien placée pour entretenir « la machine »…

– Vous avez raison, approuva l'homme. Question d'habitude. On croise encore trop de personnes qui ne respectent pas les consignes. Même si c'est surtout vrai pour les anciennes générations. Quoi qu'il en soit, reposez-vous.

– Pas d'erreur possible ?

– Vous savez que non. Rien ne nous échappe.

– Je voulais seulement me l'entendre dire.

– Rentrez chez vous.

Elle le regarda encore un instant, puis s'excusa de lui avoir fait perdre son temps, et s'en alla.

Tandis qu'elle prenait place dans le train, elle s'aperçut que sa visite à l'hôpital ne l'avait pas apaisée. Au contraire, son issue favorable l'avait davantage angoissée. À choisir, elle aurait préféré avoir contracté un mal particulier pour lequel on aurait prescrit un remède. Cela lui aurait évité de penser.

Une fois rentrée, elle appela Marc pour le tenir informé de la situation, puis gagna son lit avec la ferme intention de dormir. En vain.

Elle changea vingt fois de position, se couvrit, se découvrit… Elle avait beau être seule, il lui était impossible de trouver la paix. Fixant le plafond, elle se remémora les événements de la veille. Elle se souvint de sa visite aux Whitam, les aveux de ces derniers. Des mots d'une importance capitale…

« Nous l'avons réveillé… »

Elle songea à l'hypothèse d'Henri Whiter selon laquelle le spécimen 32 était à l'origine de la panne et non l'inverse, comme tout le monde l'avait supposé. Au moins, sur ce point, les faits étaient clairs. Après avoir été éveillé par ses géniteurs, c'était certainement le spécimen qui, fendant son utérus, avait provoqué le court-circuit. Mais cela soulevait beaucoup d'autres interrogations. Le spécimen avait été réveillé, soit. Mais pourquoi en avait-il été perturbé de la sorte ?

Depuis l'incident, certains étaient atteints d'une affection de la peau qui ne touchait d'ordinaire que les vivants. Comment, du fond de leur stèle, n'étant pas encore nés, ces spécimens pouvaient-ils souffrir de troubles de personnes normales ? Il ne s'agissait pas d'un virus, ni d'une bactérie, comme elle l'avait espéré en premier lieu. Non, ils avaient bel et bien subi un choc émotionnel. Mais d'émotions, les spécimens n'étaient pas capables. C'était ce qu'on lui avait enseigné.

Elle se replia sur elle-même, en position fœtale. Avant la naissance, le spécimen n'était rien. De fait, on ne le nommait pas, on le numérotait. Il ne s'agissait que d'un corps parmi d'autres, en construction, dépourvu de sentiments. Jusqu'à ce qu'il quitte l'utérus, et que l'air emplisse ses bronches. Alors se produisait un phénomène extraordinaire, lui donnant vie et personnalité. Une âme. Mais de la nature précise de ce miracle, hormis cet accès à l'air libre, cette respiration autonome, elle ne savait rien, et ne s'était d'ailleurs jamais interrogée sur ce point. Pourtant, le cerveau était le même. Et le spécimen alternait quotidiennement, tout au long de sa croissance, des phases de sommeil et d'éveil. Ce n'était donc pas cela qui l'avait bouleversé.

Qu'est-ce qui changeait ?

Elle devait trouver la réponse. C'était devenu une question de survie. Une garantie de sa propre santé mentale. Depuis la veille au soir, elle se sentait partir à la dérive. Elle, la scientifique, la rationnelle, qui n'avait jamais vacillé, qui suivait la voie sacrée, était en train de douter. Cela l'affolait. Il y avait tant à perdre.

– Qu'est-ce qui change ? répéta-t-elle à voix basse. Qu'est-ce qui a fait que je sois moi-même passée d'un corps vide à l'être que je suis aujourd'hui ? Qu'est-ce qui fait que j'existe ?

Elle ressassait ces questions, les mêlant aux mots que les Whitam avaient prononcés, à ceux de Basile et Chloé aussi, sans qu'elle sache pourquoi, jusqu'à ce que, tout d'un coup, elle soit frappée par l'évidence.

Ce que l'on présentait comme un miracle n'était en réalité rien d'autre que la rencontre. Elle n'était elle que parce que les autres existaient. Elle ne prenait conscience d'elle que parce qu'on la regardait. Elle n'avait de dimension que par opposition au reste du monde. Et voici ce qui se passait sûrement à la naissance. Étonnamment, rien de physique. Le corps développé pendant quinze années dans une totale solitude se trouvait tout d'un coup confronté au reste de l'humanité. Il prenait conscience de sa propre personne et, à partir de là, il naissait.

Les yeux révulsés, elle se dirigea vers le miroir accroché au mur de la chambre et y observa son reflet. À présent, tout était clair. Le spécimen 32, Ben, ne s'était pas seulement réveillé. Il avait aperçu son père et sa mère de la même manière qu'elle se voyait, et à leur contact, il était né. Prématuré. Et ce qu'elle pressentait depuis le début, ce qui l'avait tenue en haleine toute la nuit, était la certitude grandissante que les spécimens étaient capables de ressenti, aptes à éprouver le moindre accident sur leur corps. Simplement, ils ne pouvaient l'analyser, encore moins l'exprimer. Pour l'heure, elle s'en trouvait saisie à leur place.

Dans le miroir, ses traits se figèrent. Les spécimens étaient aussi humains qu'elle et le miracle de la naissance, aussi artificiel que leur stèle. Elle fut secouée d'un haut-le-cœur et, dans un sursaut névrotique, elle se précipita dans la salle de bains où elle actionna le générateur de vapeur. La fumée envahit la pièce. À travers la vitre, elle considéra son image qui s'évaporait dans la buée. Glissant un doigt sur la surface polie, elle se dessina un tout nouveau sourire. Elle pouvait tout surmonter. Fermant les yeux, elle savoura la chaleur qui l'enveloppait.

Elle ne sortit de l'habitacle qu'au bout de deux longues heures, à la fois épuisée et rajeunie. Elle se sentait mieux. Gagnant le salon, elle demanda à Édouard de diffuser le dernier morceau de musique acheté par Marc, la semaine précédente et prit place sur le canapé.

Que savait-elle ?

Elle savait que depuis le Grand Exil, la Communauté connaissait la pire pandémie de son histoire. Les femmes ne pouvaient plus porter d'enfant. Pour contrer les fausses couches spontanées, le Centre prélevait l'embryon dans son premier mois d'évolution et le plaçait dans un utérus artificiel durant quinze années. Là, on l'y développait jusqu'à l'âge adulte afin de le protéger d'un environnement agressif. Tant sociétal que climatique. Après évaluation du comité d'éthique, le programme s'arrêtait pour les unités jugées à risques et dont les troubles auraient induits plus de pertes que de bénéfices.

Au nom d'un objectif de rentabilité. Ne lui avait-on pas répété qu'il ne fallait jamais surinvestir sur un produit défaillant ? Qu'une telle chose aurait mis toute la chaîne de production en difficulté ?

Aïe ! La douleur revenait... La morsure au creux de l'estomac. Nul doute, c'était là. Les spécimens n'avaient ni statut ni droits, pas même d'identité. On ne leur en reconnaissait pas. Seul le Centre avait des prérogatives sur eux.

À présent qu'elle détenait la clef du problème, il lui fallait à tout prix prévenir le professeur Blake de ce qu'elle considérait comme une révolution. Le programme ne pouvait plus traiter les spécimens comme il le faisait depuis vingt ans. On devait changer de méthode.

Lorsque Marc revint dans la soirée, elle était toujours dans le salon mais avait, contrairement au matin, le teint frais et dispos.

– Tu vas mieux, jugea ce dernier d'un air satisfait.

Elle hocha la tête en silence. Elle ne pouvait lui expliquer. Ç'aurait été trop complexe. En outre, il s'était déjà suffisamment inquiété.

– Je me suis reposée, dit-elle en souriant. Tu me rejoins ?

Il s'allongea sur le canapé à ses côtés.

– J'ai invité la famille demain soir à dîner, annonça-t-il, sûr de lui.

Elle redressa la tête.

– Matthew et Marie ?

– Oui.

Elle retomba sur le dos, les yeux perdus dans le ciel obscurci.

– Tu es parfait, murmura-t-elle.
Marc sourit. Tout rentrait dans l'ordre.

Déstabilisation

Le lendemain, l'excitation avait triomphé de la fatigue et Mathilde brûlait de trouver le Doyen pour lui faire part de sa découverte. Elle déboula à l'aube dans le bâtiment administratif. Elle culpabilisait de ne pas avoir prévenu Mila de cette initiative mais l'urgence de la situation l'excusait. Après s'être présentée à l'hôte d'accueil, elle fut admise dans le bureau du directeur. Face à son ordinateur, celui-ci suivait d'un œil distrait l'entraînement sportif de quelques élèves. Il mit un certain temps avant de mettre fin à la retransmission.

– Alors ! dit-il en se tournant vers sa visiteuse. J'imagine que si vous faites irruption dans mon bureau, c'est pour m'apporter de bonnes nouvelles !

– Oui, professeur, répondit Mathilde avec fierté. Mais je préfère vous prévenir, les faits sont surprenants.

– Vraiment ? Je vous écoute.

Elle prit une grande inspiration.

– Merci. J'irai droit au but. Le jour de l'accident, le sommeil des spécimens a été interrompu.

Le Doyen eut un sursaut de surprise.

– Que dites-vous ?

– Je sais que cela paraît incroyable… Pourtant, le générateur est bel et bien tombé en panne.

Dans un premier temps, elle avait décidé de ne pas dénoncer les Whitam. Il serait toujours temps de le faire plus tard. Le Doyen se crispa.

– Impossible, répliqua-t-il en passant une main nerveuse sur son crâne. Le rapport technique ne mentionne rien de tel.

– Il faut étudier les relevés avec beaucoup de précautions, répondit Mathilde avec assurance. Les outils de mesure ont pâti du court-circuit. Sans remettre en question les compétences des équipes, je pense qu'elles sont passées à côté de cette information.

– Ce que vous dites est absurde. Votre théorie repose sur des suppositions…

Le Doyen la toisait avec un air de supériorité qui lui déplut fortement. Elle trouva le courage de le contredire.

– Les géniteurs présents ce jour-là me l'ont confirmé, dit-elle en soutenant son regard.

Elle mentait mais c'était sans importance. Elle savait que les Whitam avaient dit vrai sur ce point. La révélation eut l'effet escompté car l'expression de suffisance du Doyen disparut aussitôt.

– Si cela est avéré, dit-il d'une voix où perçait malgré tout un léger scepticisme, pourquoi n'ont-ils rien dit ?

– Mettez-vous à leur place, professeur, répondit Mathilde avec un aplomb qui l'étonna elle-même. Ils n'ont pas compris ce qui se passait. Ils sont dépassés par nos technologies. Et puis… ils étaient trop heureux de voir leur enfant. Ils n'ont pas voulu alerter la sécurité, de peur qu'on ne les arrache à cette rencontre.

Le Doyen fixait le coin de son bureau d'un air anxieux.

– Ce n'est pas tout, reprit Mathilde d'une petite voix. Ce dysfonctionnement a prouvé autre chose, à laquelle je n'aurais jamais pensé.

Elle se pencha pour chercher son regard, fière à l'avance de la découverte que son travail avait révélée.

– C'est l'interaction entre les spécimens et leurs géniteurs qui a créé ce choc sur eux. En apercevant d'autres êtres humains, ils ont pris conscience d'eux-mêmes et, d'une certaine manière, ils sont nés.

Elle dévisagea son supérieur. Elle attendait de sa part une récompense, une reconnaissance dûment méritée, mais celui-ci, à son grand étonnement, affichait une attitude distante.

– Vous ne savez pas de quoi vous parlez, dit-il au bout d'un moment.

Mathilde eut l'impression d'être victime d'une terrible injustice.

– Mais les spécimens ressentent tout ! renchérit-elle. La seule issue est de les faire naître maintenant. Je sais que c'est possible. Puisque, moi-même, je suis née à l'âge de dix ans…

Christopher Blake laissa échapper un rire ironique.

– Vous plaisantez, j'espère ! Comment une élève aussi brillante que vous peut-elle tenir de tels propos ? Votre génération constituait un test, pas l'aboutissement du programme ! À dix ans, vous étiez encore faibles, votre musculature n'avait pas atteint sa pleine maturité. Au regard de l'ennemi, vous étiez toujours vulnérables.

Mathilde fut déstabilisée. Elle qui pensait conduire une révolution… Voilà qu'on l'accusait d'ignorance, de folie, ou pire, d'incompétence.

– Très bien, balbutia-t-elle. Mais, dans le cas présent, ce

ne sont pas quelques semaines qui feront la différence. Je croyais que vous comprendriez mon point de vue.

– Votre point de vue ? Vous voulez que je perturbe tout le système pour faire naître avant terme une cinquantaine d'unités défaillantes dont nous n'avons même pas l'assurance qu'elles souffrent effectivement du mal que vous évoquez ? Nous ne faisons pas dans le sentiment, ici ! Nous ne travaillons pas avec des « peut-être » et des incertitudes ! Nous avons des objectifs de rentabilité. Le programme ne peut tolérer aucune improvisation !

Mathilde se souvint qu'elle-même avait prôné ces idées. Ce temps semblait loin.

– Je comprends, dit-elle à mi-voix, admettant que sa requête n'avait aucune chance d'être entendue. Dans ce cas, peut-être pourrions-nous les plonger dans un coma artificiel ?

Le Doyen secoua la tête.

– Cela risquerait d'endommager leur cerveau. Et à leur réveil, nous retrouverions les mêmes problèmes. Nous ne sommes mêmes pas certains de votre théorie. Je vais ordonner une enquête.

– Je suis certaine que les laboratoires peuvent trouver une solution en quelques jours. Si nous voulons éviter de nouveaux échecs…

Elle le suppliait du regard. Le Doyen la considérait avec un étonnement grandissant.

– Pourquoi êtes-vous si attachée à ces spécimens ? demanda-t-il d'un air méfiant.

Mathilde se concentra.

– Je ne fais que mon travail, répondit-elle, la voix sûre.

Le Doyen plissa les yeux avant de reprendre :

– Voilà ce que nous allons faire, dit-il. Je vais exposer

votre position au comité d'éthique qui décidera de la conduite à suivre.

– Mais…

– Assez. C'est déjà bien plus que je ne devrais faire. Restons-en là, voulez-vous ?

Mathilde baissa la tête.

– Bien, professeur.

Il se pencha vers elle.

– Prenez votre journée. J'ai eu vent de votre séjour à l'hôpital. Tout ceci est ma responsabilité. Je n'aurais pas dû confier une telle mission à de simples étudiants. Vous n'avez pas les épaules assez larges. Et trop peu d'expérience.

Mathilde ne put s'empêcher d'associer la recommandation à une éviction. C'était bien la première fois que le Doyen encourageait l'un de ses subalternes à s'absenter. Lui qui d'ordinaire ne tolérait pas le moindre retard. Ce dernier réitéra pourtant :

– Reposez-vous. C'est un ordre.

Il la raccompagna jusqu'à la porte. Blessée par le dédain dont elle faisait l'objet, elle se laissa faire sans un mot.

Dehors, les premières pluies commençaient à tomber, brisant la croûte terrestre d'une force si vive que Mathilde fut contrainte d'emprunter les tunnels pour circuler, ce qui acheva d'accroître sa morosité. Elle gagna la station de train d'un air absent, indifférente aux saluts que lui lançaient les personnes croisées en chemin. Dans le bureau de la direction, son esprit continuait de batailler contre un fantasme. Elle se sentait dépossédée de ses idées. Elle supposait que le Doyen ne pouvait lui proposer meilleure solution, mais celle-ci lui semblait une alternative bien précaire au drame que sa découverte avait soulevé. Qu'y pouvait-elle cependant ?

Dans la rame qui filait, elle réalisa que cet après-midi chômé ne pouvait pas mieux tomber. Ces derniers temps, diverses pensées l'avaient assaillie sans qu'elle soit en mesure de les organiser. Elle en ressentait un malaise profond qui différait de tous les sentiments connus jusque-là. Quelques jours plus tôt, à ses yeux, les spécimens n'étaient rien. Aujourd'hui, ce n'était plus le cas. Bizarrement, elle se sentait responsable d'eux de la même manière dont Chloé et Basile prétendaient répondre d'elle. Le désintérêt du professeur Blake lui était insupportable. Comment lutter ? Comment être certaine que la décision serait prise de soigner Ben et Adam ?

Elle se regarda dans la vitre. L'angoisse lui allait décidément bien mal. Elle appela Marie.

– Oui, je ne t'ai pas encore répondu, mais je serai là ce soir, lança son amie en décrochant.

Mathilde sourit.

– Évidemment. Ce n'était pas une proposition, c'est une obligation.

– Ah. Que veux-tu alors ?

– J'aimerais que tu te renseignes sur le comité d'éthique qui va avoir lieu dans les prochains jours, s'il te plaît. Que, d'une manière générale, tu restes aux aguets.

Marie mit un peu de temps à répondre.

– Aux aguets de quoi ?

– De tout ce que tu pourras entendre sur les spécimens malades…

– Je peux savoir pourquoi ?

Mathilde grimaça. Il était prévisible que Marie pose des questions.

– Je ne peux pas te le dire. Fais-moi confiance. Je sais que ta directrice est très active dans ce comité.

– Dans ce cas, je te rejoins et tu m'expliques.

– Impossible. Je rentre chez moi.

– Chez toi, chez Marc ?

– Oui, chez nous. Qu'est-ce que vous avez tous avec ça, à la fin ?

– Rien. Tu es malade ?

– Pas du tout.

– Tu es amoureuse ?

– Quoi ? Mais non !

Elle se rendit compte de ce qu'elle venait de dire.

– Enfin, si, rectifia-t-elle. Mais ça n'a rien à voir. J'ai simplement besoin de repos.

– Parce que c'est dans tes habitudes, répliqua Marie avec ironie. Mais très bien, je vais faire semblant de te croire, puisque tu ne me laisses pas le choix. En revanche, ce soir, tu n'échapperas pas à l'interrogatoire.

– Je t'attends, rétorqua Mathilde, amusée.

– Tu as besoin de quelque chose pour le dîner ?

– Rien d'autre que de renseignements.

Marie soupira.

– Tu es têtue, tu sais ?

– Tu es froussarde, tu sais ?

Marie leva les yeux au ciel.

– Je vais voir ce que je peux faire, maugréa-t-elle.

– Merci, c'est très important.

– Je me demande ce qui ne l'est pas... Je dois te laisser, maintenant. Tout le monde ne peut pas se payer le luxe de se reposer.

Mathilde sourit.

– J'ai hâte de te voir, dit-elle à sa meilleure amie. Ça me fait du bien de te parler.

– Moi aussi. À tout à l'heure.

Rassurée d'avoir trouvé le soutien qu'elle cherchait, Mathilde se réjouit de voir bientôt ses amis, et se dépêcha de rentrer préparer le repas. Elle n'avait jamais cuisiné de sa vie, faute d'avoir appris, mais avait envie de faire pour sa « Famille » ce que Basile et Chloé faisaient pour elle les rares fois où elle leur rendait visite. Parvenue à son domicile, elle convoqua Édouard afin qu'il lui présente les articles disponibles à la banque alimentaire. Comme d'habitude, les prix des produits frais étaient prohibitifs. Après avoir consulté les recettes proposées par l'Information générale, elle commanda des pommes de terre, un potiron, les minuscules sauterelles dont Marc raffolait, un mélange de larves et des graines céréalières. À la fin, elle opta pour une livraison immédiate. La communication se termina tandis qu'Édouard indiquait que son compte bancaire venait d'être débité.

– Heureusement que je ne cuisine pas tous les jours, fit-elle, tout haut, à son attention.

Mais si intelligent qu'il fût, l'hôte demeura insensible à la plaisanterie et elle gagna la cuisine en haussant les épaules.

Désillusions

Quand Marc rentra, avant la nuit, il ne vit dans un premier temps pas Mathilde. Il l'appela plusieurs fois sans succès. Ce ne fut qu'en déposant ses affaires dans leur chambre qu'il perçut des clameurs provenant de la cuisine. S'y dirigeant à pas de loup, il fit coulisser la cloison de verre. Dans la pièce régnait un véritable chaos dont l'instigatrice s'agitait en tous sens, créant chaque seconde plus de désordre qu'il n'en y avait déjà. Il pouffa.

– Tu trouves ça drôle ? fit Mathilde avec un regard noir.

– Non, répondit-il en essayant à grand mal de se contenir. Je suis très impressionné !

Elle leva les bras au ciel.

– Oh, je déteste la cuisine ! Je savais que c'était sans intérêt ! Pourquoi je n'ai pas commandé un plat tout préparé ? Certains sont très bons. Tandis que de mon côté… Non, mais vraiment, ça ne ressemble à rien !

– Je suis sûr que ce sera parfait.

Elle le foudroya du regard.

– Si cette soupe ne le fait pas avant, ta mauvaise foi t'étouffera.

– Mais pas du tout, répondit Marc, indigné. Je suis sérieux. Ça a l'air délicieux.

Il approcha de la table. Le premier récipient était vide, le second dégoulinait d'une mixture indéfinissable, d'autres chauffaient dans le caisson de cuisson, couvant un mélange opaque et bouillonnant. Marc éteignit l'appareil et souleva le couvercle d'une casserole. Il se retira vivement.

– Ne te gêne pas, sois honnête.

– Je me suis brûlé avec la vapeur.

– Tu mens bien.

Il rit.

– Apparemment pas tant que ça !

Mathilde le toisa dans une attitude de semi-méfiance avant de lui rendre son sourire.

– Je vais te dire, soupira-t-elle, heureusement que toi et moi, on se complète bien.

– Ce qui veut dire ?

– Eh bien, que tu vas essayer de réparer les dommages causés à ce pauvre potiron qui, tu peux me croire, avait meilleure allure tout à l'heure.

– Hum, tu sais parler aux garçons…

– J'ai d'autres qualités.

– Je sais. La coiffure fait aussi partie de tes compétences ?

– Hein ?

– Tu as plein de graines dans les cheveux.

Elle souffla vers son front d'un air exaspéré.

– J'en ai assez ! Tu veux bien m'aider, s'il te plaît ? Toute seule, je n'y arrive pas.

Marc l'observait d'un air dubitatif.

– Je suis attaché à nos amis, dit-il d'un sourire entendu. Ça m'ennuierait que, par ta faute, ils ne viennent plus dîner.

Il se plaça derrière elle et la poussa gentiment.

– Allez, sors de ma cuisine ! Je vais essayer de rattraper le carnage. Édouard, tu as intérêt à m'aider !

Mathilde se jeta à son cou.

– Merci, tu es mon sauveur !

Puis, juste avant de disparaître :

– Au fait, inutile de dire aux autres que tu m'as aidée…

– Aidée ? J'ai tout à refaire !

– Oh, un peu d'arrangement c'est tout…

Elle éclata de rire tandis qu'il lui lançait une poignée de graines au visage.

Matthew et Marie arrivèrent à l'heure dite. Mathilde les invita à la rejoindre dans le séjour, tandis que Marc finissait de préparer le dîner. Elle avait disposé le long des baies vitrées des bougies dont la flamme se reflétait au sol, créant ainsi, en plus de celui qui s'étendait au-dessus de leurs têtes, un ciel d'étoiles scintillantes. Ses amis la complimentèrent pour la décoration. Heureuse, elle leur fit visiter la maison. C'était la première fois qu'ils y pénétraient et, comme elle, ils avaient craint que l'habitation ne portât encore les stigmates des précédents occupants. Mais ce n'était pas le cas. Au fil des jours, le couple s'était approprié les lieux, dégageant l'espace de ses meubles superflus, réaménageant ceux qui restaient, apportant par quelques objets une touche personnelle à l'endroit. Si bien que le résultat était là. Chaleureux et confortable. Quand ils eurent fait le tour des deux niveaux, Mathilde invita Matthew et Marie à prendre place dans le salon, et leur servit un jus de fruits. Sans plus attendre, elle s'adressa à sa meilleure amie :

– Tu as entendu quelque chose sur le comité d'éthique ? demanda-t-elle d'un air anxieux.

– C'est ce qui s'appelle ne pas perdre de temps, répliqua Marie en soupirant. J'ai le droit de boire avant ?

– Oui, bien sûr, répondit Mathilde, confuse. Je suis si inquiète…

Marie sirotait son verre.

– Justement, dit-elle, tu pourrais peut-être nous expliquer pourquoi c'est si important…

Elle se tourna vers Matthew.

– Qu'en penses-tu ?

– Moi, j'ignore de quoi vous parlez mais, par principe, je suis d'accord. En revanche, pas sans être au complet. Marc ? Marc !

Ce dernier parut en haut de l'escalier.

– Monsieur a sonné ?

– Mathilde s'apprête à raconter sa vie. Tu viens ?

Marc se joignit à la petite assemblée. Matthew l'embrassa avec une joie communicative.

– Je suis content de te voir !

– Moi aussi.

Lorsqu'ils se réunissaient, les quatre amis avaient pour habitude de faire, tour à tour, un point sur leur existence. Une pratique héritée de leur scolarité. À ce rituel, deux règles avaient été ajoutées. On s'interdisait d'interrompre l'orateur, comme il était proscrit de porter de jugement trop hâtif sur une quelconque situation, sauf demande expresse de la part du principal concerné. Mathilde rapporta sa mésaventure. Quand elle eut fini, elle se tourna vers Marie. Mais cette dernière se montra réticente.

– À la réflexion, je ne crois pas que je devrais jouer les espions, objecta-t-elle, le front barré de rides.

– Tu ne peux pas me faire faux bond…

– C'est risqué, lui opposa son amie. Si le Doyen avait voulu que tu saches ce qui allait se passer pendant le comité, il te l'aurait dit.

– Je pense surtout qu'il cherche à m'écarter.

– Il a ses raisons, répliqua Marie en baissant les yeux.

Mathilde la regarda de nouveau.

– Attends une minute… Tu as dit « ce qui allait se passer ». Il a eu lieu ?

Marie garda le silence.

– Quoi, donc ? demanda Matthew qui avait déjà perdu le fil de la conversation.

– Le comité d'éthique, expliqua Marie. Oui, cet après-midi. Il semblerait que le Doyen ait voulu presser les choses.

Mathilde se dressa comme un ressort.

– Qu'ont-ils décidé ? s'enquit-elle, au comble de la tension.

Marie était très mal à l'aise. Elle marmonna une phrase inaudible.

– Si tu pouvais répéter, je n'entends pas encore les ultrasons, tenta Matthew avec humour.

Mais Mathilde avait blêmi. Elle se passait de traduction.

– Ils arrêtent le programme?

– Oui.

– Mais, pourquoi ? Comment ?

– Apparemment, le Doyen n'a pas présenté les choses de cette manière. Il aurait rapporté l'état désastreux des spécimens, en faisant valoir que le Centre avait déjà perdu trop de temps à essayer de résoudre le problème. D'après elle, il a insisté sur le fait que certaines unités étaient incontrôlables. Le comité a statué sur un délai de trois jours, au terme duquel leur développement sera interrompu si leur condition ne s'améliore pas.

Mathilde était très pâle. Elle se prit la tête entre les mains.

– Je suis désolée, conclut Marie d'une petite voix.

Mathilde essayait, en vain, de comprendre.

– C'est impossible, murmura-t-elle. Il n'a pas pu faire ça. Ils sont presque à terme. On a investi tellement de temps, d'argent. Ils ne sont pas déficients. Ils ont seulement besoin d'être soignés.

Croyant bon d'intervenir, Marc vint s'accroupir à ses pieds.

– Ce sont des choses qui arrivent, dit-il en posant une main sur ses genoux. Il y a déjà eu des arrêts de programme. Je sais que tu détestes les échecs mais tu dois te raisonner. Personne n'est infaillible.

Mathilde l'observa de très loin. Outre la nouvelle qui la terrassait, elle était stupéfaite de constater qu'entre elle et son petit ami, l'incompréhension atteignait parfois des sommets. Elle se détourna.

– Vous ne saisissez pas, dit-elle d'une voix blanche. Il ne s'agit pas simplement de l'arrêt du programme. Il s'agit de spécimens qui souffrent. Nous les avons élevés pendant quinze ans et, à présent, on veut interrompre leur croissance. D'ailleurs, nous ne pouvons plus parler de spécimens. Ce sont des êtres humains. Imaginez, si ç'avait été nous, à leur place ?

– Personnellement, je n'ai aucun souvenir de ma gestation, osa Matthew.

– Évidemment, rétorqua Mathilde de mauvaise humeur. Tu n'as jamais eu de problèmes de santé, tu n'as subi aucune panne, pas d'incident. Il n'y a aucune raison que tu te souviennes d'un traumatisme puisqu'il n'y en a pas eu !

– Ne t'énerve pas…

Mathilde lui lança un regard assassin.

– Le programme et son protocole sont tellement entrés dans les mœurs que personne ne songe à les remettre en cause ! Personne ne pense à ces spécimens ! La seule chose qui importe, c'est l'objectif.

– Il y a encore une semaine, tu ne le critiquais pas non plus, coupa Marie avec sérieux.

Mathilde lui renvoya un regard désespéré.

– Je sais. Mais nous ne pouvons pas ignorer la découverte que j'ai faite. Elle est primordiale, non ?

Ses amis acquiescèrent. Même s'ils ne comprenaient pas exactement la situation, ils accordaient à Mathilde une solidarité indéfectible.

– Je ne peux pas les laisser faire, reprit cette dernière. Il faut que j'en aie le cœur net. Demain, j'irai trouver le Doyen. Ça ne se passera pas comme ça !

Marc et Marie n'osaient plus s'opposer. Matthew se porta volontaire.

– Arrête un peu, dit-il sans élever la voix. Tu ne vas pas affronter Blake sur ce terrain. Ça fait plus de trente ans qu'il travaille pour le programme. Tu veux te faire renvoyer ?

– Mais ce qu'il fait est inhumain…

– Tu n'as pas l'impression d'exagérer ? Tu accuses l'homme le plus puissant du Centre sans savoir ce qu'il s'est passé en comité. Il dispose peut-être d'informations que tu ignores. Tu ferais mieux de lui parler avant de partir en guerre. Si, dans le cas contraire, ce que tu nous as raconté est vrai…

– C'est vrai.

– Alors c'est effectivement très dérangeant mais tu n'es qu'étudiante. Réfléchis bien. Fais attention. L'indiscipline et la rébellion sont des comportements que le Doyen ne pardonne pas. Nous le savons tous, ici. Parle-lui avant de t'emporter. Peut-être que Marie s'est trompée…

– Peut-être, répondit Mathilde. Mais, dans le cas contraire, je ne me laisserai pas faire.

– Jusqu'à sacrifier ta future carrière ?

Elle eut un temps d'hésitation avant de répondre un « oui » catégorique. Jamais une de leur réunion n'avait connu de démarrage aussi sanguin. Encore moins ce type de revirement. Corps et âme, Mathilde était vouée au programme. Elle n'avait jamais imaginé construire son avenir en dehors du Centre. C'était la vérité qu'elle avait toujours proclamée. Son soudain changement d'attitude relevait du non-sens.

Comme l'atmosphère était tendue, que Marie osait à peine regarder Mathilde et que Matthew fixait le plafond avec une indifférence feinte dont il avait le secret, Marc se lança. Seul du groupe à ne pas étudier au Centre, il espérait éviter une nouvelle polémique.

– Que diriez-vous de passer à table ? suggéra-t-il, d'un ton mal assuré.

– Proposition adoptée ! approuva Matthew de bon gré. J'ai faim ! Qui a cuisiné ?

Marc tenta un regard complice vers Mathilde qui n'y répondit pas. Le militaire se fendit d'un sourire moqueur.

– Mathilde ? Ce serait une première ! Vous avez prévu une option de secours ?

Il donna un coup de coude à la jeune fille et entraîna tout le monde vers la salle à manger. Marc alla chercher le repas. Il déposa devant chacun une assiette creuse remplie d'un liquide orangé.

Matthew considéra le breuvage d'un air suspicieux.

– C'est de la soupe de potiron, idiot ! se moqua Marie. Qu'est-ce qu'on vous sert à l'armée ? Que des barres protéinées, je parie !

– Pas du tout, répondit Matthew en faisant mine de s'offusquer. Il nous arrive aussi de manger des légumes. Pas tous les jours, c'est vrai, mais quand même ! Il faut bien motiver les troupes.

Tout en parlant, il remuait sa petite cuillère sous le menton de Marie, qui rétorqua avec malice :

– Allons, bon ! Ce n'est pas trop difficile d'être plusieurs à ne rien faire ? Je te vois dans ta guérite, tu sais…

– Oh, mais on s'enhardit du côté des psychologues… Tu peux rire, va.

Puis il ajouta à voix basse :

– Il se pourrait que je change très vite de partenaires.

Mathilde, qui avait entendu, releva brusquement la tête.

– Ça y est ? Tu sais ? lança-t-elle d'un ton qui trahissait son émotion.

Mais Matthew éluda sa question.

– Hum, délicieux, souffla-t-il en portant la cuillère à sa bouche. Tu fais des progrès, Mathilde. Où as-tu acheté ça ?

Devant l'air réprobateur de son amie, il changea de cible.

– Marc, c'est ton tour ! lança-t-il à la cantonade.

La famille

Mathilde n'avait pas insisté. Matthew refusait d'évoquer sa prochaine affectation, message reçu. Mais tandis que Marc racontait les difficultés qu'il rencontrait dans son stage sur un nouveau programme informatique, elle n'écoutait plus. Sa colère s'était envolée dès lors que Matthew avait confirmé son départ. C'était désormais une certitude, une échéance concrète. Pas un mauvais rêve, ni une énième boutade de la part de celui qui partageait leur vie depuis si longtemps. La réalité les rattrapait. Cruelle et impitoyable. À présent, elle le regardait qui mangeait en exprimant une plénitude exagérée. Elle guettait ses yeux pétillants de vie, attentifs au discours de Marc, son meilleur ami. Ses doigts tapotant la pierre de la table, incapable qu'il était de rester en place, d'être vraiment tranquille, serein. Elle aurait juré le connaître par cœur mais certains détails lui échappaient encore. Une fossette sous la pommette, la couleur nuancée d'une mèche de cheveux, la veine du cou qui enflait au rythme des pulsations cardiaques, la cicatrice presque invisible qui traversait le lobe de son oreille droite et qu'elle lui avait causée, plus jeune, lors d'un entraînement… Tout ce qui le constituait, elle prenait le temps de le photographier mentalement.

Matthew s'aperçut qu'elle le dévisageait, et lui sourit avec tendresse.

– Et toi, reprit-il dans sa direction, soucieux de ne pas s'attarder sur son cas, comment se passe la vie à deux ? Tu trouves tes marques ? Tu es heureuse, ici ?

Mathilde ne s'était pas attendue à ces interrogations. Son regard se voila. Était-elle heureuse ? Elle réalisa qu'elle ne se posait jamais la question. La considération lui demeurait étrangère. Non qu'elle s'en désintéressât, mais, peut-être, inconsciemment, jugeait-elle le résultat peu important. En tout cas, elle n'était pas malheureuse. Le rouge lui monta aux joues et elle balbutia des mots sibyllins qui ressemblaient à un début d'affirmation. Comme les yeux de Matthew s'écarquillaient à mesure qu'elle pêchait des arguments susceptibles de faire peser la balance dans le bon sens, elle se rabattit sur le bol de sauterelles grillées qu'elle tendit à Marie.

– Et toi ? lança-t-elle pour détourner l'attention. Tu aimes travailler au Centre ? Tu as rencontré quelqu'un ?

Mais le stratagème d'éviction eut un effet retors. À sa question, Marie baissa les yeux.

– Pour une fois, je passe mon tour, dit-elle d'un ton affecté. Il ne s'est rien produit dernièrement qui vaille la peine d'être raconté.

Matthew lui sauta aussitôt dessus.

– Eh bien, que t'arrive-t-il, ma petite Marie ? fit-il d'un air faussement navré. D'habitude, tu n'es jamais à court de paroles ! Tu pourrais au moins nous raconter les dernières indiscrétions du Centre. Faire « la gazette »…

Son amie le fusilla du regard.

– Désolée, mais, pour une fois, je ne te ferai pas « la gazette ». Je suis fatiguée de raconter les histoires des autres.

– Dommage. Moi, ça m'intéresse.

– Ah, ça c'est sûr, coupa Mathilde avec sarcasme. Le programme, tu t'en fiches royalement, par contre, savoir qui sort avec qui, ça, ça te passionne !

– Pourquoi, pas toi ? Je n'y peux rien, c'est le seul moyen de garder un pied dans la société. Vous ne réalisez pas ce que c'est que de vivre à l'écart. Qui plus est entre hommes.

– Vous avez des femmes dans vos troupes, il me semble…

– Elles sont encore plus mauvaises que nous. Et puis cette carrure… non, merci !

– Je ne te plains pas, intervint Marc en riant. Tu détiens le plus grand tableau de chasse de toute la Communauté.

– Hé !

– Quoi, ce n'est pas vrai ?

– Si, mais quand même.

– Bah voilà, reprit Marie. Moi, on vient me voir pour savoir qui sort avec qui parce que je suis gentille, et que la quasi-totalité de notre promotion, sans que je comprenne pourquoi ni surtout que je le demande, vient se confier à moi. Et moi, à qui je parle ?

– À nous, répondit Mathilde tandis que les garçons affichaient un embarras silencieux.

– Et avec qui je sors ? répliqua la jeune fille avec tristesse.

Mathilde lança un regard gêné à Matthew qui haussa les épaules.

– Excusez-moi, reprit Marie. Je suis désolée de réagir ainsi. Passons à autre chose.

– Nous sommes là pour t'aider, tu sais.

– C'est gentil mais je ne vois pas très bien comment. Sauf si vous connaissez un garçon capable de…

Elle s'interrompit, avant de conclure :

– Peut-être que je suis trop fade pour attirer l'attention.

– Moi, je connais quelqu'un.

Marie en eut le souffle coupé.

– Que… quoi ? Enfin, qui ? balbutia-t-elle, ne sachant si elle devait rire ou pleurer.

– Quelqu'un de mon unité, répondit Matthew, énigmatique. Je ne voulais pas t'en parler car je pensais que tu te moquais éperdument des types dans son genre. En plus, il m'a fait jurer de ne rien dire.

– Je t'échange n'importe quelle information contre les derniers commérages ! fit Marie d'un ton extatique.

– Ah, tu retrouves le sens des affaires. Je préfère ! Je vais peut-être même me laisser fléchir… Mais avant, j'aimerais goûter au dessert. J'espère que Marc ne va pas faillir à sa réputation.

– Mais…

– Rien du tout, Mathilde. Je veux bien croire que tu aies cuisiné une soupe de potiron mais, pour le reste, ne me prends pas pour un idiot. Tu es incapable de faire un gâteau !

Marc rit à l'autre bout de la table avant de descendre à l'étage inférieur.

Marie trépignait.

– Alors ? Dis-moi, je ne tiens plus !

– Tu es infernale ! J'ai dit que je ne divulguerai rien avant d'avoir mangé… Tout aveu doit trouver sa contrepartie !

Marie lança un regard exaspéré à Mathilde qui rit de bon cœur. Quelques secondes plus tard, Marc reparaissait avec un plateau de verrines.

– Qu'est-ce que c'est ? demanda Matthew, perplexe.

– Goûte.

– Hon ! Ça fond…

– C'est de la mousse à la glace carbonique.

– Ch'est délicieux, fit Matthew, dubitatif.

Il reposa aussitôt son couvert.

– Bon ! Ma chère Marie, es-tu prête à rencontrer l'homme de ta vie ?

– Tu es bête, répondit la jeune fille en rougissant. Je ne le connais même pas.

– Ce n'est que provisoire. Il s'appelle Owen. Il doit mesurer deux mètres, ce qui me paraît bien pour toi. Il a les cheveux roux...

– Tu parles comme un vendeur d'ondophones, se moqua Mathilde.

– Si j'ai besoin de ton aide, je te ferai signe. Donc, je disais... Ah oui ! Il a les cheveux roux, de beaux yeux verts... Je crois que tu n'es pas insensible à ça... Je ne l'ai jamais vu en dehors de nos heures de garde donc je ne connais pas son style vestimentaire dans le civil. Je ne peux pas te dire s'il porte des slips unis ou à rayures mais tu es trop intelligente pour t'arrêter à ce genre de détails...

– Et les renseignements concernant son caractère, ce qu'il a dans la tête, tu penses que je devrais m'en passer ?

– Voilà votre problème, à vous, les filles ! Au lieu de vous intéresser à notre apparence, vous voulez savoir ce que l'on a dans le crâne. Mais on s'en fiche ! Quand on s'embrasse, ce n'est pas important !

– Eh, parle pour toi, coupa Marc. Je ne te suis pas sur ce terrain.

– Tu as toujours eu l'esprit fermé sur ce sujet.

Il revint vers Marie en se frottant les mains.

– Bon, reprenons. Je ne connais pas encore très bien Owen. Malgré tout, je peux te dire qu'il m'a l'air gentil, passionné par son métier... Oui, je sais, c'est un point négatif. Il fait de la moto, comme moi, et part régulièrement en balade. C'est à peu près tout ce que je sais de lui.

– Et il s'intéresse à moi ?

– Oui.

– Comment le sais-tu ? interrogea Marie d'un air méfiant.

– Mais parce qu'il me l'a dit ! Un jour où nous étions en poste, sur les miradors. Tu as traversé le campus sous nos yeux.

Marie était rouge d'émotion. Elle tenta de contenir sa joie mais sa voix suraigüe la trahit.

– Il a dit quoi, exactement ?

– Qu'il te trouvait ravissante, qu'il avait entendu parler de toi et qu'il aimerait beaucoup t'inviter à sortir. Mais qu'il était trop timide pour le faire. Il m'a fait jurer de ne rien dire. Voilà.

– Je vais aller le voir ! s'exclama Marie avec une assurance peu coutumière.

Matthew la regarda d'un air circonspect.

– Je ne suis pas certain que ce soit une bonne idée. Il se doutera que je t'ai parlé et ça risquerait de le gêner. Ce serait dommage de le faire fuir, ce pauvre Owen. Je vais le convaincre de t'inviter, d'accord ?

Marie lui jeta un regard anxieux.

– S'il refuse ?

– Ne t'inquiète pas, il le fera. Je vais m'arranger pour faire mes prochaines gardes avec lui. Mais il faut que tu me laisses opérer en douceur. Tu sais, la psychologie des militaires, eh bien… il faut la laisser aux militaires. D'accord ?

– D'accord, répondit Marie, déçue. Tu me tiendras au courant ?

– Promis. Je vais essayer de t'obtenir un rendez-vous rapidement. Le plus tôt sera le mieux, d'après ce que j'ai compris.

– Oui, enfin, je ne suis pas désespérée, non plus.

À la fin du repas, ils gagnèrent le salon. Marie n'était plus triste du tout. Pendue au bras d'Owen, elle était perdue dans d'imaginaires projets. Mathilde et Marc se tenaient enlacés sur le canapé. Allongé sur la seconde banquette, Matthew demanda à Édouard de mettre de la musique. La plainte chaude d'un saxophone emplit la pièce. Ils se laissèrent bercer par la mélodie, hypnotisés par le spectacle des bougies qui se consumaient lentement, savourant le plaisir simple d'être ensemble.

Très vite cependant, ils furent tirés de leurs rêveries par la brusque irruption d'Édouard à leurs côtés. Le personnage annonça l'imminence d'un flash d'information. Matthew consulta l'heure.

– Il est trop tard pour les bonnes nouvelles, fit-il, préoccupé.

L'hôtesse de l'Information générale ne lui laissa pas l'occasion de poursuivre.

– Bonsoir, dit-elle d'un ton dramatique en éclipsant l'hôte domestique. Un raid a eu lieu cet après-midi, ciblant une agence de santé du district Est.

Les images d'un avion en plein vol apparurent dans son dos. C'était un appareil élégant, à la ligne fuselée, recouvert d'acier. Il filait à une vitesse vertigineuse, ne laissant dans son sillage qu'un lacet de fumée noire.

–… l'établissement a été touché au moment où un groupe de patients rentraient chez eux. La bombe est tombée sur l'entrée de la gare.

L'avion se tint en suspension au-dessus de l'agence avant d'opérer un piqué au sol. Une ogive sortie de son ventre percuta la bouche souterraine. La caméra s'éloigna, offrant une vue plongeante sur l'immense tourbillon de gaz résultant de l'explosion. Les flammes léchaient l'écran. Le salon de Marc et Mathilde n'était plus qu'un champ de ruines. Les images se succédaient, insoutenables. Tantôt des morceaux de béton fracassés roulant à leurs pieds, tantôt l'incendie titanesque... Le pire était les corps, ou ce qu'il en restait, éparpillés dans un magma de matière rouge et noire.

Mathilde avait beau être habituée à ce type de scènes, elle se détourna lorsque les caméras s'attardèrent sur le visage d'une jeune fille. Vingt ans, comme eux. Quelqu'un de leur génération. Sa face était fendue et du sang séché traçait des lignes sinueuses sur les joues. Les yeux avaient disparu, le haut du crâne emporté par le souffle.

–... les militaires se sont rendus sur place pour sauver les civils qui pouvaient l'être.

Les hommes se déployèrent à vive allure. La sueur perlait sur la seule bande de peau laissée à découvert par leur uniforme d'intervention.

–... le premier bilan fait état de vingt morts.

Des images de cadavres encore, de blessés évacués par les unités d'urgence de l'hôpital. Puis, brusquement, l'hôtesse parut au premier plan et le ton changea. Il se fit plus exalté.

–... quelques secondes après que l'attaque a eu lieu, nos troupes d'élite ont abattu l'avion.

L'appareil revint au cœur du film pour peu de temps. Une torpille vint le frapper au flanc gauche, l'aile prit feu, et il fut précipité au sol.

Marie poussa un cri de victoire auquel Marc répondit par un sourire. Mais le sentiment de soulagement fut bref. Le ton de la présentatrice changea de nouveau.

–… malheureusement, le pilote a pu s'éjecter de l'habitacle.

Les images étaient cette fois plus floues, sans doute à cause de la pluie qui s'était faite plus drue. On voyait à peine le corps fondant dans l'air.

–… le gouvernement requiert toute votre attention car le criminel n'a pas été retrouvé.

Marie, Marc et Mathilde affichèrent une expression de profonde surprise. Matthew ne cillait pas.

–… le coupable est probablement mort dans l'impact mais il est possible qu'il ait survécu. Les mauvaises conditions climatiques ont ralenti les militaires dans leurs recherches.

Les images montraient les débris de l'avion, à moitié immergés dans une mare de boue. Les soldats s'enfonçaient jusqu'aux genoux.

–… nous demandons à chacun d'être prudent. Ne vous aventurez pas dans les terres et observez les personnes que vous croiserez ces prochains jours. Si un individu vous paraît suspect, avertissez aussitôt l'Information générale.

Mathilde jeta à Marc un regard ennuyé. Comme tout le monde, elle avait peur, mais redoutait également cette politique de méfiance à laquelle le gouvernement appelait. Le département Témoignage serait saturé de dénonciations. Partageant son avis, Marc la serra contre lui. L'hôtesse continua d'alerter la population pendant une dizaine de minutes environ, puis le flash se termina. Le salon redevint aussi calme que précédemment. Le saxophone se remit à jouer.

Le groupe resta un moment prostré. Marie avait rassemblé ses jambes contre sa poitrine, tandis que Matthew fixait d'un œil morne le mur opposé. Alors qu'il n'avait toujours pas dit un mot et, qu'entre-temps, Marc était allé chercher du café, Mathilde s'adressa à lui :

– À quoi penses-tu ?

Le jeune homme ne répondit qu'au terme de longues secondes :

– Moi ? À rien ! fit-il en se levant. Je me disais que j'allais raccompagner Marie. Ça vaut mieux avec ce fou dehors !

Cette dernière fit la moue.

– Il est certainement mort. Personne ne survivrait à une telle torpille. Ils ne vont pas tarder à retrouver son cadavre…

Le regard de Matthew se brouilla.

– Tu crois ? Tu crois, vraiment ?! lança-t-il, subitement hors de lui. Moi, je suis sûr qu'il est dans la nature ! Pourquoi recevons-nous la nouvelle maintenant ? Le bombardement a eu lieu à dix-huit heures. Il est près de minuit ! En temps normal, nous obtenons les informations en direct !

Mathilde et Marie l'observaient sans rien dire. Marc était réapparu sur le seuil du salon en l'entendant crier. Mais Matthew ne le voyait plus. Il parlait tout seul.

– La vérité, c'est qu'ils cherchent le corps depuis des heures et qu'ils ne l'ont pas trouvé. Parce que le type s'est sauvé ! C'est pour ça qu'ils ont attendu de diffuser l'information. Ce n'est pas brillant de la part de nos militaires… Ils auraient préféré le retrouver avant. Et maintenant, ils alertent la population !

Il attrapa sa combinaison de conduite, et fit un signe à Marie pour l'engager vers la sortie. Marc et Mathilde échangèrent un regard inquiet.

Une minute plus tard, ils s'étaient tous rapidement embrassés et Matthew demandait à Édouard d'ouvrir la porte.

Mathilde l'interpella :

– Attends ! Qu'est-ce qui te prend ?

Elle avait les yeux brillants et il ne put s'empêcher d'en être ému. Comme toujours, elle le ramenait vers elle.

– Ce qui me prend ? répéta-t-il, désorienté. J'ai peur. Voilà, ce que j'ai.

Mathilde sentit que Marc resserrait l'étreinte sur sa hanche. Elle dévisagea Matthew qui soutint son regard.

– Quand ? demanda-t-elle.

– Deux semaines.

Sur ces mots, il saisit la main de Marie pour l'entraîner à l'extérieur. Celle-ci lança un regard catastrophé à Mathilde.

Confrontation

Mathilde demeura éveillée longtemps cette nuit-là en songeant à Matthew. À cette peur qu'il avait avouée et que tous comprenaient, qu'ils éprouvaient presque. Après que Marie et lui étaient partis, elle était restée dans le salon, observant avec Marc un silence triste. Ce dernier avait ensuite débarrassé la table sur un fond de musique très bruyante avant de descendre se coucher sans plus évoquer la nouvelle. À deux heures, elle l'avait senti pleurer sur son poignet et avait fait semblant de dormir. À force, elle s'était assoupie.

Sombrant dans un sommeil profond, elle avait rêvé qu'elle rencontrait Christopher Blake. Le Doyen la conduisait dans un fabuleux jardin qu'elle reconnaissait pour être celui de Basile, sauf qu'en lieu du pauvre lopin de béton habituel, ils pénétraient une terre luxuriante semée de végétaux inconnus. Encerclés d'immenses plantes grasses et humides, dont les fleurs bleu et or retombaient comme des cloches au-dessus de leurs têtes. Dansant parmi elles, Chloé riait à gorge déployée, et, fait étrange, Mathilde ne s'agaçait pas de son comportement. Au contraire, elle avait envie de la rejoindre. Elle se sentait à son aise dans cet univers extraordinaire. Après quelques pas, le professeur la félicitait pour son travail, et lui demandait comment elle avait triomphé du cas des spécimens malades. Fière, elle racontait, mais tandis qu'elle énonçait un récit au début très construit, elle perdait en progressant son assurance. Les arguments s'évaporaient, ne laissant dans son esprit qu'une grande confusion. Sa bouche ne produisait plus que d'inintelligibles voyelles, des sons que personne ne comprenait autour d'elle. Désemparée, elle finissait par hurler d'impuissance, fondait en larmes, et alors qu'elle pleurait, Basile et Chloé pleuraient aussi. Le Doyen ne les regardait pas. Lorsqu'elle fut sur le point d'étouffer, elle aperçut dans un coin du jardin Élisabeth Bessire. Immédiatement, elle fut près d'elle. La veuve se tenait en équilibre au bord d'un puits, les yeux plus luisants que l'eau qui y dormait. Elle sourit une dernière fois avant de sauter. Mathilde se réveilla en sursaut.

Christopher Blake était assis à son bureau quand elle entra.

– Il va falloir perdre cette habitude de s'introduire dans mes quartiers sans y être invitée, dit-il froidement avant de se tourner vers son secrétaire numérique qui vociférait à l'entrée de la pièce que Mathilde ne s'était pas enregistrée.

Le Doyen la somma de respecter au moins ce protocole-là. De mauvaise grâce, elle s'exécuta et, revenant sur ses pas, elle nota que, pour une fois, il n'activait pas la fermeture des portes. Elle se demanda si elle lui faisait peur. À bien l'observer, son interlocuteur n'était plus si impressionnant. Il incarnait somme toute un homme vieillissant, comme les autres.

– Je sais que le comité d'éthique a eu lieu, lança-t-elle sur le ton du défi.

Le Doyen lui rendit son regard en pleine lumière.

– Cela n'a jamais été un secret, dit-il posément. Je vous avais dit que je l'organiserais au plus tôt. C'est pour cette raison que vous faites ainsi irruption ?

Il portait le premier coup.

– Seul le verdict du comité motive ma visite. En tant que participante au projet…

– Ex-participante.

Mathilde fut outrée.

– Vous n'avez pas le droit ! s'écria-t-elle. Je me suis beaucoup investie sur ce dossier ! Je suis sûre que nous pouvons soigner ces spécimens…

Le Doyen lui opposait un visage fermé, d'où avait disparu toute marque de sympathie.

– Je n'aime pas le ton que vous employez à mon égard, dit-il. Vous osez m'accuser de négligence alors que je ne fais que pallier votre manque de rigueur.

Abasourdie, elle se tut. Il reprit :

– Vous n'avez même pas vérifié votre source d'information. Il m'a fallu à peine deux heures pour défaire votre théorie déjà branlante. Car celle-ci repose bel et bien sur le faux témoignage de civils.

Le doute effleura Mathilde mais elle n'en montra rien. Elle continua de fixer son supérieur. Celui-ci ne fut pas dupe de l'insolence.

– Vous êtes-vous seulement renseignée sur ces individus ? Laissez-moi vous apprendre quelque chose qui devrait vous faire réfléchir. Sam et Ema Whitam…

Mathilde fronça les sourcils.

– Oui, je sais que ce sont eux que vous êtes allée voir.

Il a suffi d'interroger les géniteurs présents dans la salle le jour de l'accident. Quatre-vingts personnes, cela n'a pas été long. Nos deux intéressés ont d'ailleurs remarquablement bien menti. Ils ont assuré que vous étiez venue leur donner des nouvelles de leur spécimen. Admettez qu'ils n'étaient pas durs à démasquer…

Il poursuivit, grandiloquent :

– Les Whitam appartiennent à un mouvement radical créé en même temps que le programme. À l'époque, il se présentait comme son principal opposant. Il prônait l'arrêt de nos activités au motif qu'elles étaient contre nature. Pour eux, la durée de gestation aurait dû être de neuf mois, comme aux origines. Mais nous avons tenu bon, et l'intérêt général l'a emporté. Lorsque les premiers essais ont été réalisés avec succès, leur groupe s'est trouvé privé d'arguments. Son taux d'adhérents a considérablement chuté. Il a été dissous par les autorités avec menace pour ses membres d'être internés en institut de raison. Section carcérale.

Le Doyen ne boudait pas son plaisir. L'œil vif, il évaluait l'impact de l'attaque. Mais Mathilde répugnait à avouer la moindre faiblesse. Intérieurement, elle luttait pour qu'aucune émotion ne transparaisse, devinant que ses sentiments étaient des armes pouvant se retourner contre elle. Comme elle ne tremblait pas, son adversaire monta une nouvelle fois à l'assaut.

– Suite à ces événements, renchérit-il, les Whitam ont été arrêtés. Ils en ont conservé pour le Centre une véritable animosité. Avec quelle crédibilité cependant, puisque eux-mêmes ont fini par nous confier leur embryon ! Et à présent que leur spécimen est en échec, ils ne le supportent pas. Ils ont l'impression d'avoir été floués. Mais nous n'avons jamais offert de garanties. Preuve est de ce qui se passe aujourd'hui… C'est ce qu'ils n'acceptent pas. Ils inventent donc n'importe quoi, comme cette défaillance technique, pour nous nuire. Et vous, dit-il en portant sur Mathilde un regard lourd d'accusations, leur avez donné l'occasion rêvée de s'immiscer dans nos affaires. J'espère qu'ils ne vont pas reconstituer leur mouvement…

Mathilde était déstabilisée. Elle songea aux Whitam et admit que leur hostilité à l'égard du Centre les desservait. Pourtant, même si elle doutait encore de toute la véracité de leurs aveux, elle savait que, pour l'essentiel, ils n'avaient pas menti. Elle en était intimement convaincue. En dernier recours, elle pensa à sa conversation avec Marie.

– Les troubles dont souffrent les spécimens constituent une preuve à eux seuls, dit-elle. Les pathologies sont réputées « psychologiques ». Normalement, celles-ci n'affectent que les personnes déjà nées. Soit des individus capables de ressentir des émotions.

À ces mots, l'œil de son supérieur changea de forme. Sa pupille se resserra jusqu'à imiter celle d'un reptile, le faisant ressembler davantage à un prédateur qu'à un éminent professeur.

– Je suppose que vous parlez de la prétendue conscience des spécimens et de leur soi-disant humanité…

Fragilisée, Mathilde poussa un cri plaintif :

– Mais ce sont des êtres humains ! Bien avant de naître…

Le Doyen fit lentement le tour de son bureau.

– Vraiment ? siffla-t-il. Vos idées sont touchantes… Mais un individu ne se résume pas à une conscience.

Il est la somme de beaucoup de choses comme le langage, la position sociale, les préférences pour telle ou telle couleur, les expériences vécues, que sais-je…

Il lui saisit le bras.

– Je vous en prie, soupira-t-il. J'admets que la panne les a perturbés, mais de là à acquérir une individualité… Ils ne connaissent rien de l'existence ! Par ailleurs, vous manquez de logique élémentaire. Si les spécimens souffrent, comme vous semblez le penser, il vaut mieux que nous arrêtions leur développement au plus vite.

Mathilde fut prise de vertige.

– Nous pourrions les faire naître… articula-t-elle avec difficulté.

Le Doyen la toisa avec une expression désolée qui la força à baisser les yeux. Vainqueur, il relâcha sa proie.

– Si vous voulez avoir une chance de devenir chercheuse, dit-il en se redressant, il va falloir apprendre à conserver une certaine distance vis-à-vis de votre travail. La seule raison d'être du Centre est de tenir un objectif de productivité. Et de qualité. Nous élevons des embryons afin qu'ils constituent des citoyens viables. Il est hors de question de perturber notre organisation pour des unités déficientes. S'ils ne sont pas bons à naître, notre devoir est de ne pas surinvestir sur ces échecs. Ce serait une perte de temps que la Communauté ne peut se permettre.

Il retourna à son fauteuil. De nouveau calme et sûr de lui. Mathilde retrouvait le directeur qu'elle connaissait. Ses pensées dans l'ensemble étaient floues, sauf une. Elle comprenait que, pour l'heure, il était inutile de lutter. Le Doyen détenait le pouvoir et elle était coincée. Ce dernier reprit d'une voix doucereuse :

– Vous êtes talentueuse, Mathilde, mais j'ai toujours

craint que vous ne vous fourvoyiez un jour par excès d'orgueil. Je ne m'étais pas trompé. L'erreur est arrivée. Vous devez accepter la défaite. C'est la condition *sine qua non* du progrès. Pour le reste, je vous commande de reprendre des cours de première année.

La consternation se lut sur le visage de l'étudiante.

– Oui, je sais, fit le Doyen d'un ton désolé. Vous êtes major de votre promotion dans la plupart des matières. Néanmoins, cette malheureuse expérience traduit des lacunes qu'il faut s'empresser de combler. Je vous suggère également de prendre un peu de repos. Vous êtes surmenée et la fatigue altère votre jugement. Je vous suspends durant un mois. Mettez de l'ordre dans vos affaires et quittez le Centre dès ce soir.

Il inclina la tête.

– N'ayez pas l'air abattu. C'est une faveur que je vous accorde. Cette période vous permettra de réviser vos acquis. En théorie, je devrais vous renvoyer sans autre forme de procès. Mais je crois en vous…

Il avait prononcé ces derniers mots d'une voix si chaude que Mathilde eut peur de s'y brûler. Le Doyen attendait une réponse qu'elle ne pouvait fournir. Hochant la tête d'un air mécanique, elle se leva et s'enfuit vers la sortie.

Dehors, une pluie fine arrosait le Centre. Mathilde gagna la piste de course et s'assit sur un banc, à l'abri d'une caserne. Les militaires l'apercevraient mais ne diraient rien. Elle avait le droit d'être là. La pluie poursuivait son œuvre et à présent que sa chevelure ne pouvait plus rien absorber, les gouttes ruisselaient dans son cou jusque sous ses vêtements. La sensation n'était pas désagréable. À mesure que le corps refroidissait, elle voyait plus clair dans le trouble qui l'habitait. Elle reprit dans sa tête l'entretien qui venait d'avoir lieu.

Le Doyen avait rappelé que le programme avait connu beaucoup d'échecs depuis sa création, que celui-ci ne serait pas le dernier, et il avait raison. Elle repensa aux spécimens dont elle avait suivi l'arrêt du développement de nombreuses fois au cours de ses études… De leur anatomie ou leur origine, elle ne se rappelait rien. Elle ne pouvait d'ailleurs les dénombrer. Comment aurait-elle pu ? Sur les consignes de ses professeurs, elle avait interrompu le programme de spécimens jugés à risques. Pouvait-elle garantir que le numéro 32 naîtrait en bonne santé ? Qu'il ne serait pas fou ? La logique aurait dicté qu'elle agisse comme elle l'avait toujours fait. Mais cela lui était désormais impossible.

Elle fit quelques pas dans la boue. Autour d'elle se dressait le Centre, qu'elle considéra avec attention. Les allées détrempées, la partie émergente des bâtiments, les panneaux solaires rabattus par le vent, le terrain de sport dans son dos, et enfin, l'enceinte. Ce décor qu'elle connaissait depuis toujours, au cœur duquel elle avait grandi. Aussi effrayante que l'évidence lui apparaissait, elle sut qu'elle n'y reviendrait pas. L'histoire s'achevait là. Malgré la passion éprouvée pour ses études. L'humanité s'était immiscée dans la vision qu'elle avait de son futur métier et c'en était fini des objectifs et de la productivité. Regardant une dernière fois les bâtiments qui l'encerclaient, elle les grava dans sa mémoire et s'élança sur la piste inondée. Elle courut aussi vite qu'elle le put jusqu'à se donner le tournis, jusqu'à torturer sa hanche, jusqu'à s'enivrer de ce panorama qu'elle ne reverrait plus, et vider son corps de toute énergie… Complètement.

Ensuite, seulement, elle retourna en salle d'étude pour ranger ses dossiers. La priorité était de trouver un moyen pour que le programme des spécimens ne soit pas interrompu. Peu importait à présent ce qu'avait dit le professeur Blake au comité. Celui-ci avait rendu sa décision, ne laissant que trois jours pour mettre une solution en application. À peine une journée, si on prenait en compte le fait qu'elle quittait les lieux le soir même. Elle réfléchit. Les spécimens devaient être plongés dans un coma de premier degré de sorte qu'ils ne s'agitent plus mais puissent encore répondre aux stimuli. Un tel protocole comportait des risques. Il fallait calculer l'exacte dose de sédatifs afin qu'aucun ne sombre dans une léthargie plus profonde. L'historique du programme rapportait que la méthode avait déjà été appliquée, mais sur des laps de temps plus courts, le plus souvent pour opérer le spécimen sans le déstabiliser. Certains ne l'avaient pas supporté et s'étaient échoués. L'effet n'était pas systématique, mais c'était arrivé. Qu'adviendrait-il sur une plus longue durée ? Il devait encore s'écouler un mois avant la naissance.

Préoccupée, elle réalisa qu'un autre problème l'attendait. Qui, en son absence, prendrait le relais ? Qui dispenserait le traitement ? La manipulation était illégale et passible d'internement. Marie ne l'avait jamais laissée en difficulté, mais pouvait-elle lui faire courir ce risque ? Elle songeait à cette alternative lorsqu'elle se souvint que sa meilleure amie, en tout état de cause, n'avait pas accès aux salles de génération. Pas plus qu'au poste de contrôle.

En vérité, une seule personne était en mesure de l'aider. Celle-là même à qui elle avait fait appel de nombreuses fois et qui, pour une raison étrange, n'avait jamais failli. C'était plutôt elle qui s'était détournée. Inquiète, elle résolut de l'attendre jusqu'à la nuit.

Le dernier soir

– Bonsoir, Henri…

Elle se tenait dans le chambranle de la porte, n'osant entrer.

Indifférent à sa présence, Henri Whiter continua de s'affairer auprès des moniteurs du poste de contrôle. Ce fut à peine s'il jeta un coup d'œil dans sa direction lorsqu'elle s'approcha.

La honte la submergeait. Elle se rappela l'incident qui les avait opposés, cette colère froide à laquelle elle avait laissé libre cours. Le mépris affiché sans rougir. Henri Whiter lui renvoyait une bien sinistre image d'elle-même, malheureusement conforme à la réalité. Elle aurait voulu lui présenter des excuses mais la distance inhibait son assurance. En outre, l'enjeu n'était pas là. Elle pourrait faire amende honorable, obtenir le pardon du vieil homme ne serait pas chose aisée. À ses yeux, désormais, elle était transparente. Un sentiment étrange la traversa. Et si l'estime qu'il lui portait autrefois ne revenait pas ?

– Je suis désolée de vous déranger, prononça-t-elle d'une voix qui trahissait son remords.

– Que voulez-vous ?

Le vouvoiement augmenta son dépit.

– Je viens vous dire au revoir. Je pars en congés. Pendant un mois.

Il lui sembla voir un soubresaut secouer les épaules du technicien mais peut-être pas.

– J'ai entendu cela, répondit-il d'un ton neutre.

– Les nouvelles vont vite…

– C'est tout ?

Elle attendait qu'il se retourne mais il n'en fit rien. L'urgence de la situation la poussa à poursuivre.

– Non. Je dois vous dire autre chose. Vous aviez raison. Les géniteurs ne sont pas des terroristes. En revanche, sans le vouloir, ils ont agi de manière criminelle.

Elle remarqua qu'il ne regardait plus le moniteur.

– Ils ont interrompu le sommeil des spécimens et, pour la première fois, ces derniers ont pu voir un corps étranger au leur. Ils ont été confrontés à d'autres êtres humains. Par cette simple opération, ils sont nés. J'existe parce que vous existez. Vous saisissez ?

Henri Whiter hocha la tête.

– Le problème ne s'arrête pas là, reprit-elle. Les spécimens sont capables de ressentir, donc de souffrir.

– C'est ce que vous avez dit au Doyen ?

– Le professeur Blake n'adhère pas à ce principe. Pour lui, un individu n'est rien avant de naître…

– Cela se comprend, coupa froidement Henri Whiter. Cette théorie mettrait en péril toute son entreprise. Mais en quoi ceci me concerne-t-il ? Vous n'avez pas pris le risque de me raconter cette histoire sans raison…

Mathilde comprit que, si, elle aurait pu se confier à lui par simple amitié. Elle le lui dit mais il ne réagit pas.

– J'ai besoin de vous, expliqua-t-elle. Enfin, pas moi, les spécimens. De mon côté, je ne peux plus rien.

Le comité d'éthique a statué sur un délai de trois jours au cours duquel leur état doit s'améliorer. Faute de quoi…

–… le programme sera arrêté, compléta Henri en se tournant cette fois-ci vers elle. Pourquoi moi ? interrogea-t-il en la fixant.

Elle rassembla son courage.

– Parce que j'ai confiance en vous. Je sais que vous pouvez me dénoncer mais je crois que vous ne le ferez pas. Malgré mon impardonnable attitude. Vous êtes la seule personne à qui je peux demander cela.

Puis, alors qu'il ne bougeait pas, elle saisit son poignet et transféra, d'un ondophone à l'autre, le protocole qu'elle avait mis au point. Il la regarda faire avec une surprise contenue.

– Voilà mes consignes pour les faire tenir jusqu'à la naissance. Cela ne les soignera pas, mais au moins, si personne ne s'aperçoit du subterfuge, leur programme ne devrait pas être interrompu. Il s'agit principalement de sédatifs à administrer selon une cadence précise. Il leur faut une forte dose au départ, c'est-à-dire dès cette nuit pour les calmer, puis diminuer jusqu'à la naissance afin qu'ils ne restent pas dépendants des substances. Pour le reste, il faudra neutraliser certaines zones du cerveau, notamment pendant les visites. Tout est scrupuleusement détaillé, vous ne pouvez pas vous tromper.

Le technicien demeura de marbre. Découragée, Mathilde se dirigea vers la porte.

– Vous ferez ce que vous voudrez, conclut-elle avant de sortir. Mais il fallait que je passe le relais. Merci de m'avoir écoutée. Bonne nuit, Henri.

Sur ces mots, elle quitta le poste de contrôle, les épaules lourdes de culpabilité.

Revenue dans la salle d'étude qui s'était vidée de ses élèves, elle acheva de ranger ses affaires et de mettre en ordre quelques dossiers. Toute la journée, elle s'était concentrée sur les spécimens, réussissant à faire abstraction du grand bouleversement qui la concernait directement. Elle n'aurait pas cru le processus si douloureux. Sa vie, elle se l'était imaginée ici. Les murs, l'éclairage, le matériel, le mobilier lui étaient familiers. À présent, on la chassait de sa maison. Ses camarades de promotion étaient des frères qui la reniaient. Le Doyen, un père infanticide. Au-delà de la tristesse, l'abandon était anxiogène. Elle n'avait nulle part où aller. Et quelle place trouver dans la Communauté ? À l'heure où ses amis ancraient leur vie, s'attachaient à concrétiser un projet, elle détruisait le sien. Se sentant sur le point de s'effondrer, elle activa son ondophone :

– C'est moi, dit-elle d'une voix fébrile quand Matthew décrocha.

– Salut, répondit ce dernier. Je ne m'attendais pas à te voir de sitôt. Tout va bien ?

– Je ne suis pas sûre.

– Comment s'est passé ton entretien avec le Doyen ?

Elle soupira.

– Difficile de résumer. Tu es au Centre ? Tu as dîné ?

– Pas encore. C'est une invitation ?

– J'en ai l'impression.

– Dans ta salle d'étude ?

Mathilde réfléchit. Elle ne se sentait pas le courage de croiser qui que ce fût au réfectoire.

– Oui. Je t'attends. Mais fais vite. J'ai peu de temps.

– Pourquoi ?

– Parce que je pars ce soir.

Il y eut un moment de latence.

– Tu prends des vacances ? questionna Matthew, perplexe.

– Viens, et je te raconte.

– Très bien. Si tu savais comme j'ai hâte de dîner entre ton ordinateur et tes éprouvettes… Comme repas d'adieu, on aurait pu faire mieux.

– Ne dis pas de bêtises.

– Désolé. Je passe chercher ce qui ressemble à de la nourriture et j'arrive.

– À tout de suite, répondit Mathilde en raccrochant.

Un quart d'heure plus tard, Matthew était là.

– C'est mortel, ici ! s'écria-t-il en pénétrant dans la pièce.

Ses propos se répercutèrent sur les étagères en fer, la précieuse robotique qui dormait dessus, les parois des centrifugeurs à l'arrêt, les bureaux des élèves… Rejoignant son amie, il passa devant l'œil aveugle des projecteurs d'ordinateurs.

– Il est plus de vingt et une heures, répondit Mathilde. Les gens ont une vie après le Centre.

– Grand bien leur fasse…

Matthew déposa son butin sur un coin de table. Mathilde s'en saisit.

– Qu'est-ce que c'est ?

– Des boulettes de pommes de terre. Ça en a plus ou moins l'air. En revanche, j'ai dû donner de ma personne pour obtenir ceci !

Il brandit un sachet de perles rouges.

– Des tomates ! s'exclama Mathilde. J'adore ça ! Je ne savais pas qu'il y en avait aujourd'hui…

– Théoriquement, pas avant demain, répliqua Matthew

fièrement. J'ai soudoyé le type qui gère les stocks. Il était en train de ranger la marchandise quand je suis passé. Je lui ai dit que je partais pour la frontière et que je ne reviendrais probablement jamais. Ça a marché du tonnerre ! Si j'avais su, je me serais servi de cet argument avec les filles…

Mathilde lui lança un regard noir.

– Arrête, ce n'est pas drôle.

– Mais si, c'est drôle ! Il faut rire de tout, Mathilde ! Si je prenais mon départ au sérieux, ne serait-ce qu'une seconde, je m'enfuirais je ne sais où. Tu comprends ?

Elle hocha la tête. En fin de compte, ce dîner s'annonçait moins léger que prévu.

– Raconte-moi plutôt cette histoire de vacances… fit Matthew d'un air détaché.

Elle leva les yeux au ciel.

– L'entretien avec le Doyen ne s'est pas déroulé comme je l'espérais. Pour lui, les spécimens ne sont rien. En ce qui me concerne, je crois que ce sont des êtres humains en devenir, qu'on ne peut plus maltraiter impunément. Et comme je suis la seule à le penser, on m'offre des congés.

Se penchant vers lui, de peur d'être entendue, elle ajouta :

– Sauf que je ne reviendrai pas.

Matthew s'esclaffa.

– Tu n'es pas croyable ! Tu démissionnes ?

– Oui, j'abandonne. Si je continue comme ça, ma conscience ne me le pardonnera pas.

– Mais… qu'est-ce que tu vas faire ? Le Centre, c'est toute ta vie…

– C'était. On a le droit de changer, non ?

Elle esquissa un sourire triste.

– Je n'en ai aucune idée…

L'œil de Matthew s'assombrit.

– Fais attention à toi, dit-il en la dévisageant.

– C'est-à-dire ?

– Tu m'as très bien compris. Je te connais. Tu ne vas pas t'arrêter là. J'ignore où tu vas aller fouiner, mais sois prudente.

– Promis.

Elle s'étira. Encore sous le coup de la surprise, Matthew grignotait une boulette du bout des doigts.

– C'est dommage, dit-il au terme de quelques secondes. J'avais espéré que, quand tu serais chercheuse, tu m'emmènerais un jour en salle de génération.

Mathilde fronça les sourcils. C'était bien la première fois que Matthew émettait ce souhait.

– Depuis quand t'intéresses-tu au programme ? Je croyais que ça t'ennuyait…

Matthew sourit.

– C'est vrai. Mais j'ai toujours rêvé de retourner à l'endroit où je suis né. Découvrir ce qu'il se passe avant, à quoi ça ressemble… Tu ne réalises pas la chance que tu as. Grâce à tes études, tu sais exactement d'où nous venons.

Il haussa les épaules d'un air las.

– Maintenant, entre mon départ et le tien, c'est fichu.

Derrière le bureau, Mathilde l'observait fixement.

– Allons-y ce soir ! lança-t-elle soudain.

– Quoi ?

– C'est tout de suite ou jamais. De toute façon, je n'ai plus rien à perdre.

Matthew afficha un sourire content.
– Vu comme ça…

Infraction

En ouvrant la porte qui reliait le vestiaire des femmes à celui des hommes, Mathilde partit d'un grand éclat de rire. Excité comme un fauve en captivité, Matthew faisait les cent pas dans une combinaison manifestement trop petite pour lui.

À son approche, il fut sur le qui-vive, jambes et coudes fléchis, prêt à se battre. Mathilde prit un malin plaisir à se moquer de lui.

– Ri-di-cule ! s'esclaffa-t-elle. Tu comptes me tuer à mains nues ?

– Tu m'as fait peur ! riposta Matthew. C'est un réflexe, je n'y peux rien. C'est ce qu'on nous apprend à longueur de journée.

Il afficha à son tour un sourire narquois.

– Cet uniforme me va mieux qu'à toi…

– C'est ça. Dépêche-toi. Nous avons peu de temps.

– On ne t'a pas suivie ?

– Encore un réflexe ? Tu es paranoïaque, ma parole !

Matthew grommela des protestations auxquelles elle ne prêta pas attention et ils quittèrent le vestiaire. En approchant de la salle, Mathilde s'adressa de nouveau à lui :

– Les spécimens que nous allons voir appartiennent à la quatrième génération. Ils achèvent leur cinquième année de croissance. Prépare-toi à être surpris. Ils sont comme de petites personnes.

Matthew lui renvoya un regard stupéfait. Elle renchérit :

– Ils sont comme toi et moi mais en format réduit, si tu préfères. Ils possèdent tous les organes vitaux, des cheveux, des muscles, excepté qu'ils n'ont pas fini de se développer.

Matthew était très impressionné.

– C'est incroyable, murmura-t-il. J'en ai des frissons. Est-ce qu'ils vont me voir ?

– Bien sûr que non. Autrement, nous ne pourrions pas entrer. Ils dorment à cette heure-ci. Ils suivent un rythme assez naturel. Éveillés le jour, sauf pendant les visites et les interventions techniques, et endormis la nuit.

Elle pénétra dans le sas et activa la porte qui s'ouvrit devant eux.

La salle baignait dans une pénombre plus intense qu'en journée. Le militaire resta un instant immobile, les yeux écarquillés.

– Alors, c'est ici que tout commence ? dit-il doucement.

Mathilde garda le silence. Matthew revenait à la source et elle ne voulait pas ternir le sentiment procuré par ces retrouvailles.

– Combien y en a-t-il ?

– Mille. Comme dans chaque salle.

Un sourire béat illumina le visage du jeune homme. Heureuse de l'effet que provoquait sur lui leur excursion, Mathilde l'attira dans l'une des stèles. Matthew se dirigea vers l'utérus avec impatience. Il en fit plusieurs fois le tour. Mathilde restait en retrait. Ils étaient en présence d'un spécimen de bientôt cinq ans, de sexe féminin, dont les fins cheveux flottaient dans le liquide amniotique. Son visage inanimé lui conférait un caractère fantastique. Observant de loin l'être en construction, Mathilde songea que si la ressemblance avec un adulte était frappante, il subsistait néanmoins d'importantes disparités entre elle, par exemple, et ce corps en phase de développement.

– On dirait un personnage numérique, commenta Matthew, le nez collé à la vitre.

– Qu'est-ce que tu racontes ? Ils n'ont rien de virtuel !

– Non, mais le visage n'est pas du tout marqué. Il est complètement lisse… C'est assez déroutant.

Mathilde posa une main sur l'épaule de son ami.

– Regarde, dit-elle. Tu vois ces petits plis de part et d'autre des yeux ? Ces sillons presque imperceptibles sur le front ?

Il acquiesça et elle reprit :

– Ces spécimens sont encore jeunes mais n'en sont pas moins vivants. En scrutant bien, on s'aperçoit que la peau est déjà stigmatisée par leurs mouvements.

Elle hésita un instant.

– Et leurs émotions…

Elle s'interrompit. Un bruit inhabituel avait percé de l'extérieur.

– Tu as entendu ? dit-elle en accrochant le bras de Matthew.

Mais ce dernier était trop absorbé par le spectacle. Dehors, pourtant, le son se réitéra, distinctement. Mathilde aurait juré le claquement de pas.

– Matthew, reprit-elle avec une nervosité accentuée. Il y a quelqu'un !

Son meilleur ami tourna vers elle un visage indifférent.

– Tu as rêvé…

– Je te dis que non !

Elle le secoua. À son tour, il tendit l'oreille. Ils n'entendirent rien. Aucune manifestation ne troublait l'atmosphère sinon leur propre anxiété.

– Tu vois, soupira Matthew. Tu te tracasses pour rien.

– Je préfère que l'on parte, rétorqua Mathilde.

– Comme tu voudras.

Elle se dirigea vers la sortie à pas de velours.

– Et c'est moi qui suis paranoïaque… chuchota Matthew. Tu devrais rejoindre l'armée.

Mathilde lui pinça le bras, ce qui lui arracha un grognement. Elle passa ensuite la tête dans l'allée et constata avec soulagement que celle-ci était déserte. Néanmoins, la peur l'étreignait toujours. Elle tira Matthew par la manche et ils sortirent.

Lorsqu'ils furent parvenus devant l'entrée et que Mathilde fut sous le scanner, comme elle l'avait été un quart d'heure plus tôt, celui-ci demeura muet. Elle recommença l'opération mais le dispositif ne fonctionna pas davantage. Au contraire. Une mention rouge vif se mit à clignoter. Elle indiquait que l'ouverture leur était refusée. Mathilde sentit ses paumes devenir moites. Bientôt, l'alarme secouerait le bâtiment.

– C'est pas vrai ! s'exclama-t-elle en tremblant.

Elle se tourna vers Matthew. Tâchant de garder son sang-froid, celui-ci la poussa une nouvelle fois sous l'appareil. Mais la machine continuait d'afficher la même sentence.

– Ça ne marche pas ! reprit-elle d'un ton aigu. Ça ne marche pas !

Matthew lui lança un regard affolé.

– Impossible ! Essaie encore !

Elle s'apprêtait à recommencer quand une porte s'ouvrit dans le fond de la salle qui les fit sursauter. Ils se retournèrent en même temps. Dans le cas de Mathilde, prête à hurler, dans celui de Matthew, prêt à frapper.

Au loin, une ombre se tenait devant ce qui constituait désormais leur seule issue. La peur au ventre, Mathilde plissa les yeux. La lumière des couloirs projetait au sol une silhouette gigantesque, aux extrémités étirées comme celles d'une araignée. Il leur était impossible de distinguer la physionomie de l'intrus. À cette heure, il pouvait aussi bien s'agir d'un simple technicien que du Doyen. Leur sang se glaça. Mathilde se colla à Matthew, dont la respiration devint très saccadée. Apnéique. Tous deux encouraient le risque de se faire interner. L'ombre s'ébranla et marcha dans leur direction. Son pas inexorablement lent les torturait. Il semblait à Mathilde que chaque foulée la rapprochait d'un danger menaçant. L'individu s'arrêta à quelques mètres et demeura dans l'ombre d'une stèle sans plus remuer. Les deux amis ne bougeaient plus. Il aurait fallu qu'ils parlent, mais aucun d'eux n'en était capable. Ce fut la voix de l'inconnu qui brisa le silence :

– Vous avez besoin d'aide… ? lança-t-elle avec une ironie mordante.

Mathilde laissa échapper un juron.

– Vous nous avez fait une peur bleue ! s'exclama-t-elle d'un ton accusateur.

L'ombre progressa encore et le visage d'Henri Whiter entra dans un rai de lumière.

– Que faites-vous là ? questionna-t-il, la mine austère.

Mathilde l'examina attentivement, cherchant à deviner quelles étaient ses intentions. Se rangerait-il une nouvelle fois de leur côté ? Les dénoncerait-il ? L'homme conservait un œil si impénétrable qu'elle préféra rester prudente.

– Je souhaitais dire adieu aux spécimens, prétexta-t-elle de la voix la plus claire qu'elle put.

Henri Whiter s'approcha d'elle.

– Le professeur Blake, rétorqua-t-il, est venu en personne m'informer que vous n'étiez plus concernée par les spécimens contaminés. Que, désormais, l'accès aux salles vous était interdit. J'ai exécuté son ordre à l'instant.

Mathilde s'assombrit. Voilà pourquoi le scanner ne la reconnaissait plus. Le Doyen avait pris toutes les précautions. Elle s'aperçut que ses mains tremblaient et elle les plaqua aussitôt contre ses cuisses. Comme toujours, Henri Whiter restait étranger à toute nervosité. Il la dévisagea encore, puis, alors qu'elle se sentait sur le point de défaillir, il reprit d'un ton glacial :

– Je vais faire en sorte, articula-t-il lentement, de revenir sur cet ordre.

Mathilde et Matthew échangèrent un regard inquiet.

– Après tout, poursuivit-il, votre renvoi ne me concerne pas. En revanche, je vous interdis, malgré mon âge avancé, de me prendre pour un imbécile. Qu'est-ce que Matthew fait ici ?

Le militaire fit un pas vers lui.

– Bonsoir, Henri. Mathilde n'y est pour rien, je vous assure. Tout est ma faute. Je vais vous expliquer…

– Bonsoir, Matthew, répondit le technicien sans le regarder. Si tu permets, c'est à elle que j'ai posé la question.

Mathilde capitula. À quoi bon ? Elle n'était pas en position de lutter.

– Nous ne faisions rien de mal, se défendit-elle. Matthew va partir pour la frontière et son rêve était de voir une salle de génération. Comme je quitte le Centre, c'était ce soir ou jamais.

– Au mépris de toute règle ?

Elle baissa les yeux.

– Oui. Matthew est mon ami.

Le technicien fit un pas en arrière et les toisa. Puis, progressivement, un sourire familier éclaira son visage.

– Venez avec moi, dit-il. J'ai quelque chose à vous montrer.

Surprise, Mathilde voulut l'interroger mais il l'arrêta :

– Ici, vous n'êtes pas en sécurité. Les équipes de nuit pourraient vous trouver.

– Il n'est pas encore minuit…

– Il arrive que certains fassent du zèle.

Il approcha du sas et activa le scanner. Au plus grand soulagement des deux amis, la porte s'ouvrit et ils se retrouvèrent dans le couloir de service. Matthew lança à Mathilde un regard inquiet mais cette dernière était rassurée. Elle savait qu'Henri lui avait pardonné.

– Où va-t-on ? demanda-t-elle tandis que ce dernier les précédait d'un pas rapide.

– Là où on ne nous dérangera pas.

Et sans plus de commentaires, il les entraîna dans les profondeurs du Centre.

Clandestins

Sans prêter attention à ses poursuivants, Henri Whiter filait droit devant lui. Bientôt, ils dépassèrent le bâtiment des élèves, celui de l'administration, pour s'arrêter finalement en plein milieu du boyau, dans un coude mal éclairé. S'étant assuré que personne ne les avait suivis, le technicien s'approcha de la paroi rocailleuse.

– Qu'est-ce que…

D'un air sévère, il leur intima l'ordre de se taire. Puis il laissa courir sa main le long de la roche. Mathilde remarqua qu'il comptait à voix basse.

– Nous y sommes ! dit-il. Écartez-vous !

Les deux amis firent un pas de côté et regardèrent autour d'eux sans comprendre en quoi cette partie du tunnel présentait de l'intérêt. La réponse ne se fit pas attendre. Jusqu'ici invisible, un faisceau jaillit de l'obscurité. Le laser semblait être dissimulé dans la pierre elle-même. Henri Whiter y exposa sa pupille.

– Même en plein jour, on ne verrait rien, expliqua-t-il. L'appareil adopte la couleur et la texture du mur. Ce n'est qu'au toucher qu'il s'active. À partir de cette faille… Il faut compter une certaine mesure. Je connais cela par cœur.

Mathilde voulut le questionner, mais n'en eut pas le temps. Un pan s'était détaché, libérant un passage étroit.

– Suivez-moi. En file indienne.

La crevasse, déjà exiguë, se resserrait en goulot en s'enfonçant dans les entrailles de la terre. L'humidité était prégnante, la lumière quasiment inexistante. Des gouttes de condensation suintaient du plafond, filant de chaque côté de la voûte en traçant d'inquiétants sillages. L'odeur de renfermé était insupportable. Henri les précéda dans l'escalier en leur commandant de se tenir fermement au cordeau de sécurité pour ne pas glisser. L'étonnement de Mathilde allait croissant. Jamais elle n'avait entendu parler de cette caverne. Même l'atelier clandestin de sa mère paraissait conforme aux normes comparé à l'endroit qu'ils visitaient.

– Mais où sommes-nous ? lança-t-elle d'une voix qui se répercuta sur les parois.

Sa question provoqua un écho sinistre. Obnubilé par son objectif, Henri Whiter n'y répondit pas. Il sauta la dernière marche et appela l'ascenseur qui se trouvait sur le palier. Quelques secondes plus tard, ils débarquèrent dans un couloir dépourvu d'indications, qui desservait trois portes. Henri ouvrit la première. C'était un vestiaire de stérilisation, similaire aux autres. Le technicien leur demanda de se plier au rituel habituel.

– Vous ne voulez vraiment pas nous dire où nous sommes ? répéta Mathilde quand elle eut quitté sa cabine.

– À l'entrée d'une salle de génération, répondit Henri Whiter.

– Dont j'ignorais l'existence ?

Il fit la moue.

– Vous ne savez pas ou vous ne voulez pas me le dire ?

– Un peu des deux. Mais je vous fais confiance. J'espère que vous ne me décevrez pas.

Décontenancée, elle hocha la tête et ils se remirent en route. Ils sortirent du vestiaire par une porte dérobée et débouchèrent sur un sas rutilant. Mathilde n'en croyait pas ses yeux. S'identifiant, le technicien leur demanda de déposer leurs empreintes en expliquant que, de la sorte, ils pourraient ressortir sans difficulté. Il s'occuperait ultérieurement d'effacer les traces de leur venue. La vitre coulissa pour les laisser passer. Henri les arrêta :

– Je dois partir, à présent. Vous pouvez rester ici trente minutes. Au-delà, je ferai une visite de contrôle et je ne serai pas seul. Trente minutes, vous entendez ?

Ils acquiescèrent.

– Vous pouvez tout regarder. Mais ne touchez à rien. Cela me causerait beaucoup de tort.

Il leur sourit avec bienveillance.

– J'espère que tu mettras tes congés à profit, Mathilde. Tu es trop jeune pour te reposer.

Sur ces mots, il s'éloigna, laissant les deux complices consternés.

– Qu'est-ce que c'est que cette histoire ? reprit Matthew quand le technicien fut parti. Tu connaissais cet endroit ?

Mathilde secoua la tête.

– Moi, non plus, fit Matthew. On doit être au point le plus enfoui du Centre, non ?

– Sûrement.

– Qu'est-ce qu'on fait alors ?

– On va se promener, répondit Mathilde en scrutant l'espace. Cette salle ne ressemble pas aux autres. Elle est beaucoup plus petite. À vue d'œil, elle ne doit pas compter plus d'une centaine de stèles. Je me demande pourquoi…

Abandonnant Matthew à sa propre exploration, elle s'écarta. Elle s'engagea dans une allée où elle ne tarda pas à remarquer que, contrairement à ce qu'elle connaissait, les stèles ne portaient aucun numéro de série. Surprise de cette singularité, elle pénétra dans l'une d'elles. À première vue, rien d'anormal. Elle fit le tour de l'utérus. Le spécimen était de sexe masculin et devait être âgé d'une dizaine d'années. Cependant, elle ne pouvait fonder son estimation que sur sa physionomie car la qualité de l'ossature était semblable à celle d'un individu plus développé. Vigilante, elle détailla le corps avec minutie. Après un examen de quelques minutes, elle dut avouer que jamais auparavant elle n'avait observé de cas similaire. Le spécimen était… différent. Outre les muscles saillants qui dessinaient un solide relief sous une peau plus épaisse que de coutume, le faciès présentait des traits très réguliers. Mathilde recula pour mieux le regarder. Quelque chose la dérangeait sans qu'elle parvienne à en définir la cause. À mesure qu'elle cherchait à débusquer coûte que coûte une erreur, elle se fit la réflexion que le spécimen était en réalité incroyablement beau. Beaucoup trop. Elle se remémora l'impression que Matthew avait eue une heure plus tôt, et songea que l'unité qu'elle contemplait ressemblait pour sa part bel et bien à un être virtuel. Elle aurait pu être en présence d'Édouard, ou de l'un de ses congénères. Avec cette même absence d'expression, d'imperfections, ce manque criant de réalisme.

Elle sortit de la stèle. Matthew était un peu plus loin. En arrivant à sa hauteur, elle vit que lui aussi était perturbé.

– Quelque chose ne va pas ? s'enquit-elle en le dévisageant.

– C'est le moins qu'on puisse dire ! répondit son ami avec agressivité.

La crainte se lisait dans ses yeux.

– Je voudrais que l'on s'en aille, ajouta-t-il d'un air pincé. C'est trop bizarre, ici !

– Ce n'est pas ton genre d'avoir peur…

Matthew lui prit violemment le bras.

– Aïe, tu me fais mal ! s'écria-t-elle tandis qu'il la poussait à l'intérieur d'une stèle.

– Et ça ? Qu'est-ce que c'est ? Tu peux m'expliquer ?

Le foudroyant du regard, Mathilde se dégagea de son emprise et se dirigea vers l'utérus. Le spécimen lui tournait le dos mais, à ses courbes, on pouvait déterminer qu'il était de sexe féminin et probablement âgé d'une quinzaine d'années. Elle se rapprocha, laissant Matthew reprendre son souffle à l'entrée de la pièce.

– C'est incroyable, chuchota-t-elle. J'ai l'impression de la connaître.

– Non, vraiment ? Tu plaisantes ou quoi ?!

Ignorant la remarque, elle contourna l'utérus. Quand elle fut face au spécimen, elle poussa un cri. Comme si une force invisible l'avait projetée en arrière, elle heurta la paroi de la stèle. Elle ferma les yeux. Lorsqu'elle les rouvrit, le décor se brouilla. Matthew fut tout de suite auprès d'elle.

– Qu'est-ce que… balbutia-t-elle, affolée.

Matthew passa une main sur son front.

– Je ne sais pas, répondit-il.

Elle tourna le visage vers l'utérus, pour vérifier ce qu'elle avait vu, s'assurer que l'atroce vision n'était qu'un mauvais rêve, mais le même spectacle s'y reflétait. Elle déglutit.

– Mais… c'est moi…

Son regard allait du spécimen à Matthew. Ce dernier passa un bras sous sa nuque.

– Ne dis pas n'importe quoi. Elle te ressemble beaucoup, c'est tout.

Comme elle ne répondait rien, il répéta avec plus de force :

– Ce n'est pas toi ! D'ailleurs, il y a de nombreuses différences entre vous. Regarde, elle est plus grande alors que sa croissance n'est pas terminée…

Avec l'aide de Matthew, Mathilde revint à l'utérus et plaqua ses mains sur le verre. Elle aurait donné n'importe quoi pour toucher le corps inerte.

– Je ne comprends pas, dit-elle d'une voix plus sûre. Ce n'est pas moi puisque je suis là.

– Excellente déduction, tenta Matthew avec humour, heureux qu'elle retrouve un peu de vivacité.

Elle le regarda.

– Sérieusement, qu'est-ce que c'est ?

Il écarta les mains, impuissant.

– C'est toi, la chercheuse. Quelqu'un de ta famille, peut-être ?

– Impossible. Mes parents n'ont que moi.

– Alors nous nous faisons de fausses idées.

– Peut-être… Mais j'ai quand même l'impression d'être face à un miroir !

– Ou à un clone ?

Mathilde fit la moue.

– La pratique est interdite, tu le sais bien.

– Parce que l'existence de cette salle est légale, selon toi ?

Sans quitter le spécimen des yeux, Mathilde revint s'adosser au mur.

– Non, tu as raison. Mais c'est très improbable. Le clonage a rencontré tellement d'échecs qu'il a été abandonné. Tu te rappelles tes cours de civilisation ? Dans le passé, le procédé n'a donné naissance qu'à des êtres dégénérés. Or, ceux-ci ont l'air parfaits.

Elle baissa le menton vers son ventre.

– D'ailleurs, pourquoi me cloner ? Je suis loin d'être la personne la plus fiable jamais créée en salle de génération…

Matthew lui renvoya un regard étonné et elle désigna sa hanche d'un air entendu. Il haussa les épaules.

– Admettons, dit-il, peu convaincu. Donc nous sommes simplement en présence d'un spécimen qui te ressemble beaucoup ?

Elle hocha la tête. Pour l'heure, elle préférait se raccrocher à cette hypothèse plutôt que d'en échafauder d'autres, plus cauchemardesques. En outre, une extrême fatigue commençait à l'envahir. Elle demanda à quitter la stèle. Matthew approuva.

– Je crois que tu as rencontré ton sosie, fit son ami d'un ton badin alors qu'ils marchaient côte à côte. C'est une chance, finalement. Quand elle sera née, vous pourrez être amies.

Mathilde lui lança un regard exaspéré.

– Plus tard, si tu veux bien. Pour l'instant, je suis face à un double moi et le phénomène est plus déstabilisant qu'amusant !

– C'est vrai qu'elle te ressemble. Enfin, quand tu avais quinze ans…

– Exactement. C'est moi, mais en plus jeune.

– En mieux faite aussi, malgré le respect que je te porte…

Elle lui asséna un coup de coude.

– Aïe ! Vas-y, casse-moi une côte, je ne te dirai rien…

– Tu l'as mérité. Allez, sortons de là.

Ainsi qu'Henri l'avait prédit, ils n'eurent aucun mal à quitter la salle, et se retrouvèrent très vite dans le souterrain. Matthew voulut raccompagner Mathilde mais elle lui rappela qu'il était préférable que personne ne les voie ensemble.

– Ne t'inquiète pas. Il ne peut rien m'arriver, dit-elle en l'embrassant sur la joue.

– Je sais. C'était un prétexte. De toute façon, nous nous reverrons…

La phrase sonnait comme une hésitation. Mathilde lui renvoya un regard irrité.

– Évidemment, quelle question !

Elle lui envoya un dernier baiser et se dépêcha de gagner la station de train.

Sosies

De nombreuses questions hantaient Mathilde, dont la principale était de connaître l'identité du mystérieux spécimen ; en quoi ce dernier lui était-il lié ? Matthew avait bien réussi la prouesse de relativiser la gravité de leur rencontre, mais à présent qu'elle était seule, elle en subissait toute la violence. Qui était cette fille qui lui ressemblait tant ? Elle s'était endormie en se convainquant qu'il s'agissait d'un simple sosie mais, au matin, elle n'y croyait plus.

Elle quitta la chambre en prenant garde de ne pas faire de bruit et accéda au salon. Elle n'avait pas faim. Dehors, l'obscurité se dissipait, laissant apparaître un ciel vierge de nuages. Avec un peu de chance, le soleil brillerait en journée. Arpentant le séjour en ressassant les mêmes interrogations, elle finit par se rendre à l'évidence. Elle ne possédait pas le moindre élément de réponse. Sa seule certitude reposait sur le fait qu'Henri Whiter avait cherché à lui montrer quelque chose. Mais à quelle fin ? Elle réveilla Édouard.

– Le Centre, s'il te plaît. L'accueil général.

Le visage de la réceptionniste fit son apparition dans le salon.

– Bonjour, bienvenue au Centre de génération, que puis-je faire pour vous ?

– Bonjour, je souhaiterais parler à Henri Whiter, s'il vous plaît. Il doit être en salle de génération.

– Un instant, je vous prie… M. Whiter ne travaille pas aujourd'hui.

Mathilde soupira. Henri avait été d'astreinte toute la nuit. Peut-être n'était-il même pas encore rentré chez lui.

– Ce n'est pas grave, répondit-elle en masquant son dépit. Je le joindrai ultérieurement.

– Très bien, mademoiselle Simon. Bonne journée.

Mathilde fit signe à Édouard de couper la communication et se laissa tomber sur le canapé d'un air préoccupé. Il lui fallait absolument rencontrer Henri au plus vite. Elle descendit à l'étage inférieur où Marc dormait encore. S'allongeant à ses côtés, elle le réveilla doucement. Son compagnon tourna vers elle un regard embrumé.

– Tu es rentrée tard… murmura-t-il en guise de salut.

Des confessions auraient été légitimes mais Mathilde ne se sentait pas la force de s'expliquer. Soit que son petit ami avait toujours été étranger à ses études, soit qu'elle ignorait encore quelles conclusions tirer de ses récentes découvertes. Elle alla à l'essentiel.

– J'ai été renvoyée du Centre, avoua-t-elle de but en blanc.

Contrairement à ce qu'elle aurait cru, Marc ne manifesta pas de surprise. Il se contenta de glisser vers elle et posa une main sur son ventre. Elle trouva la sensation rassurante. D'une certaine manière, il la retenait de tomber.

– Tu veux en parler ? demanda-t-il.

– Non. C'est trop compliqué.

Ils demeurèrent immobiles, avant qu'elle ne reprenne la parole :

– J'ai besoin de ton aide.

Elle culpabilisait de réclamer son assistance sans lui fournir plus d'éléments, mais Marc s'enquit aussitôt de ce qu'elle désirait. Lorsqu'elle évoqua les coordonnées du technicien, il se rebella.

– Ce que tu me demandes est illégal, objecta-t-il.

– Je sais.

Marc prit le temps de douter. Transgresser la loi, trahir le principe de confidentialité, était susceptible de lui coûter sa place et sa liberté. D'un autre côté, pouvait-il refuser quoi que ce soit à celle qu'il aimait ? Mathilde avait toujours eu sur lui un puissant ascendant. Il poussa un soupir résigné.

– Quand veux-tu l'information ?

– Aujourd'hui, si possible.

Nouveau soupir.

– Bon. Je vais voir ce que je peux faire. Je t'enverrai ça dans la matinée. De manière codée. J'espère que je ne risque rien.

Mathilde lui renvoya un sourire plein de gratitude. Elle n'ignorait pas le sacrifice moral qu'une telle décision représentait pour lui.

– Merci.

Ils s'embrassèrent.

– Je ne devrais sans doute pas te le dire, fit Marc en lui prenant la main, mais je suis content que tu restes là. Depuis que nous avons emménagé, j'ai l'impression de te voir moins que lorsque nous vivions au Centre.

– J'ai beaucoup travaillé.

– Ce n'est pas un reproche. Mais je te trouve fatiguée. Tu es angoissée, fragile… ça ne te ressemble pas.

Elle tourna le visage vers lui. Le sentiment la traversa que le garçon qu'il était, l'homme qu'il était en train de devenir, ne lui était plus si familier non plus. Apeurée par une telle pensée, elle se demanda si, comme il le suggérait, c'était elle qui changeait, ou si c'était lui qui ne correspondait plus à ce qu'elle attendait. L'impression, dans les deux cas, était perturbante. Sentant qu'elle lui échappait, Marc se reprit :

– Mais qu'est-ce que je raconte ?! dit-il avec énergie. Ne m'écoute pas, je dis n'importe quoi. Je divague au lieu de profiter d'être avec toi !

Mathilde acquiesça tout en regrettant, malgré tout, de ressentir entre eux une distance inédite.

– Tu as raison, concéda-t-elle. J'ai besoin de me reposer.

Rassuré, Marc l'embrassa sur le front. Lorsqu'il quitta la maison, elle se rendormit.

Ainsi qu'elle le lui avait demandé, Édouard la réveilla en fin de matinée. La première chose qu'elle fit fut de vérifier si Marc lui avait envoyé les coordonnées d'Henri Whiter. Elle exulta en découvrant qu'il n'avait pas failli.

La joie fut cependant de courte durée quand elle s'aperçut que le technicien vivait très à l'extérieur de la cité, dans les grands canyons, une région hostile et accidentée qu'elle ignorait être habitée. Par ailleurs, autre fait curieux, cette partie du territoire se trouvait à l'opposé du Centre, à plus d'une centaine de kilomètres à l'ouest. Elle songea que, pour s'y rendre, il lui faudrait louer un véhicule qui garderait trace de son trajet. Elle n'avait pas prévu cela. Il n'existait pourtant pas d'alternative.

Elle quitta donc le centre-ville en milieu d'après-midi, à bord d'un engin tout terrain. Depuis le matin, le ciel s'était considérablement chargé. Une lumière bleu-vert se faufilait au travers de puits éphémères et, avec la bise, la couverture nuageuse changeait chaque instant de mouvement. Mathilde actionna le toit ouvrant et se mit debout dans l'habitacle, le corps exposé aux éléments. Assurément, elle passerait pour folle si quelqu'un l'apercevait. Mais à cette heure-ci, la plupart des gens travaillaient dans les bureaux, en sous-sol, et, comme d'habitude, personne ne se hasardait dans les rues. Elle inspira à pleins poumons. Le vent charriait une odeur de pluie et de poussière mouillée.

Bientôt, au sortir de la ville, la route se changea en une piste boueuse. Mathilde se rassit dans le véhicule. Autour d'elle défilait à présent une terre désolée, aux reliefs érodés. La mélancolie s'abattit sur elle tandis que le véhicule s'engageait sur les pentes abruptes d'une montagne. Lorsqu'il atteignit le sommet et bascula sur le plateau, son intérêt se réveilla. L'engin filait désormais sur une surface plane, à plusieurs centaines de mètres d'altitude. Le ciel paraissait plus bas que jamais. Pendant un instant, elle imagina dominer le monde, jusqu'à ce que, sans préavis, la machine s'immobilise brutalement. Le pilote automatique du véhicule indiquait que la piste s'achevait là.

– Et comment suis-je censée continuer ? lança-t-elle à l'appareil.

Mais celui-ci demeura muet, les roues à l'arrêt devant un monticule de terre qu'il se refusait à franchir. Pourtant, l'ondophone de Mathilde recommandait de poursuivre.

Dépitée, elle dressa un bref état des lieux. De toute part s'imposait la roche ruisselante, sans aucun signe de présence humaine. La lumière commençait à diminuer. Se remémorant le dernier attentat perpétré par le terroriste en fuite, elle hésita à rebrousser chemin. En cas d'attaque, elle n'aurait aucun moyen d'être secourue. Elle ne pourrait compter que sur elle-même. Réfléchissant, elle conclut que les chances de tomber sur le criminel recherché étaient relativement ténues. Elle abandonna donc le véhicule et se mit en route, les yeux rivés à son bracelet. Il restait encore une heure de marche avant d'atteindre son objectif.

Elle faillit faire plusieurs fois demi-tour tant l'environnement était hostile. Mais, parvenue aux abords du grand canyon, elle ne regretta pas son audace. Creusée par la pluie et le temps, la crevasse, vertigineuse et magnifique, plongeait à pic dans les profondeurs terrestres. Ses parois corrodées étaient piquées d'épineux et de nids abandonnés par les charognards. Face à ce géant, elle se sentit soudainement aussi insignifiante qu'un grain de sable. Elle se pencha avant de se redresser le cœur battant.

Ce fut à cet instant qu'elle aperçut, au travers d'une lumière qui s'évaporait dans les brouillards, une habitation posée en équilibre sur l'arête et dont les contours semblaient disparaître en même temps que le soleil. Soulagée, elle s'élança vers la demeure en se demandant si elle était à la bonne adresse. La maison ne ressemblait à rien de ce qu'elle connaissait. Montée sur une structure métallique à environ un mètre du sol, elle ne comportait qu'un seul niveau et était dépourvue de mur d'enceinte. Ses façades exposées à la force des intempéries. Il fallait être fou pour vivre ici. Pourtant, elle reconnaissait à la construction un certain charme, surtout positionnée comme elle l'était, à l'aplomb du canyon.

Ayant perçu de la lumière, elle contourna le bâtiment. Sur le versant opposé, une terrasse avançait dans le vide, face au couchant. Assis sur un fauteuil à bascule, Henri Whiter s'y balançait tranquillement.

La vie selon Henri

Une marche crissa sous son poids, trahissant sa présence.

– Mathilde… fit Henri sans s'émouvoir. Je ne doutais pas que tu arrives jusqu'ici. Cependant, tu as du mérite, je dois le reconnaître.

– Vous m'attendiez ?

Le technicien lui lança un regard pétillant de malice.

– Je savais que tu trouverais mon adresse. Tiens, dit-il en désignant une chaise. Ne reste pas debout. Viens profiter de la vue avec moi.

Elle accepta l'offre et s'installa au fond de la terrasse. L'extraordinaire faille rocheuse s'étendait à leurs pieds. Courant le long des parois, les rayons du soleil conféraient à ces dernières une teinte rouge vif. Le canyon s'embrasait de milliers de flammes s'éteignant aussi vite qu'elles s'allumaient.

– C'est merveilleux, commenta Mathilde avec émotion. Je ne connaissais pas cet endroit. Comment avez-vous atterri ici ? C'est si…

– Coupé de tout ?

– Oui.

– Avant, j'habitais en ville, expliqua le vieil homme. Mais quand ma femme est morte…

Mathilde haussa les sourcils.

– Eh oui, j'ai été marié… Donc, quand elle est partie, je n'ai plus supporté. Le bruit, les gens. Elle était ma seule compagnie, tu comprends. Et elle était irremplaçable. Du jour au lendemain, je me suis retrouvé privé de l'unique personne à qui j'avais envie de parler et, du même coup, confronté aux autres. À tous les autres. La situation est devenue intenable. Je suis allé chercher la tranquillité là où je pouvais la trouver. Ici, je suis bien. Je suis loin de tout, et des hommes surtout.

Il étendit la main vers le couchant.

– Et puis, regarde ! Je ne suis entouré que de beauté. Même les jours de très mauvais temps. Si tu voyais les orages qu'il peut y avoir. Ils sont tout simplement splendides.

– Je comprends, dit Mathilde. C'est magnifique.

Elle se tourna vers la maison.

– En revanche, je ne m'explique pas comment des entreprises ont accepté de venir travailler ici…

Henri se mit à rire.

– Je ne leur ai pas demandé. J'ai tout construit moi-même.

– Vraiment ?

– Mais oui.

Elle était partagée entre la stupeur, la curiosité, et aussi une forme d'admiration.

– Je ne pensais pas que c'était possible, dit-elle finalement. Ça explique pourquoi votre maison est si… différente. Il n'y a qu'un seul niveau ?

– Absolument.

– Rien en sous-sol ?

– Non.

– Pourquoi ?

Il la regarda.

– Parce que je préfère la lumière du jour à celle des tunnels. Je passe suffisamment de temps sous terre lorsque je travaille pour ne pas m'infliger ce traitement une fois rentré chez moi.

Elle entendait cela. Peut-être même y aspirait-elle.

– Et pour les attaques ? Vous n'avez pas de mur d'enceinte ! Que faites-vous pour vous protéger ?

Henri Whiter sourit avec indulgence.

– Rien. S'ils veulent me tuer, ils le feront. Cela m'ennuierait, bien sûr, j'aime vivre, mais plutôt mourir que de construire mon quotidien autour de la peur. Je suis peut-être vulnérable là où je suis, mais au moins, je suis bien. Ça durera le temps que ça durera… Je me sens plus libre que n'importe qui.

Mathilde le regardait comme une bête curieuse, ce qui semblait beaucoup l'amuser. Dans l'obscurité qui se propageait, elle ne distinguait plus que ses yeux rieurs et un sourire qui le rajeunissait de trente ans. Jamais auparavant, bien qu'elle l'ait toujours considéré comme un être à part, elle ne l'avait vu sous un tel jour. Henri Whiter devenait quelqu'un d'autre. Comme si, en laissant le Centre derrière lui, il avait abandonné ses préoccupations pour laisser place à un personnage plus innocent. Ici, il avait l'air heureux.

– Vous êtes… différent, confia-t-elle en le dévisageant.

Il sourit.

– Bien sûr. Lorsque je travaille, j'obéis aux codes de mon employeur. C'est la règle. En revanche, chez moi, je fais ce que je veux. C'est aussi pour ça que je refuse de vivre en ville. Ici, je n'ai personne, à part l'armée de temps en temps, pour me dire ce que je dois faire. Les militaires préféreraient que je fasse comme tout le monde mais, avec le temps, ils commencent à comprendre que je ne ferai pas marche arrière. Alors ils viennent de moins en moins. Ils ne veulent plus s'aventurer jusqu'ici pour un pauvre fou inoffensif.

Il la regarda d'un air entendu et se tourna vers le couchant. Pendant quelques instants, ils observèrent un silence absolu. Mathilde apprivoisait le chant du vent, les parfums gorgés de pluie, l'étreinte humide de l'atmosphère. La condition d'Henri lui fit envie.

Malheureusement, les ondophones ne tardèrent pas à rompre leur quiétude. S'animant de concert, ils projetèrent une série d'images bruyantes et violentes.

– Flash spécial, flash spécial ! tonitrua le présentateur. Le terroriste qui avait réchappé du crash de son avion a été repéré par les militaires du Centre, à proximité de ce dernier.

Le film montra aussitôt la silhouette du fugitif, poursuivie dans la pénombre par les phares de surveillance. Pour l'avoir appris auprès de Matthew, Mathilde savait que les projecteurs avaient une portée de deux kilomètres. Elle retint son souffle et entendit qu'Henri faisait de même. Au-dessus de leurs poignets, un homme galopait comme du gibier. Lorsqu'il tourna la tête vers la lumière, les caméras captèrent un visage pétri d'épouvante. Au point qu'il devenait difficile de distinguer précisément ses traits. L'expression était celle d'un animal, la bouche tordue comme une gueule. L'horrible vision ne dura qu'une seconde car l'homme se retourna pour fuir encore. Il se remit à courir de plus belle, pourchassé par le faisceau lumineux, trébuchant dans la boue, haletant, se relevant, avisant ses poursuivants pour juger de leur progression, essayant de disparaître dans la nuit sur ses jambes amaigries. Dans son dos, une meute d'hommes, certains à pied, d'autres à bord de blindés. Le film se termina sur un haut responsable de l'armée qui exhortait la population à la plus grande vigilance. En particulier, précisait-il, pour les gens travaillant au Centre. Il lança un appel à témoin avant de s'éclipser.

– J'espère qu'ils vont l'arrêter, dit Mathilde en frémissant. Vous avez vu son regard ? Il pourrait tuer n'importe qui. Je ne sais pas comment vous faites… Ici, vous êtes une cible privilégiée.

Comme à son habitude, Henri se montra insensible à l'avertissement.

– Il est à l'opposé de chez moi, répondit-il d'une voix tranquille. Je ne crains rien. Il tente sûrement de gagner la décharge.

Mathilde souleva un sourcil.

– La décharge ? À sa place, j'aurais essayé de rejoindre directement la frontière plutôt que de traverser ce… ce…

– Cet enfer ?

Elle haussa les épaules.

– Il ne peut pas, objecta Henri. Il sait qu'on l'y attend de pied ferme. Tandis que s'il parvient à la décharge, il pourra s'y cacher, peut-être même passer de l'autre côté. C'est justement parce que personne ne veut y mettre les pieds que ce lieu est moins surveillé. C'est aussi le seul endroit où il pourra dénicher de quoi se nourrir. On trouve de tout là-bas. Y compris des rats.

Mathilde afficha une expression dégoûtée qui le fit rire.

– Allons, on voit bien que tu n'y es jamais allée ! Vous, les jeunes, ignorez décidément tout du monde dans lequel nous sommes arrivés.

Il avait dans les yeux quelque chose qui relevait du défi.

– Je l'ai traversé cette décharge, moi ! Je n'étais qu'un petit enfant, mais je m'en souviens. Comment crois-tu que nous avons fui ? C'était notre seule issue. La seule qu'on voulait bien nous laisser. La seule aussi où nous aurions pu crever.

Son regard plongea dans la nuit noire.

– D'ailleurs, beaucoup y ont perdu la vie. Moi, c'est ma jeunesse qui m'a sauvé. Et l'attention de mes parents. Enfin, peut-être qu'en passant par la décharge, il s'en sortira. Peut-être qu'il arrivera à rejoindre la frontière…

Le propos choqua Mathilde.

– Vous parlez comme si vous souhaitiez qu'il s'échappe…

– Non, bien sûr que non, répondit Henri. Mais je me dis que cela changerait. Tu vois, ajouta-t-il, confus, à force d'être isolé, je deviens effectivement un peu fou.

Elle le toisa, comme pour évaluer sa santé mentale, puis opina.

– C'est vrai, dit-elle dans un sourire.

Il le lui rendit.

– Rentrons, dit-il en se frottant la cuisse. J'ai froid !

– Je ne veux pas vous déranger…

– Si tu es venue, c'est que tu étais prête à courir le risque…

Mathilde le suivit dans la maison. L'intérieur comptait trois pièces : un salon, une chambre que l'on devinait derrière une porte entrebâillée, et, sur le côté gauche, une petite cuisine. Elle s'attarda sur le mobilier. Aucun meuble ne pouvait s'apparenter, de près ou de loin, à ceux que l'on trouvait en ville. Elle avait déjà noté l'aspect peu commun des chaises de la terrasse, mais elle remarquait à présent que ces dernières appartenaient à un ensemble. La table basse était constituée de faux rondins, reliés entre eux par des cordons bruns sur le point de se défaire. Un banc et deux fauteuils l'encadraient, taillés dans une pierre à peine polie. Dans le fond de la pièce, une série d'étagères, et, disposées dessus, de petites sculptures d'argile représentant des personnages, des constructions, et des animaux qu'elle ne reconnaissait pas.

– Je n'ai jamais vu une maison comme la vôtre, lança-t-elle à Henri qui s'affairait en cuisine.

– Je m'en doute. Ça te plaît ?

– C'est étrange.

– Tu n'aimes pas… dit-il en revenant, une assiette pleine de gâteaux dans les mains. Rien de très étonnant. On n'apprécie que ce que l'on connaît. Pourtant, la plupart des meubles ne sont que des articles existants que j'ai remodelés moi-même. Sauf pour les figurines, bien sûr.

– Elles sont intéressantes… répondit Mathilde en se déplaçant de l'une à l'autre.

Elle se retourna.

– Pour les sculptures, je peux comprendre. En revanche, pour les meubles… Ceux que l'on trouve dans le commerce sont très bien et plus…

Elle avait envie de dire « confortables », mais se retint.

–… fonctionnels.

Henri s'assit.

– Peut-être mais, si j'agis ainsi, ce n'est pas sans raison. Cela me permet de créer. De sorte que je ne m'ennuie jamais. C'est fatigant parfois mais je suis las de voir la même chose partout. Au moins, je me distrais. Et ceux qui viennent ici aussi.

Elle fit la moue.

– Vous recevez beaucoup de visiteurs ?

– Non, justement ! répondit le vieil homme en riant. Depuis le temps que j'attendais de pouvoir offrir ces biscuits. Tiens, dis-moi ce que tu en penses…

Il lui tendit l'assiette.

– C'est une recette de mes ancêtres. Tu n'en trouveras nulle part ailleurs non plus. Qu'en dis-tu ?

– C'est délicieux, dit-elle en laissant tomber quelques miettes.

– Ne t'inquiète pas. Je nettoierai plus tard. Je suis content qu'ils te plaisent.

Il se pencha vers elle.

– Alors ? reprit-il d'un ton soudainement redevenu sérieux. Comment s'est déroulée ta petite visite nocturne ?

Mathilde déposa son morceau de gâteau. Pour un peu, elle en aurait oublié le but de sa venue.

– Vous saviez ce que j'allais y trouver, n'est-ce pas ?

– Qu'y as-tu trouvé ? demanda son hôte d'un air ingénu.

– Je veux bien ne pas vous prendre pour un imbécile, mais il faut me rendre la pareille.

– Je me permets simplement d'être détaché.

– Détaché ? C'est vous qui nous avez conduits dans cette salle ! Sans cela, je serais encore sereine à l'heure qu'il est.

– Ignorante…

– Pardon ?

– Tu serais ignorante, et non pas sereine. Tu ne l'étais d'ailleurs plus lorsque je vous ai surpris avec Matthew. Je te rappelle que tu as été renvoyée. Non sans raison.

Elle lui lança un regard indigné mais il ne s'en émut pas.

– C'est toi qui as commencé à douter, poursuivit-il. Je n'ai fait que te montrer une autre voie.

– Parlons-en ! Imaginez l'impact qu'une telle rencontre a eu sur moi…

– Je reconnais que le choc a dû être brutal, concéda Henri. Mais nous avions peu de temps. Tu devais partir, et moi, je devais rejoindre les équipes.

Le regard de Mathilde se perdit dans le vague.

– Qui est-ce ? demanda-t-elle au bout de quelques instants.

Henri remua sur son fauteuil. Il avait l'air gêné.

– Je ne sais pas, avoua-t-il. Je ne connais pas l'existence de cette salle depuis très longtemps. Je n'étais pas présent lors de leur conception et, comme tu as pu le constater, aucun des spécimens n'est identifié. Le Doyen m'en a confié la responsabilité après que son principal collaborateur, et cofondateur du programme, est décédé.

– Le professeur Hoffman ?

– Exactement. J'imagine que c'est lui qui s'occupait de la salle. À sa mort, le professeur Blake a estimé que j'étais le plus qualifié pour reprendre ce poste.

Mathilde lui lança un regard ennuyé.

– C'est curieux, car, sans vouloir vous offenser, je ne crois pas que le Doyen ait une excellente opinion de vous.

– Et tu as raison ! répliqua Henri. Il me considère comme très inférieur à lui. Néanmoins, il a confiance en moi. Nous avons commencé à travailler ensemble. Il me prend pour un bon bougre. Ce que je suis, d'ailleurs.

Mathilde opina. Henri poursuivit :

– Quand il m'a confié la responsabilité de cette salle, je n'ai posé aucune question. J'ai été très vite intrigué, bien sûr, mais, à l'époque, je n'avais pas encore remarqué ce qui en faisait la spécificité. Ce n'est que dernièrement, lorsque les spécimens ont commencé à prendre leur corps d'adulte, que j'ai réalisé, que j'ai vu les ressemblances. Il n'y a pas que toi. Pour l'instant, j'ai identifié quatre doublons. Mais sans certitude…

– Pourquoi n'en avoir parlé à personne ?

– Quel poids aurait la parole d'un vieux bonhomme contre celle du Doyen ? Que pourrais-je dire ? Je ne sais pas ce qui se trame dans cette salle, et je n'ai personne à qui en parler. Jusqu'à ce que tu doutes, toi aussi.

Elle était à la fois touchée et déçue.

– Vous ignorez donc tout de leur provenance ? De leurs origines ?

– Oui. C'est la raison pour laquelle il fallait quelqu'un comme toi. Tu es compétente, tu es la meilleure étudiante de ta promotion, et tu viens de prouver que tu pouvais tout remettre en question. Je suis certain que tu vas trouver !

– Je ne vois pas comment, répondit Mathilde, découragée.

– Avec les échantillons que j'ai prélevés et que je vais te donner ! annonça fièrement Henri.

Mathilde resta stupéfaite. Henri s'amusa de son mutisme.

– Je pense, reprit-il avec un large sourire, que tu n'auras aucun mal à décrypter le capital génétique de ce spécimen. Je me trompe ?

Mathilde réfléchit. Certes, l'entreprise ne serait pas difficile. Elle avait chez elle le matériel nécessaire. Mais il s'agissait d'un nouveau dilemme à traiter, une énigme qu'elle n'était pas sûre de pouvoir débrouiller. Il y avait déjà tant à faire vis-à-vis des spécimens malades… Elle aurait voulu se terrer. Loin du Centre et des questions dérangeantes. Pourtant, elle savait qu'elle ne pourrait jamais oublier ce qu'elle avait vu. Se redressant, elle eut soudain la nausée.

– Attends, dit Henri. J'ai ce qu'il te faut.

Il se dirigea vers une étagère qu'il déplaça en prenant garde de ne pas faire tomber les figurines posées dessus. Il la replaça quelques secondes plus tard avec la même précaution et revint avec une carafe. Il posa deux verres sur la table, qu'il remplit soigneusement.

– Bois, ça te fera du bien.

Mathilde approcha les lèvres du liquide translucide.

– Mais, c'est de l'alcool ! s'exclama-t-elle.

– Tu n'en veux pas ?

– Comment en avez-vous eu ?

– Je l'ai distillé moi-même.

– J'aurais dû m'en douter… Vous êtes pire que ma mère.

– J'accepte le compliment ! fit Henri, l'œil pétillant et apparemment nullement inquiété par la réaction de son invitée. De mémoire, c'était une femme charmante.

Mathilde afficha une mine étonnée.

– Vous connaissez Basile et Chloé ?

– Bien sûr ! renchérit le vieil homme. Quand j'habitais en ville, nous étions voisins. Ils ne te l'ont pas dit ?

– Jamais.

Henri eut un sourire amusé.

– C'est la raison pour laquelle j'ai suivi de près ton éducation. Eux absents, je me sentais responsable de toi…

Mathilde se demanda combien de secrets ses parents et Henri conservaient ainsi à son insu.

– Quand Jeanne était en vie, ajouta-t-il, nous avons dîné plusieurs fois ensemble. J'en garde un très bon souvenir. Alors ! Tu bois, oui ou non ?

Mathilde le dévisagea puis laissa courir son regard dans la pièce. Un lieu hors du temps, surprenant, comme le personnage qui l'habitait, mais où elle se sentait bien, peut-être mieux que chez elle.

En temps normal, elle aurait essayé de reprendre le contrôle de la situation mais, depuis peu, sa vie se transformait sans son consentement. Lâchant prise, elle se pencha vers son hôte.

– Je vous propose un marché, dit-elle la mine très sérieuse. Je veux bien tester votre boisson clandestine, au risque d'y perdre la santé, à condition que vous me racontiez votre histoire.

Henri haussa les sourcils.

– Votre vie avec Jeanne…

La requête le surprit. Il l'observa longuement, puis, au moment où elle se demandait si elle n'était pas allée trop loin, son sourire revint.

– J'espère que tu as faim, dit-il en trinquant avec elle.

Rupture

Mathilde quitta la cabane d'Henri à une heure avancée. Ce dernier avait partagé sa vie avec tant de passion qu'elle l'avait écouté avec un intérêt dévorant, oubliant ses obligations. Au fil du récit, il lui avait semblé découvrir l'existence sous un autre angle. Elle avait tressailli pour une aventure qui n'était pas la sienne. Henri avait relaté la fuite hors du territoire ennemi, le souvenir encore vif de la privation, et celui de la mort, omniprésente. Puis le temps du répit et le défi de se réadapter à une seconde vie, de reconstruire ce que l'on croyait ruiné. Mathilde avait frissonné. Lorsqu'il avait évoqué son histoire d'amour avec Jeanne, là aussi, elle avait frémi.

Il l'avait rencontrée par hasard, un jour qu'il était tombé en panne au cours d'un exercice d'évacuation, non loin du centre. Il pleuvait beaucoup et le véhicule s'étant embourbé, Henri l'avait abandonné pour rejoindre une bouche souterraine. En ce temps où les raids aériens étaient plus fréquents, il était exclu de rester à l'air libre, à attendre une assistance. Henri courait donc sous l'averse, braquant un œil vigilant vers un ciel doublement menaçant, lorsqu'un véhicule s'était arrêté à sa hauteur. Trempé jusqu'aux os, trop heureux d'être secouru, il s'était glissé à l'intérieur sans se préoccuper de l'identité du conducteur. Ce n'avait été qu'à la minute suivante, alors que ses yeux rencontraient ceux de Jeanne, qu'il avait compris à quel point il était sauvé. S'il ne devait retenir qu'une image de la femme de sa vie, ce serait celle-ci. Le sourire et la bienveillance qui lui firent abri, un lointain matin de pluie.

En revivant ce moment, le regard d'Henri avait rayonné d'une clarté inextinguible, semblable à celle qui éclairait celui de Basile et Chloé. Émue, Mathilde l'avait prié de continuer. De nombreuses questions lui brûlaient les lèvres. Comment avait-il su ? D'où provenait cette sérénité ? Pourquoi accorder tant d'importance à une relation ? Était-ce la passion ? Avait-il des regrets ?

Attendri par ce flot d'interrogations, Henri avait pris le temps de réfléchir, conscient des répercussions de ses paroles sur sa jeune invitée. Finalement, il avait confié que, selon lui, l'amour constituait le principal enjeu de la vie. « Le reste n'est qu'accessoire et finit par passer. »

Lui-même n'avait pas décidé de son attachement pour Jeanne. Le phénomène s'était imposé comme une évidence. Tout avait été facile dès la première seconde. Sans besoin d'efforts pour se comprendre, de questions pour s'entendre. Ils s'adoraient et le savaient. « Jeanne était ma femme, mais aussi mon amante et mon amie. Nous exprimions nos idées librement, partagions les mêmes envies, les mêmes projets, une même vision de l'existence. »

Mathilde avait demandé ce qu'il serait advenu si, un jour, ils n'avaient plus évolué en symbiose. « Nous nous serions séparés, je suppose. Mais ce n'est jamais arrivé. Jeanne n'est jamais devenue une habitude. »

Cette conversation avait profondément marqué Mathilde. Les yeux d'Henri brillaient trop pour mentir.

Aussi avait-elle quitté la cabane sans pouvoir se détacher de ces pensées, les comparant, naturellement, à la relation qu'elle entretenait avec Marc. De son côté, elle ne ressentait rien qui pût s'apparenter aux sentiments qu'Henri avait décrits. Pouvait-elle s'être trompée sur ce point aussi ?

Sur le trajet du retour, mille réflexions l'assaillirent. Mille souvenirs. Elle songea aux impressions qui l'avaient effleurée, dernièrement, à propos de Marc. Au regard qu'elle posait sur lui. Elle repensa à Marie, à sa hâte de mener une vie à deux. La plupart de leurs connaissances étaient en couple par conformisme, pour prendre place dans la Communauté, ou, dans le cas de Matthew, pour satisfaire un désir éphémère. Mais pouvait-elle en dire autant de Jeanne et d'Henri, de Basile et de Chloé ? Pas un de ceux-là ne s'était lassé de l'autre, pas même au terme de longues années.

Tandis que le véhicule la reconduisait chez elle, la tristesse l'envahit. Après avoir dénié l'existence d'un tel amour, elle ressentait au plus profond de son être l'envie de le vivre. Tout en pressentant que Marc n'était pas celui qui le lui inspirerait. Depuis quelque temps, elle laissait libre cours à toutes sortes d'émotions. Pour quelle raison, elle l'ignorait. Peut-être à cause du délitement progressif d'une vie que l'on s'était donné tant de mal à construire. Sur laquelle une société entière avait surinvesti. Le sort démontrait qu'on ne pouvait tout contrôler. Par ailleurs, à bien les observer, Henri, Basile et Chloé ne jouissaient pas d'une position sociale remarquable, mais ils étaient heureux.

Elle partit d'un éclat de rire désabusé. L'alcool lui montait à la tête. Le bilan de la soirée était douloureux. Mais il lui dictait de suivre son instinct. « L'important, avait préconisé Henri, est de ne pas avoir de regrets. » De cela, elle ne pouvait encore juger.

Marc était dans le salon lorsqu'elle franchit la porte d'entrée. Elle ne le vit pas tout de suite car il était allongé sur le sol dans un noir absolu.

– Je pensais que l'on dînerait ensemble, dit-il, déçu.

Elle s'était attendue à le trouver énervé, comme c'était le cas quand elle lui échappait, mais le timbre de sa voix n'exprimait que sa peine.

– Je suis désolée, dit-elle en le rejoignant.

Elle s'agenouilla à ses pieds.

– J'étais avec Henri. Je n'ai pas vu le temps passer.

– Moi, si.

Elle baissa les yeux.

– Écoute, Marc...

– Vous avez discuté de ton renvoi ?

– Oui. Un peu.

Il se dressa sur ses coudes. L'obscurité voilait son expression.

– C'est déjà mieux que rien. À moi, tu ne parles pas. Pourtant je suis là, je vis avec toi, je peux comprendre.

– Bien sûr.

– Dans ce cas, pourquoi tu ne partages pas ? Avant, on se disait tout.

– Quand, avant ?

– Avant.

Elle pensa qu'« avant » était il y a longtemps. « Avant » datait du début de leur relation. L'évidence la frappa que lui aussi savait. Il n'ignorait rien du vide qui les séparait. Simplement, il n'était pas prêt à l'accepter.

Elle s'adossa au canapé. Marc continuait de la fixer.

– Tu savais qu'il avait été marié ? lança-t-elle d'une voix lointaine.

– Qui ?

– Henri.

– Non.

– Moi, non plus. Pourtant, quand il en parle, il devient fascinant.

– Tu es rentrée pour me parler du mariage de Whiter ?

– Oui.

Cette fois-ci, Marc se leva pour allumer. Il revint vers elle, l'air concentré, comme s'il tentait de se contenir, comme s'il avait senti quelque chose de différent dans son intonation.

– Je t'écoute, dit-il d'une voix dure.

Mathilde craignait de commencer. Si elle parlait maintenant, elle se retrouverait seule. Pouvait-elle vivre sans Marc ? Était-il permis d'essayer ? Elle était si habituée à lui.

Si elle le quittait, la manœuvre serait irréversible. Marc serait toujours prêt à revenir, c'était certain, mais elle refusait de lui infliger pareil mensonge. Elle l'aimait trop pour cela. Et pas assez à la fois.

– Je crois que nous devrions rompre, lâcha-t-elle subitement.

Les mots s'étaient échappés, lui interdisant de se rétracter. En outre, son intuition lui soufflait qu'elle avait raison. Marc tomba sur le sofa.

– Qu… qu… qu'est-ce que tu racontes ? bégaya-t-il. Tu es sérieuse ? C'est à cau… cause de nos disputes ?

Elle réfléchit à la meilleure réponse possible.

– De nos disputes… de l'habitude… J'ai le sentiment que nous méritons mieux.

– Co… comment, mieux ? Je t'aime… Ce n'est pas assez ?

– Tu m'aimes comme une sœur. Tu m'aimes parce que tu n'as connu que moi.

Marc l'observait avec une grande détresse.

– Je suis désolée…

Il ne répliqua pas. Perdu dans ses pensées, son œil errait d'un objet à l'autre. Elle s'approcha de lui.

– Je ne te rends pas heureux, Marc…

– Tu.. tu ne peux pas dire ça… Tu es la femme de ma vie !

Sa gorge fut soudain très sèche.

– Je ne le pense pas. Pas plus que tu n'es l'homme de la mienne. Nous avons fait semblant de le croire parce que c'était rassurant.

La tête de Marc pivota. Son visage s'était contracté de manière inquiétante.

– Tu as rencontré quelqu'un ?

Elle lui renvoya un regard ahuri.

– Tu n'as pas compris, se défendit-elle. Notre relation ne me satisfait plus. Nous pourrions être plus heureux. Il faut avoir le courage de l'affronter.

– Ne pense pas à ma place, s'il te plaît.

Aveuglé de chagrin, Marc n'écoutait que sa douleur. Mathilde lui prit la main.

– Je vais quitter la maison. Au moins pour quelque temps. J'ai besoin que l'on reste l'un sans l'autre. Pour mieux réfléchir. Pour faire un point sur la situation.

– Pour que « tu » fasses le point.

– Si tu veux.

À peine avait-elle achevé sa phrase, qu'il se dégagea violemment, et s'enfuit dans leur chambre. Mathilde ne se lança pas à sa poursuite. En équilibre sur un fil, elle assistait, impuissante, au séisme qu'elle venait de causer.

Elle demeura un long moment recluse dans le salon. La nuit en suspens.

Elle retoucha terre au petit matin, lorsque Marc parut dans l'entrée. Elle nota qu'il s'était changé. Il sortit sans un mot, sans la regarder, et, quand la porte claqua, à cet instant seulement, elle s'autorisa à pleurer.

Nouveau départ

Après que Marc fut parti, Mathilde ressentit le besoin de fuir à son tour. Elle rassembla ses affaires, essentiellement ses vêtements et instruments de travail, dit au revoir à Édouard, et ferma la porte. Elle monta dans le véhicule loué la veille.

Seulement, après s'être engagée dans un tunnel, elle réalisa n'avoir nulle part où aller. Sa première pensée fut pour Marie, mais au vu des récents événements, elle ne se sentait pas la force d'épiloguer sur sa rupture avec Marc. Or, sur ce point, son amie ne la laisserait pas en paix. Pas plus que Matthew qui serait cependant plus discret. Elle comprit que l'onde de choc se propagerait bientôt au groupe entier. Il ne restait plus qu'à espérer qu'ils en sortent indemnes. Pour le moment, toutefois, mieux valait s'éviter. Laisser à chacun le temps d'accepter le changement, de se remettre, et, dans le cas de Marc, de pardonner. Où irait-elle ?

Elle connaissait un hôtel voisin du centre de vie. L'établissement ne proposait aucun étage supérieur mais ce désagrément ne représentait rien comparé au fait de se retrouver seule, face à elle-même. Elle eut envie de pleurer mais s'en empêcha. Elle devait assumer la situation qu'elle avait engendrée. En outre, il existait un endroit où elle pouvait se réfugier. Un lieu ni inconnu ni tout à fait connu, une place à redécouvrir, qui lui inspirait une certaine sécurité et, paradoxalement, une mise en danger. Elle se souvint de la leçon d'Henri sur la facilité du sentiment et se sentit prête pour cela. Le véhicule accéléra.

Il s'immobilisa bientôt dans un parking, duquel elle emprunta un escalier qui menait à la rue. Là, elle prit le temps d'observer le mur d'enceinte avant de s'élancer d'un air décidé vers l'ondophone domestique. Aussitôt, le portail bascula. La demeure semblait inhabitée mais un bruit lui parvint. Quelqu'un frappait la terre dans l'arrière-cour. Retenant son souffle, elle contourna le bâtiment. De l'autre côté, déjà, on l'avait aperçue, et les yeux de Chloé souriaient.

Contrairement à ce que Mathilde avait craint, sa mère ne posa aucune question. Elle la conduisit jusqu'à la chambre jadis aménagée pour elle et qu'elle n'avait jamais vraiment occupée, puis la laissa seule.

La pièce demeurait inchangée. Comme si, depuis la première fois qu'elle y était venue, soit plus de cinq ans auparavant, ses parents en avaient condamné l'accès. Curieusement, ils continuaient de lui réserver cet espace, s'en privant par la même occasion. Ou, plus probable, avaient-ils espéré qu'elle vivrait chez eux à sa majorité. Quoi qu'il en soit, Mathilde leur était reconnaissante de lui avoir gardé une place dans leur vie.

Elle s'assit sur le lit. Basile et Chloé n'avaient jamais accordé d'importance à la qualité du mobilier, ou à sa modernité, et avaient équipé la pièce comme le reste de la maison. Sommairement. Avec ce qu'ils avaient trouvé de pratique et peu coûteux. Néanmoins, éternels esthètes, ils avaient personnalisé les lieux. Le plus remarquable était les murs peints par Chloé dans un dégradé de couleurs chaudes, et qui, dans son idée, représentaient un coucher de soleil permanent. Le variateur de lumière participait au réalisme de l'œuvre.

Mathilde alluma. Elle se retrouva sous un ciel merveilleux. La chambre en devint nettement plus chaleureuse. Se tassant un peu plus sur le lit, elle laissa son regard vagabonder dans la pièce.

Vraiment, rien n'avait changé. Chloé veillait à conserver un désordre méticuleusement organisé. Le dressing constituait un bon exemple. Derrière ses battants transparents étaient suspendues des tenues toutes plus originales les unes que les autres, que Chloé avait cousues à la main. Elle les destinait à sa fille, bien que cette dernière ait toujours refusé de les porter au motif qu'elles n'étaient pas conformes à l'uniforme du Centre. En réalité, Mathilde aurait pu, lors de certaines permissions, sinon les revêtir, au moins les essayer, mais l'idée que l'on eût pu, par ce genre de détail, faire le lien entre elle et sa mère, lui faisait honte. Les frasques de Chloé dépassaient le périmètre du quartier et elle ne tenait pas à y être associée. Depuis toujours, elle fuyait le ridicule. Face à ce dressing se trouvait un bureau, sur lequel trônait l'ordinateur que ses parents avaient acheté quand elle avait commencé ses études. Elle ne s'en était jamais servi, et l'appareil accusait désormais une certaine obsolescence. À côté, un projecteur faisait office de cadre photo où une dizaine de prises se succédaient à un rythme régulier. Toutes la représentaient, au Centre, de ses dix à quinze ans. Elle agrandit les clichés du bout du doigt. Basile figurait sur l'un d'eux. Rajeuni, souriant, il possédait un charme indéniable. Chloé aussi.

Volontairement ou non, elle avait oublié leurs regards. Émue, elle éteignit la projection et entreprit de ranger ses affaires. Elle ne ressortit de sa tanière que le soir venu, quand elle entendit son père rentrer.

– J'étais sûre qu'il ne fallait pas jeter ces robes ! s'écria Chloé en l'apercevant.

Mathilde eut un sourire timide. Elle avait revêtu l'une des combinaisons confectionnées par sa mère, dont la teinte vert d'eau rappelait la couleur de ses yeux.

– Tu aurais dû les prendre, dit-elle en réponse à Chloé.

– Jamais ! rétorqua sa mère. Ce sont les tiennes. Je les ai faites pour toi.

– Bonjour, ma fille.

Son père s'était approché sans oser la toucher. Mathilde l'embrassa. Un geste qu'elle n'avait jamais exécuté de manière spontanée, c'était la première fois, si bien que Basile en fut bouche bée.

– Je peux vous aider à faire quelque chose ? demanda-t-elle d'un ton enjoué.

– À la bonne heure ! s'exclama son père. J'ai rapporté des légumes de la récolte d'aujourd'hui et une portion de champignons. Il faut les consommer rapidement. Ils sont gorgés d'eau et ne tiendront pas longtemps.

Mathilde se pencha sur la marchandise d'un air dubitatif.

– Que va-t-on en faire ?

Son père la taquina.

– Mais que vous enseigne-t-on au Centre ?

Elle ne répondit pas.

– Ne te vexe pas, reprit Basile. Je plaisantais. Tes études ne te laissent guère le temps de t'intéresser à ce genre de choses.

– Laissaient…
– Comment ?
Chloé releva la tête du caisson de cuisson qu'elle était en train de régler et tous deux la considérèrent d'un air ahuri.
– Ne vous inquiétez pas. Disons simplement que, si vous êtes d'accord, je souhaiterais rester quelques jours ici. Le temps de trouver un logement…
Nouvel effarement.
– Tu vas bien, ma fille ? interrogea Basile d'une voix anxieuse.
– Oui, pourquoi ?
– Eh bien, je ne sais pas. Mets-toi un peu à notre place… Tu emménages chez nous alors qu'habituellement, c'est à peine si tu viens dîner deux fois par an, tu ne dis pas un mot sur Marc, tu sous-entends que tu cherches une nouvelle maison, que tu ne n'étudies plus au Centre, et tu portes une robe que tu détestais encore il n'y a pas si longtemps… Avoue que cela fait beaucoup de changements.
Ses parents étaient perplexes. Soudain, à ses yeux, ils ne furent plus Basile et Chloé avec qui elle s'était disputée de nombreuses fois et avait rencontré plus d'incompréhensions que d'échanges. Ils incarnaient deux personnes fatiguées, qui lui témoignaient un attachement sincère et gratuit. Lequel n'exigeait pour contrepartie que de partager un peu sa vie. Sa gorge se noua.
– Pardon, ma chérie, dit Chloé en percevant son trouble. Nous ne voulions pas t'ennuyer. Tes histoires ne nous concernent pas. Tu es ici chez toi. N'est-ce pas Basile ?
– Bien sûr. Et puis, peut-être que je pourrais t'apprendre les rudiments de la cuisine.

Il cherchait son regard mais Mathilde avait le sien embué et le détournait.

– Nous ne dirons plus rien, c'est promis.

Essuyant ses yeux, elle leur fit face.

– Non, reprit-elle. Vous avez le droit de savoir. Laissez-moi juste un peu de temps. En ce moment, je n'arrive plus à démêler le vrai du faux. Il faut que je trouve ma vérité sans personne pour me dire ce qu'il faut faire ou penser…

L'expression de Basile se fit grave.

– Je ne sais pas ce qu'il t'est arrivé, ma petite fille, dit-il, mais, en attendant, tu fais bien de prendre du recul. Fais attention cependant de ne pas te perdre.

– Je peux difficilement être plus perdue qu'en ce moment, répliqua Mathilde avec dépit.

Basile lui renvoya un sourire indulgent.

– Suis ton instinct et tout ira bien. D'ailleurs, tu as commencé à le faire. Tu es ici alors que c'est le dernier lieu où la Mathilde d'avant aurait souhaité être. Mais ce n'est pas un hasard. Tu te réfugies chez nous parce que tu sais que tu y seras en sécurité. Je me trompe ?

– Non.

– Eh bien, tu vois, c'est un début !

Basile regarda sa femme qui rayonnait.

Après le dîner, Mathilde sombra dans un sommeil profond. Calme, paisible, comme elle n'en avait pas connu depuis longtemps.

Le sort des spécimens

Chloé avait laissé un message à son hôte domestique. Elle s'absentait pour la matinée et mettait son atelier à la disposition de sa fille. Celle-ci en fut touchée. La pièce en question constituait l'endroit le plus secret de la maison et un refuge pour Chloé. Sa mère s'y enfermait des heures entières pour peindre et travailler, et nul, pas même Basile, n'était autorisé à y entrer.

Sautant du lit, elle effectua ses exercices d'entraînement puis monta à la cuisine, affamée. Elle ne doutait pas que Chloé eût laissé, là aussi, quelque chose à son attention. Deux brioches rondes, à la croûte lisse et craquante, l'attendaient sur la table. Mordant dans la première, elle enfourna la seconde dans sa poche et redescendit au deuxième sous-sol.

Comme pour sa chambre, elle n'eut à aucun moment l'impression d'entrer en intruse. L'air, avant tout, emplissait ses narines d'un parfum familier. Poussière, humidité, senteurs d'huile et d'acrylique, mêlées aux effluves des solvants. Un monde impalpable et néanmoins présent. L'étage servait d'entrepôt à Basile et Chloé qui y entassaient aussi bien des outils de jardinage, de bricolage, que des toiles et matériaux de peinture. Il restait encore, dans un coin, des réserves de nourriture impérissable et des articles de survie. Dans un coffre dûment verrouillé, des armes. Sans hésiter, Mathilde marcha vers des étagères qui ployaient sous une impressionnante collection de pigments, que Chloé fabriquait elle-même à partir de plantes ou de minéraux. Dans les boutiques officielles, certains se seraient vendus à prix d'or. Mathilde compta les vingt premiers pots qu'elle écarta. Fermant les yeux, elle se concentra, puis tendit la main devant elle. Le scanner reconnut aussitôt son empreinte. Elle remit les récipients en place avant de se diriger vers le mur opposé. Au sol, une dalle s'était descellée, découvrant un petit escalier pentu. Elle l'emprunta en prenant garde de ne pas trébucher. Quelques secondes plus tard, elle débouchait dans l'atelier.

La cachette, d'une dizaine de mètres carrés, s'éclaira lorsqu'elle y posa le pied. Elle n'était pas revenue ici depuis ses quinze ans, date à laquelle le scandale des livres s'était immiscé entre elle et sa mère. Elle trouva l'endroit plus exigu que dans son souvenir, bien que Chloé ait fait du rangement.

Le coffre, tout d'abord, où elle avait l'habitude de dissimuler ses livres, avait disparu, sans doute remisé dans un lieu tenu secret. Sur tout le côté droit de la pièce étaient alignés de grands bacs posés au sol. Ils abritaient les cultures personnelles de Chloé, lesquelles s'épanouissaient sous de vieilles lampes à rayons ultraviolets, rapportées par Basile de son travail et qui grésillaient dangereusement au-dessus des jeunes pousses. Enfin, deux armoires, remplies du petit monde de Chloé, sur le point d'imploser. La serrure en était mal fermée et des bandes de tissu multicolore dépassaient du meuble.

Mathilde remarqua que toute la moitié gauche de la pièce avait été fraîchement débarrassée. Contre le mur était placée une table, destinée à servir de bureau. Ses parents avaient dû se lever tôt pour tout nettoyer. Sans perdre une seconde, elle alla chercher son matériel et passa la matinée à s'installer.

Vers treize heures, elle entendit quelqu'un tousser dans son dos.

– Je peux entrer ? demanda timidement Chloé.

Elle se tenait sur le seuil, n'osant s'aventurer plus loin.

– Bien sûr !

Sa mère avança.

– Oh, fit-elle d'un air gai quand elle vit que Mathilde avait pris possession des lieux. Je ne pensais pas que tu apporterais tant de choses. C'est un véritable laboratoire, ici ! Tu as besoin de plus d'espace, je vais enlever mes affaires.

– Je t'assure que j'ai plus de place que nécessaire, protesta Mathilde. Et puis, j'aime bien être entourée de tes objets.

Chloé rougit jusqu'aux oreilles.

– Dans ce cas…

Elle tourna encore un peu dans la pièce, manqua dire quelque chose, mais se retint. Mathilde l'interpella avant qu'elle ne sorte.

– Chloé ?

– Oui ?

Le visage de sa mère était tapi dans l'ombre de l'escalier.

– Merci.

– De rien, ma chérie.

En fin de journée, Mathilde quitta la maison de ses parents pour rejoindre un centre commercial situé à l'ouest de la ville. Elle n'avait pas d'achat particulier à effectuer mais un rendez-vous l'y attendait. Une rencontre cruciale. Si capitale qu'elle nécessitait la plus grande discrétion. Elle en profiterait pour restituer le véhicule qu'elle avait emprunté.

Arrivée à destination, elle courut vers l'étage de l'Information générale. Les cellules de divertissement étaient bondées et des files d'attente s'étaient formées devant la plupart. Elle constata que la sienne, « la troisième en partant de la droite », avait-il dit, disposait encore de places libres. Elle se demanda quelle en était la programmation. À peine entrée, elle maudit celui qu'elle devait y rencontrer.

Il régnait à l'intérieur de la cellule l'atmosphère enfiévrée d'un concert de percussions, accompagnées de sons électroniques stridents. Les figures numérisées des musiciens gesticulaient au-dessus de la foule dont le seul mouvement consistait à sauter en rythme à chaque renfort de tambour. L'instrumentation était assourdissante, la chaleur suffocante, autant que l'odeur de transpiration. Mathilde fit un pas de côté et, remarquant un renfoncement, s'y replia en priant que son rendez-vous ne tarde pas. Elle patienta de longues minutes dans l'obscurité, régulièrement saisie par les flashs, oppressée par la foule qui la frôlait. Enfin, une silhouette connue se découpa dans la pénombre. Mathilde fondit sur elle.

– Vous auriez pu trouver un autre endroit ! s'écria-t-elle, les mains en porte-voix. C'est insupportable, ici !

Henri Whiter avait l'air ravi.

– Tu n'aimes pas ? dit-il en considérant la rediffusion. Personnellement, j'adore ! Ça me rappelle ma jeunesse. À l'époque, je jouais dans un groupe !

Elle grimaça, ce qui le fit rire.

– Venons-en aux faits, dit-elle, pressée de sortir.

Le visage du technicien devint sérieux.

– Ça a marché, expliqua-t-il. Tout fonctionne comme prévu.

Mathilde se sentit de nouveau respirer. Subitement, elle ne prêta plus attention aux percussionnistes ni aux danseurs. Seuls comptaient les mots qu'Henri avait prononcés.

– Merci, murmura-t-elle.

Il lut sur ses lèvres et opina.

– Il faut les surveiller sur le long terme, ajouta-t-il. Mais, pour l'instant, les équipes médicales n'y ont vu que du feu. Elles ont rapporté au comité que les spécimens allaient mieux. On devrait pouvoir les sauver. Au moins pour cette fois…

La joie de Mathilde était incommensurable. Sa ruse avait fonctionné, elle n'avait pas œuvré pour rien. Trois jours avaient passé depuis son départ du Centre, durant lesquels elle n'avait rien su de l'état de santé des spécimens, de leur amélioration ou de leur condamnation. Trois jours où leur sort s'était scellé. La supercherie avait réussi.

– S'il y a le moindre changement, je te tiendrai au courant, ajouta Henri.

Elle hocha la tête.

– Actuellement, je vis chez mes parents.

Il lui jeta un regard surpris mais ne rebondit pas.

– Entendu. Je m'y rendrai si besoin.

Elle fit signe qu'elle allait repartir. Elle étouffait.

– Déjà ? lança le technicien avec ironie. Tu es sûre que tu ne veux pas rester ?

– Plutôt mourir !

Il éclata de rire et elle lui pressa la main en guise d'au revoir avant de quitter la cellule.

Alliance

Mathilde quittait peu l'atelier. La première étape consistait à examiner le génome du spécimen inconnu pour le comparer au sien. Absorbée par ce qu'elle considérait désormais comme une affaire personnelle, elle ne cessait de travailler qu'une fois par jour, au moment du dîner, pour rejoindre ses parents autour de la table à manger. Pour le reste, les heures filaient à vive allure et avec elles le Centre, qui s'éloignait de son quotidien. Sensation étrange. Celle de renier son passé pour se raccrocher à d'autres racines. Elle appréciait la vie chez Basile et Chloé. Plus qu'elle ne l'aurait imaginé.

Au cinquième jour, étant sans nouvelles d'Henri, elle jugea qu'il était temps de rassurer les Whitam sur le sort de leur enfant. Peut-être étaient-ils déjà au courant, mais elle avait promis de les tenir informés, et ne se sentait pas le droit de se défausser. Le rendez-vous pour son bilan médical tombait tôt le matin suivant et elle n'aurait qu'à éteindre son ondophone pour aller ensuite retrouver Ema Whitam. À choisir, elle préférait avoir affaire à elle plutôt qu'à lui.

Le lendemain, elle se mit donc en route pour l'agence de santé auprès de laquelle elle était enregistrée.

La visite dura plus longtemps que de coutume. Son dossier faisait état de sa récente chute de tension et les médecins souhaitaient procéder à de nouveaux examens. Au terme de multiples analyses, on parvint à la conclusion qu'elle allait bien, et on réalimenta l'implant qu'elle portait à la cuisse. Quand elle ressortit de l'agence, il était plus de huit heures. Elle devait se dépêcher de rejoindre l'hôpital avant qu'Ema Whitam ne termine son service. Elle arriva par l'entrée du personnel, gardée par une hôtesse aux yeux violets plus grands que nature. S'animant à son approche, le personnage indiqua que les civils n'étaient pas autorisés à pénétrer dans l'établissement par cet accès. Mathilde expliqua qu'elle ne venait pas se faire soigner. L'hôtesse rétorqua que, dans ce cas, les livraisons s'effectuaient par le dixième sous-sol. Mathilde répondit que ce n'était pas non plus le but de sa visite. Visiblement mal programmée pour l'improvisation, l'hôtesse parut ennuyée. Mathilde opta pour la ruse.

– Je dois m'entretenir de toute urgence avec Ema Whitam, annonça-t-elle. Je travaille avec son mari. Il a fait un malaise et on m'envoie la prévenir.

– Vous ne pouviez pas le faire par ondophone ?

– Je préfère lui annoncer de vive voix. On ne sait jamais quelle réaction elle pourrait avoir.

L'hôtesse hésita un instant avant de lui renvoyer un regard exaspéré, et de disparaître. Une minute plus tard, le visage catastrophé d'Ema Whitam la remplaçait. Elle fronça les sourcils en apercevant Mathilde.

– Que faites-vous ici ? lança-t-elle de but en blanc.

– Il faut que je vous parle. C'est urgent.

– Je monte tout de suite.

Elle fut bientôt à ses côtés, bouleversée.

– Que se passe-t-il ? Il est arrivé quelque chose à Sam ?

Mathilde l'entraîna à l'écart de l'ondophone où l'hôtesse avait repris son poste et tentait d'écouter leur conversation en faisant semblant de se limer les ongles.

– Non, chuchota-t-elle. C'était un prétexte pour vous parler.

La femme soupira en plaquant une main sur sa poitrine, comme pour empêcher son cœur d'en sortir.

– Alors vous venez pour Ben ? Nous n'avons pas de nouvelles…

Cette information rassura Mathilde. Elle avait imaginé que le Centre serait entré en contact avec les Whitam. Ce n'était heureusement pas le cas.

– Votre fils va mieux, répondit-elle. Une personne de confiance lui administre un traitement à l'insu du comité d'éthique et des équipes médicales. Si tout se passe comme je le prévois, il devrait être maintenu en vie jusqu'à sa naissance. Du moins, je l'espère.

– C'est-à-dire ?

– Que je vais avoir besoin de vous. Lorsque le Centre vous informera que Ben va mieux, il ne faudra rien laisser paraître d'autre que du soulagement. Pas de colère. Pas de scandale. Cela ne ferait qu'attirer davantage l'attention sur lui. Si l'on vous interroge sur le réveil des spécimens, il faut que vous niiez. Que vous prétendiez que j'ai tout inventé…

– Quel est votre intérêt ? demanda Ema Whitam d'un air suspicieux.

– Le même que le vôtre ! Si tout le monde s'accorde à dire que j'ai tout manigancé, y compris vous, on me traitera de folle, on m'accusera de tous les torts, mais on laissera les spécimens tranquilles.

La femme acquiesça.

– Je ne sais pas quoi dire… Merci.

Mathilde demeura impassible.

– Je vous laisse le soin de mettre votre mari au courant.

Elle voulut lui demander d'en référer également à Élisabeth Bessire, mais se souvenant que cette dernière souffrait d'une santé mentale défaillante, il valait mieux ne pas s'y risquer. Elle sollicita simplement que la veuve fût réconfortée. Ema Whitam accepta. Une pensée retint Mathilde un instant de plus.

– Il faut que je vous dise aussi… Je suis au courant pour votre mouvement.

La femme ne cilla pas mais la surprise éclaira sa pupille.

– Je ne comprends pas.

– Il ne faut pas se leurrer, poursuivit Mathilde. Le Doyen tentera d'étouffer la découverte que j'ai mise à jour. Si votre fils arrive à terme et que le Centre le fait naître, il vaudra mieux pour lui qu'il n'ait pas de souvenirs de sa vie intra-utérine. Autrement, il se pourrait qu'on l'empêche de parler.

L'avertissement eut un effet immédiat. Ema Whitam fut de nouveau catastrophée.

– Si tel était le cas, ajouta Mathilde, je ne pourrais plus rien pour lui.

– Mais… où est la solution alors ?

– Je l'ignore. Mais nous devrons être plusieurs à nous battre. On ne renverse pas une institution d'une seule voix.

Elle fixa son interlocutrice.

– Je suis persuadée que votre groupe existe encore. En témoigne le silence des autres parents présents dans la salle le jour où les spécimens se sont réveillés. Votre mouvement n'a jamais été dissous, il est juste devenu clandestin…

Ema Whitam était de marbre mais, à présent qu'elle la connaissait mieux, Mathilde devinait qu'il s'agissait d'un masque.

– L'heure n'est plus au mensonge, insista-t-elle. L'avenir des spécimens est en jeu.

Ema Whitam continuait de l'observer sans que Mathilde parvienne à déchiffrer son regard. Déçue, elle tourna les talons. Une voix pleine d'assurance l'arrêta :

– Nous vous aiderons !

Mathilde prit le temps de savourer ces mots, puis, hochant la tête, elle partit d'un pas plus léger.

Matthew

Lorsque Mathilde arriva chez ses parents, Matthew l'attendait dans le salon. Il paraissait perdu, comme si sa présence en ces lieux l'étonnait lui-même.

– Matthew !

Elle lui sauta au cou et réalisa qu'elle l'avait complètement oublié ces derniers jours.

– Content de te voir ! fit le militaire avec soulagement.

– Qu'est-ce que tu fais là ?

– Je t'emmène déjeuner. Enfin, si tu es d'accord. Ta mère a eu le temps de me glisser que tu travaillais beaucoup. Elle te protège déjà !

Il souriait, mais quelque chose dans son expression détonnait. Un sombre pressentiment envahit Mathilde.

– Tu t'en vas ?

– Ce soir, avoua Matthew.

Mathilde sentit son cœur se briser.

– Tu viens ? reprit son ami en feignant d'ignorer sa tristesse. J'ai peu de temps. Il faut que je sois rentré dans deux heures.

Lorsqu'ils parvinrent au troisième étage du centre de vie, Matthew eut une réaction étrange. Ils marchaient tranquillement vers un restaurant quand il tira violemment Mathilde en arrière. Manquant de tomber à la renverse, celle-ci lui jeta un regard mécontent.

– Ça ne va pas, non ! Qu'est-ce qu'il te prend ?

– J'aurais dû m'en douter… glissa Matthew tout bas.

– Te douter de quoi ?

Il lui renvoya un sourire énigmatique.

– De ça ! répliqua-t-il en pointant le doigt devant lui.

Il désignait la devanture d'un restaurant. Mathilde ne tarda pas à y apercevoir Marie, qui, attablée près de la baie vitrée, était en pleine conversation avec un inconnu. Tout sourire, s'exprimant avec une profusion de gestes, leur amie ne touchait pas à une miette de son plat. Mathilde n'en crut pas ses yeux.

– Quand je pense, s'exclama-t-elle, qu'elle s'est plainte l'autre jour… Elle s'est bien moquée de nous ! Tu as vu comme elle le regarde ?

Matthew lui décocha un coup de coude.

– Ça te laisse sans voix, hein ?

– Un peu, oui…

Il l'entraîna plus loin. Mathilde continuait d'épier Marie en se tordant le cou.

– Je t'avais dit qu'il ne fallait pas douter de moi, poursuivit Matthew avec un sourire facétieux.

– Quoi ?

Elle s'arrêta brusquement, tandis que Matthew éclatait d'un rire sonore.

– Je te présente Owen ! claironna-t-il.

Mathilde ouvrit des yeux effarés.

– Owen ! Celui dont tu parlais ?

– Lui-même ! répondit Matthew avec un hochement de tête théâtral.

– Pour un grand timide, il n'a pas mis trop de temps à se décider…

– Je n'ai pas eu de mal à le convaincre. Il était aussi désespéré que Marie. Il a suffi que je lui parle un peu d'elle, de ses qualités, de ses attentes… et, hop ! Ils déjeunent ensemble !

Mathilde posa sur lui un index menaçant.

– Ne me dis pas qu'il ne t'avait jamais parlé de Marie avant…

Matthew continuait d'étaler un sourire insolent.

– Quelle importance de savoir ce qui les a rapprochés ? L'essentiel c'est qu'ils se rencontrent. Pour le reste, j'espère que mon plan va fonctionner. Marie en a besoin.

Mathilde était sidérée.

– Bravo, concéda-t-elle. Pourvu que tu ne te sois pas trompé de candidat…

– Je crois que non, répliqua Matthew, gonflé d'orgueil.

Mathilde riait encore de la supercherie lorsqu'ils entrèrent dans un fast-food opposé à celui où déjeunait Marie. Quand ils eurent passé commande, Matthew quitta son air enjoué.

– En parlant de relation, lança-t-il sans préambules, j'ai vu Marc.

Mathilde détourna aussitôt le regard. Matthew poursuivit :

– Il me dit qu'il n'a pas de nouvelles. Que tu es partie.

– C'est vrai.

Du coin de l'œil, elle remarqua qu'il se massait les tempes.

– Pour de bon ? demanda-t-il d'une voix moins assurée.

– Je crois que oui.

– Tu pourrais me regarder quand je te parle.

Elle releva le menton. Matthew avait l'air plus perturbé que Marc lui-même. Jamais elle n'aurait imaginé qu'il puisse autant dépendre de leur fragile équilibre.

– Que s'est-il passé ? reprit-il. Vous vous êtes disputés ?

– Non.

– Alors, quoi ? Je ne comprends pas !

Il avait beau s'énerver, elle répugnait à lui répondre.

– Alors, rien, fit-elle d'une voix éteinte. Je choisis ma vie, c'est tout.

Matthew lui renvoya un regard hébété.

– Je choisis ma vie, répéta-t-elle en appuyant chaque syllabe. Pas celle que l'on m'a imposée jusqu'ici, pas celle que, d'une certaine manière, je subis.

– Quel rapport avec Marc ?

– Il n'en fait simplement pas partie.

Matthew l'observait d'un air perplexe.

– Je ne te suis pas… Ça fait plus de deux ans que vous êtes ensemble. Je croyais que… Vous vous entendez bien, non ?

– Oui.

Elle fit glisser ses doigts sur les contours de son verre, ce qui eut pour effet d'agacer davantage son ami. Elle cessa à regret. Caresser le verre la détendait.

– Je m'entends très bien avec Marc, reprit-elle. Au même titre que toi ou Marie.

Comme il ne répliquait pas, elle poursuivit :

– Je ne l'admire pas, Matthew. Et puis, je m'ennuie un peu. J'avais besoin de le quitter. J'étais en train d'étouffer.

Matthew était plus stupéfait qu'irrité.

– Et tu réalises ça d'un seul coup ?

– Non. Je le sais depuis longtemps. Mais je refusais de le voir. Je n'ai jamais été mal avec Marc. Je n'ai jamais été bien non plus. Je veux dire, vraiment bien…

Elle le fixait, alors il baissa les yeux. Mathilde devinait sa confusion. Marc était son meilleur ami.

– Personne ne te demande de jouer les intermédiaires, ajouta-t-elle doucement.

Il haussa les épaules.

– Toi, non. Mais lui… Il est détruit, Mathilde. Je ne l'ai jamais vu comme ça. Il n'est plus que l'ombre de lui-même.

Il soupira.

– Le plus ironique, poursuivit-il, c'est que je n'ai jamais autant rien désiré et craint à la fois que cette rupture. J'ai prié pour qu'elle survienne aussi fort que je l'ai redoutée…

Il fut interrompu par le tapis roulant qui livrait les plats. Ils s'en saisirent sans entrain.

– Qu'est-ce que je vais lui dire ? fit Matthew en considérant son assiette d'un œil morne.

– Rien. D'ailleurs, tu t'en vas.

Il repoussa l'assiette.

– Je n'ai pas faim.

Quelques minutes passèrent pendant lesquelles ils gardèrent le silence. Mathilde guettait ses réactions. Peu à peu, il se résignait.

– Et tes parents ? reprit-il. Qu'est-ce que tu fais chez eux ?

– Il fallait bien que je dorme quelque part.

– Marie aurait pu t'accueillir.

Mathilde expliqua que l'enjeu n'était pas là. Elle avait de bonnes raisons d'aller chez Basile et Chloé. Matthew l'engagea à poursuivre, ce à quoi elle répondit que considérer les spécimens sous un jour nouveau remettait en cause sa propre condition. Son renvoi avait constitué un choc à plusieurs niveaux. Elle se méfiait désormais de l'éducation reçue au Centre, des préceptes inculqués, de l'influence du Doyen. Leur récente découverte, cette salle où couvaient des spécimens clandestins, achevait de condamner l'institution et son directeur. Pour l'instant, elle trouvait refuge chez Basile et Chloé.

Matthew la regardait avec une expression se situant bien au-delà de la surprise. Mathilde n'était plus la jeune fille qu'il connaissait et la transformation s'était opérée si rapidement qu'il peinait à y croire. Il lui fit part de son sentiment tout en confiant qu'il était fier d'elle. Ils se sourirent.

– Si nous parlions plutôt de toi, dit-elle.

– Si tu veux... Je pars toujours ce soir.

– Tu sais comment les choses vont se dérouler ?

– Pas vraiment. Mais je suppose que je devrais me passer de conquêtes féminines...

Il se défilait, une fois de plus.

– Il y a plus important, non ? rétorqua Mathilde, décidée à ne pas le laisser s'en sortir aussi facilement.

– Plus important que l'amour ?

– Parce que c'est de l'amour ?

Matthew baissa la tête.

– Non, mais ça m'aiderait à tenir.

À présent, il était sérieux. Mathilde lui prit la main.

– Tu peux me raconter, tu sais.

Il la fixa, en proie à un trouble intérieur. Oscillant entre fierté et pudeur. Finalement, il se livra sans arrière-pensée, sans la quitter des yeux. D'une certaine manière, en se raccrochant à eux. En un flot de paroles, il avoua la terreur qui depuis quelques semaines le cueillait dans son lit. Les muscles qui se contractaient trop durement sous les entraînements. La mâchoire crispée quand il écoutait les récits de ceux qui en étaient revenus, et qui, pour la plupart, y retourneraient. Ces histoires insensées qui rapportaient les secousses dans le soir, les fusées, les bombes, les sons qu'il fallait apprivoiser pour mieux en réchapper. Cette épouvante constante, plus angoissante que l'ennemi lui-même. Craindre l'inconnu, redouter ce qui va se produire, tout en sachant, comme une sinistre vérité, que ce qui arrivera sera forcément terrible.

Il cessa de parler aussi brutalement qu'il avait commencé. C'était simplement trop. Jamais il ne se mettait à nu, encore moins cette part de lui qui le rendait si vulnérable. Mathilde avait les larmes aux yeux. Matthew venait de lui transmettre la peur profonde qui empêche de dormir, et elle tremblait pour lui.

– Je suis désolé, fit-il, amer. J'aurais dû me taire.

Elle fit non de la tête.

– Tu sais, poursuivit-il, cherchant un moyen de les consoler, Marc a trafiqué mon ondophone.

L'étonnement se lut sur le visage de Mathilde.

– Oui, opina Matthew. Pour que nous puissions parler en privé, sans être repérés. Même quand je serai loin.

– Avec moi aussi ? Je veux dire… Marc ne m'a pas rayée de la liste ?

– Bien sûr que non. C'est un vrai généreux.

– Je sais.

Matthew lui donna une tape amicale sur l'épaule.

– Je préfère quand tu souris, dit-il d'un air faussement enjoué. Ça te va mieux. Désolé d'en avoir reparlé.

Il aperçut l'heure et son visage changea d'expression.

– Il faut que je rentre…

– Déjà ?

– J'ai beaucoup de choses à faire. Je ne devrais même pas être là. S'ils me cherchent…

D'un geste nerveux, il écarta sa chaise. Mathilde admit qu'elle ne pouvait le retarder plus longtemps. Il s'était déplacé jusqu'à elle et c'était beaucoup. À contrecœur, elle se leva à sa suite, et après avoir appliqué leurs bracelets sur la borne de paiement, ils quittèrent le restaurant.

– Je ne vais pas pouvoir te raccompagner, dit Matthew lorsqu'ils furent dans le parking.

Il avait la mine morose.

– Ce n'est pas grave. Je prendrai le train.

– Je me fiche de ton train. C'était un prétexte pour rester plus longtemps avec toi.

Mathilde lui rendit un regard qui signifiait qu'elle savait, et le prit dans ses bras. Qui pouvait dire quand ils se retrouveraient ? Émue, elle se laissa aller contre lui. Matthew en fut si surpris qu'il ne bougea plus. Rarement, elle s'était approchée aussi intimement. D'ordinaire, ils s'efforçaient toujours de respecter une distance de sécurité qui les empêchait de se toucher autrement qu'en plaisantant. Paralysé par l'émotion, il demeura les bras raides, le visage au-dessus du sien. Puis, quand elle se blottit davantage, il abandonna ses résistances et l'enlaça à son tour. Il la serra doucement d'abord, puis plus fort. Quand elle leva les yeux, tout ce qui le retenait, ses peurs, Marc, leur amitié, fut occulté par son regard, sa présence. Sa bouche si proche… Il l'embrassa. Le vertige ne dura qu'un instant. Mathilde recula aussitôt. Il la retint par les poignets.

– Il faut que je te pose une question, murmura-t-il, fiévreux. Sans doute absurde mais, si je ne le fais pas, je le regretterai toute ma vie. Cette rupture, ton départ… Est-ce que, est-ce que ça a quelque chose à voir avec moi ?

Elle baissa le regard.

– Mathilde ?

– Tu sais bien que non.

Il soupira, malheureux, avant d'enfourcher sa moto. Parenthèse refermée.

– Dommage, souffla-t-il avant de démarrer. Tu m'aurais donné une bonne raison de déserter.

Réconciliation

Mathilde était d'une humeur noire. Une profonde culpabilité était née de son incapacité à éprouver pour Marc ou Matthew un amour égal à celui que ces derniers lui vouaient. S'adossant au mur de l'atelier, elle se remémora ce qu'elle avait ressenti en quittant Marc et leur domicile. Une sensation de liberté inédite. À présent, elle trouvait cet espace bien trop grand. Désirait-elle connaître un autre destin ? Soit. Restait à déterminer par où commencer.

Elle se séparait de Marc pour des causes valables, de même qu'elle refusait sensément Matthew. Mais de ce qu'elle demandait à qui l'accompagnerait dans la vie, elle n'avait nul indice. Encore fallait-il d'ailleurs qu'une telle personne existe. Dans un même laps de temps, elle avait abandonné ses études, son petit ami, et fait irruption chez ses parents. Enfin, cela faisait plusieurs jours qu'elle comparait deux patrimoines génétiques, le sien et celui du spécimen inconnu, sans parvenir à une conclusion probante.

Elle se félicita avec une ironie cinglante. En vérité, elle avait tout banni de sa vie précédente, tout détruit, mais n'avait, depuis, rien reconstruit.

Aussi, lorsque Chloé et Basile l'appelèrent pour dîner, elle décida de leur parler.

– Je vous dois des explications, débuta-t-elle, juste avant le dessert.

Face au ton employé, Chloé lâcha sa petite cuillère qui rebondit sur la table. Basile se contenta de croiser les bras dans une attitude d'écoute tranquille. Mathilde prit son courage à deux mains. Le plus précisément possible, elle rapporta ses déboires, depuis la mission des spécimens malades, jusqu'aux recherches ayant révélé que ces derniers étaient doués de conscience. Sur ce point, elle s'attarda et détailla, plus que les faits eux-mêmes, l'émotion ressentie en parvenant à cette conclusion.

– J'ai pensé à vous. À ces fois où nous nous sommes disputés à ce sujet.

– J'en étais sûre, commenta Chloé avec un mépris qui étonna sa fille. J'en ai toujours été convaincue. Mais je passais pour folle chaque fois que j'en parlais !

Mathilde tendit la main vers sa mère qui la saisit.

– Je suis désolée, Chloé. Quand j'ai voulu expliquer cela au Centre, personne ne m'a crue. On a demandé d'arrêter le développement des spécimens concernés.

– Qui ? interrogea Basile, le visage fermé.

Mathilde haussa les épaules.

– Le comité d'éthique, le professeur Blake, les chercheurs… l'idée dérange.

– Il faut faire quelque chose ! s'exclama son père en appuyant ses paumes calleuses sur la table.

Mathilde fut heureuse de récolter son soutien. À cet instant, elle ne trouvait plus son père âgé ni faiblissant, mais au contraire très impressionnant.

– Ne t'inquiète pas, dit-elle. Je me suis arrangée pour les

préserver jusqu'à leur naissance. Agir maintenant serait trop risqué. Il ne reste plus que quelques semaines à tenir.

Basile parut moyennement rassuré.

– Tu crois vraiment que c'est le mieux ?

– Oui. Sauf si leur état se dégrade à nouveau. S'il tel était le cas, il faudrait intervenir en urgence, et je ne pense pas que nous serions de taille à lutter.

Elle réfléchit.

– Connaissez-vous Sam et Ema Whitam ?

– Qui ?

– Les Whitam. Ce sont les parents du spécimen qui a causé la panne en fracturant son utérus. Ce sont eux qui l'ont réveillé. Le Doyen a laissé sous-entendre qu'ils avaient appartenu à un groupe politique. Au moment de la création du Centre. Ils y étaient opposés. J'ignore le nom de l'organisation en question…

Chloé fouilla dans sa mémoire.

– Je m'en souviens, dit-elle en fronçant les sourcils. À l'époque, on en parlait beaucoup. Ils voulaient que la durée de gestation soit de neuf mois, comme dans la nature. Je crois que le mouvement s'appelait Ethic ou quelque chose comme ça.

Basile acquiesça.

– C'est ça. C'était leur nom. Pourquoi t'y intéresses-tu ?

– Je suis sûre que le groupe existe encore, répondit Mathilde. Les Whitam n'auraient pu agir sans que les autres parents présents dans la salle ne les dénoncent. La femme me l'a d'ailleurs presque confirmé. Nous pourrions peut-être les rejoindre.

Ils considérèrent cette possibilité.

– L'ennui, c'est qu'ils sont terriblement méfiants…

– Comme je les comprends.

Basile avait prononcé ces mots avec une grande amertume.

– Quand leurs voix portaient encore, reprit-il, avant qu'ils ne soient pour la plupart internés, j'avais à leur égard une certaine compassion, pour ne pas dire adhésion. Ta mère et moi n'avons jamais été complètement convaincus du bien-fondé du programme.

Il jeta à sa fille un regard anxieux, appréhendant sa réaction, elle qui était née au Centre et y avait été formée, mais celle-ci ne s'offusqua pas. L'aveuglement était un temps révolu. L'heure était au questionnement.

– Pourquoi, dans ce cas, avoir fait un enfant ?

Basile et Chloé se montrèrent mal à l'aise. Leur fille leur demandait de déterrer un passé qu'ils s'étaient donné beaucoup de peine à ensevelir. Chloé se plaça derrière son mari.

– Nous te désirions, expliqua-t-elle avec émotion. Cette envie était plus forte que le reste.

– Même si vous étiez contre le principe ? Cela ne vous ressemble pas…

– Ma chérie, il est normal que tu ne comprennes pas. Tu n'as rien vécu. Rien, en tout cas, de ce que nous avons vu.

Mathilde était déçue.

– Si personne ne m'explique, j'ai peu de chances d'apprendre un jour…

– Tu as raison ! répliqua son père avec énergie. Tu nous as fait confiance, nous devons faire de même.

Ravie, Mathilde leva vers lui des yeux avides, mais il resta un moment sans parler. Il cherchait ses mots, et peut-être même ses idées.

– Pourquoi m'avoir conçue si vous n'étiez pas convaincus de l'utilité du programme ? répéta-t-elle pour l'encourager.

– Nous n'avions pas le choix, répondit Basile en s'éclaircissant la voix. Nous vivions dans la peur permanente. Nous n'avions pas de droïdes pour gonfler les rangs, les attaques étaient plus fréquentes… Nous n'étions motivés que par la nécessité d'exister. Et puis, lorsque j'ai rencontré ta mère, j'ai tout de suite voulu un enfant. Pour qu'il reste une trace de notre amour. Sans le Centre, Chloé aurait fait une fausse couche.

Mathilde baissa les yeux. Le discours de son père l'émouvait.

– Je comprends.

Basile soupira bruyamment, comme si un énorme poids venait de lui tomber des mains.

– Ce que je ne saisis pas, en revanche, c'est la raison pour laquelle il fallait survivre. Pourquoi encore aujourd'hui ? Pourquoi ont-ils décidé de nous exterminer ?

– Nous ne savons plus, fit Chloé d'une voix désolée. Les premiers de la famille à avoir passé la frontière sont nos grands-parents. Il y a plus de soixante-dix ans. Nos parents eux-mêmes étaient jeunes. Nous n'avons jamais connu le pays d'origine. Du peu que l'on nous a transmis, il semble que tout ait commencé par une guerre civile. La population s'est divisée et une petite communauté s'est retrouvée isolée contre la majorité. Elle a fui vers l'endroit le plus inhospitalier du territoire. Par chance, le thorium a été découvert peu de temps après. Son exploitation a permis d'échapper à la précarité. Mais il a quand même fallu apprendre à survivre.

– Mais à quoi ?

– Nous l'ignorons. En tout cas, de l'autre côté, ils étaient décidés à en finir. À entendre ma mère, leur cible prioritaire était les enfants et les femmes enceintes.

Ceux qui représentaient l'avenir. Le virus dont nous souffrons vient très probablement de chez eux.

– En réalité, c'est incompréhensible.

Mathilde posa les yeux sur son père.

– Je suis désolée de faire resurgir ces souvenirs difficiles, murmura-t-elle. Heureusement, maintenant, les attaques sont plus rares et nous savons nous défendre. Je crois que je me demanderai simplement toute ma vie contre quoi.

Son père approuva.

– Nous aussi. Pourtant, nous n'avons pas d'autre choix que de résister. D'où notre décision de faire un enfant et de te confier au Centre. Nous étions certains que tu atteindrais ta majorité. Le programme paraissait être la solution.

– Bien sûr.

Chloé lui jeta un regard inquiet mais, dans les faits, elle comprenait vraiment. Jamais elle ne s'était mise à leur place, avec l'histoire qui était la leur. Pour sa part, le danger la menaçait sans la gouverner. Il faisait partie de sa vie, et elle l'avait intégré comme n'importe quelle autre donnée. En outre, elle se savait protégée. Elle se battait à la perfection, pouvait compter sur la présence constante de l'armée et sur un réseau de sécurité hautement perfectionné. De sorte que le péril guettait, mais de loin. Pour ses parents et ses grands-parents, en revanche, il en avait été autrement.

– Bien sûr, répéta-t-elle avec émotion. À votre place, j'aurais fait la même chose.

Le soulagement de Chloé lui fit plaisir. Enfin, un pont entre eux était lancé. Elle en profita pour évoquer ce qui la préoccupait depuis des jours.

– J'ai autre chose à vous demander, dit-elle d'un ton hésitant.

Ses parents se penchèrent vers elle, attentifs.

– Pourriez-vous me donner un peu de votre salive?

Basile eut un bref sourire.

– Pour savoir si tu es bien notre fille ?

– Pour connaître l'identité de quelqu'un d'autre.

Ils plissèrent le front. Mathilde s'expliqua :

– Avant de partir du Centre, j'ai fait une curieuse rencontre.

– De quel genre ?

– Celle d'un spécimen dont l'existence m'était dissimulée, et qui me ressemble beaucoup.

– Que veux-tu dire ?

Mathilde se tordit les mains.

– À quelques détails près, elle est ma copie conforme. Pour commencer, elle est plus jeune que moi. Je dirais entre treize et quinze ans. Sa hanche ne souffre pas de la déformation que Chloé et moi partageons. Les proportions de son corps sont plus harmonieuses. Sa constitution interne est plus solide que la mienne, elle est plus grande…

– Tu es sûre qu'il y a un rapport avec toi ?

– Cela fait une semaine que j'étudie nos patrimoines génétiques.

– C'est ce que tu fais toute la journée depuis que tu es ici ?

– Oui.

– Nous nous demandions avec Chloé, dit Basile, apparemment nullement inquiet. Et qu'as-tu trouvé ?

Elle soupira.

– Pour l'instant, rien de concluant. Je ne comprends pas le lien qu'il y a entre nous. Je pensais que nous n'avions pas de parents dans la Communauté…

– C'est le cas, répondit Chloé. Tous les membres de la

famille ont été décimés ou sont décédés de mort naturelle depuis longtemps. Tu es notre seule descendante.

– Pourtant, nous sommes forcément liées. Il faut que je trouve !

Basile ne mesurait pas l'importance de cette affaire pour sa fille, ni en quoi cela le concernait, mais il comprenait en revanche qu'elle avait besoin de leur aide. Qu'elle la réclamait enfin, après des années d'indifférence, et qu'il était de leur devoir de la satisfaire. Il se leva avec une énergie renouvelée.

– Eh bien ! clama-t-il d'une voix de stentor. En ce qui me concerne, je suis prêt ! Tu viens, Chloé ?

Son épouse le suivit et ils gagnèrent ensemble le niveau inférieur.

Le lendemain et le surlendemain, ni Basile ni Chloé ne firent allusion aux travaux de leur fille. Ils s'étaient contentés d'offrir ce qu'elle demandait et, depuis, cette dernière restait enfermée dans l'atelier. À la différence près que, contrairement aux autres jours, elle n'en sortait même plus pour dîner, se contentant de poches nutritives. La situation persista jusqu'en début de semaine suivante, où Basile crut bon d'intervenir. Depuis quelques jours qu'il la croisait dans la maison, il trouvait à sa fille le teint encore plus pâle que d'habitude. Ses joues se creusaient sous des cernes violacés, révélant un grand manque de sommeil. Craignant pour sa santé, il se présenta un soir à la porte de l'atelier.

– Je peux entrer ?

Mathilde sursauta.

– Tu m'as fait peur ! dit-elle, nerveuse.

Basile enfonça les poings dans ses poches.

– Ce n'était pas mon intention. Ta mère et moi…

Il hésita.

–… ta mère et moi, nous nous inquiétons.

Mathilde tourna vers lui un regard misérable.

– Je suis sur le point de trouver, répondit-elle d'une voix à peine audible.

– Ah, tant mieux ! C'est une bonne nouvelle…

Comme elle ne disait rien, il avança à pas de velours.

– C'est bien, non ? Mathilde ?

Elle lui fit face.

– Je suis tellement fatiguée, gémit-elle tandis que des larmes perlaient à ses paupières. Plus je progresse, plus je me sens perdue.

Elle se trouvait pitoyable de se laisser aller ainsi en présence de son père, mais elle n'arrivait pas à se retenir. L'absence de repos mettait ses nerfs à rude épreuve.

– Je suis désolée…

Elle se leva et commença à faire les cent pas. Son père la regardait sans savoir quoi faire. Il n'avait jamais vu Mathilde pleurer, ne lui avait jamais connu de désarroi, plutôt une extrême dureté. À un moment pourtant, volontairement ou non, elle se heurta à lui et ne se dégagea pas. Alors, instinctivement, avant qu'elle ne lui échappe une deuxième fois, il la prit dans ses bras. Le contact était inhabituel, maladroit, mais Mathilde se laissa faire. Elle sanglota contre son père. En l'entendant renifler, ce dernier ne put s'empêcher de penser que lorsqu'il avait souhaité avoir un enfant, il n'aurait jamais imaginé devoir attendre d'être âgé et tremblant pour la consoler. Ému, il caressa la chevelure. Et au bout de quelques secondes qu'elle pleurait contre lui, sa fille, lui aussi eut les yeux humides. Il la prit par les épaules.

– Je suis désolée… balbutia Mathilde, honteuse.

– Et de quoi ? répondit son père. Je suis là pour ça, tu sais.

Elle sécha ses larmes. Les émotions se bousculaient mais, dans l'ensemble, elle se sentait mieux.

– Il faut que je continue, soupira-t-elle. C'est important.

– Tu devrais te reposer un peu…

Elle secoua la tête vigoureusement.

– Viendras-tu au moins dîner ce soir ? Tu dois te nourrir convenablement. Pas avec ces…

Il désignait les poches vides qui s'amoncelaient sous le bureau.

–… pas avec ces saletés, conclut-il avec dégoût.

Elle répondit par l'affirmative, ce qui le rassura. Il se dirigea vers la porte. De son côté, Mathilde replongea dans la série de graphiques que l'ordinateur projetait dans toute la pièce.

Mais trois heures plus tard, alors qu'elle n'était toujours pas remontée et que Basile descendit la chercher, il trouva à sa grande surprise l'atelier désert et nulle trace de sa fille.

Sur le pied de guerre

Dans sa maison du grand canyon, Henri Whiter ne parvenait pas à dormir. Sa constitution supportait de moins en moins l'humidité de la saison, laquelle s'infiltrait aux quatre coins de l'habitation. Tant et si bien que ces nuits-là lui faisaient regretter l'ancienne demeure du centre-ville et son confort moderne.

Il était donc en train de se retourner pour la dixième fois sur sa couche, de pester à haute voix contre ce mal insidieux qui lui faisait grincer les os, lorsqu'il fut tiré de son humeur maussade par un bruit venant de l'extérieur. Quelqu'un avait frappé. Il se redressa, et, consultant l'heure, il prit peur. Il vieillissait, décidément. Il était tard et il ne connaissait personne qui osât s'aventurer sur son territoire en pleine nuit. Il fallait maîtriser la topographie des lieux si l'on ne voulait pas sombrer au moindre faux pas dans le fond du ravin. Pourtant, les coups redoublèrent, excluant la possibilité d'un mauvais rêve. Le cœur battant, il enfila un manteau, attrapa le pistolet qu'il cachait dans le séjour auprès de ses liqueurs, et se dirigea vers la fenêtre. Le sang à ses tempes battait si fort qu'il le rendait un peu sourd. Un profil connu se découpa dans la pénombre.

Reprenant sa respiration, Henri se trouva soudain bien ridicule et alla ranger son arme.

– Je ne t'attendais pas de sitôt, dit-il en ouvrant la porte à Mathilde qui passa devant lui comme une furie.

Il se fit la réflexion qu'elle avait l'air d'une grande malade qui n'aurait pas dormi depuis des jours. Cheveux emmêlés, yeux rougis… Elle avait tout d'une folle hallucinée. Il éclaira davantage. En pleine lumière, Mathilde était déjà moins effrayante. Il l'invita à s'asseoir. Elle s'exécuta sans rien dire. Il se dirigea ensuite vers sa cachette et en sortit une bouteille qu'il brandit devant lui avec un regard interrogateur. Mathilde déclina l'offre d'une simple inclination du menton. Il attrapa néanmoins deux verres, s'en servit un et revint auprès d'elle. Mathilde fixait la porte d'un air absent.

– Dis-moi, dit-il calmement. Je t'écoute. Quoi que ce puisse être.

Elle se tourna vers lui.

– Ce n'est pas mon clone… murmura-t-elle.

– Bien, répondit Henri, ne sachant quelle réaction elle attendait de sa part. Au moins, sur ce point, le code n'est pas enfreint.

En ce qui le concernait, l'hypothèse du clonage ne lui avait jamais paru plausible.

– Pourtant, ce spécimen m'est relié, poursuivit Mathilde comme si elle ne l'avait pas entendu. Nos patrimoines génétiques sont très proches. À vrai dire, l'identité est presque la même. Mais, cependant, pas tout à fait…

Repartant dans ses rêveries, elle rejeta la tête en arrière.

– Matthew avait raison… ajouta-t-elle en soupirant.

Henri l'observait avec inquiétude. Il avait déjà rencontré des fous au cours de sa vie, et sentait Mathilde sur le point de basculer. Il admit qu'elle avait tous les motifs de le faire. Elle n'avait plus aucun repère. Il songea aussi qu'il devait l'aider, sans quoi elle se perdrait pour de bon.

– Matthew avait raison à quel sujet ? dit-il pour la ramener à la réalité.

Elle fit un geste évasif de la main.

– À propos du spécimen… Elle est moi, mais en mieux.

– Tu viens de dire que ce n'était pas ton clone.

Mathilde eut un rire inquiétant puis son regard revint sur son hôte. Sa lèvre inférieure tremblait et Henri crut y distinguer une goutte de sang.

– C'est ma sœur jumelle.

Un silence oppressant emplit la pièce. Rien ne perçait de l'extérieur, même plus le souffle du vent ou celui de la pluie, pas même le pas furtif d'un animal en chasse. Rien qu'un mutisme sinistre.

– Je ne comprends pas… bredouilla Henri.

– C'est pourtant simple, répliqua Mathilde d'une voix grave. Elle est ma sœur jumelle, dont on a modifié le génome pour l'améliorer. Elle est exactement moi, mais en mieux. En plus jeune aussi. Mais ce n'est qu'un détail.

Henri était abasourdi.

– Comment est-ce possible ? Tu es sûre de toi ?

Il était complètement désorienté. Il y eut un temps d'arrêt pendant lequel Mathilde le fixa, le visage sans expression, puis son regard devint glacial.

– Où pensiez-vous que cela nous mènerait ? lança-t-elle avec provocation. Vous imaginiez réellement que cette salle n'abritait rien d'anormal ?

Elle fit quelques pas, les mains calées sur les hanches.

– C'est trop fort ! explosa-t-elle. Vous croyez que j'aurais pu inventer une histoire pareille ? J'étais tranquille avant que vous ne m'entraîniez dans cette salle ! J'étais d'ailleurs bien plus tranquille il y a quelques mois. Pas de questions, tout allait bien. À présent, il est trop tard pour se rendormir ! Il ne fallait pas m'ouvrir cette porte…

Bouleversé, le technicien réfléchissait.

– Je ne resterai pas seule dans cette impasse… J'ai besoin de réponses et tout le monde me ment !

D'un coup de pied rageur, elle renversa la bouteille qu'Henri avait laissée au pied du fauteuil. Tous deux demeurèrent interdits, elle debout et lui assis, à regarder le liquide se répandre sur le sol.

Elle se ressaisit.

– Excusez-moi. J'ai l'impression de ne plus connaître la Communauté dans laquelle je suis née. Il faut que vous m'aidiez !

Henri eut un peu honte de lui.

– Bien sûr, assura-t-il en s'éclaircissant la voix. Tu as raison. Je ne pensais pas que tu ferais une telle découverte. Elle me surprend autant que toi. Je savais que quelque chose n'allait pas dans cette salle, mais je n'imaginais pas cela. Que je suis bête. Donc c'est ta sœur ?

Elle acquiesça.

– Quelles sont nos hypothèses ? Tu crois que tes parents sont au courant ?

– Je suis sûre que non.

– Ta mère aurait été enceinte de jumelles, et on ne le lui aurait pas dit quand elle serait venue confier son embryon au Centre ? Ses embryons, corrigea-t-il. C'est absurde. Pourquoi ?

– Je ne sais pas. Mais j'ai du mal à croire que Chloé et Basile aient pu me cacher l'existence d'un autre enfant.

– Sans oublier que le Doyen et tes parents se haïssent.

Ou plus exactement, tes parents le détestent. Je pense que lui se contente de les ignorer.

Son regard se perdit dans le vide.

– Le Centre aurait donc agi en secret. Il aurait conservé cet embryon plus longtemps que le tien et l'aurait génétiquement modifié pour le rendre…

– Meilleur ? interrogea Mathilde.

– Ne dis pas de bêtises ! Tu es très bien comme tu es. Je voulais dire, plus résistant, plus solide, peut-être. Ce serait sensé, non ? Améliorer les objectifs du programme…

Mathilde réfléchit. Oui, l'hypothèse était intéressante. Très dérangeante, mais plausible. Après tout, le Doyen poursuivait l'objectif du zéro échec. C'était son unique obsession.

– Admettons que ce soit cela. Pourquoi ma jumelle ? Pourquoi pas n'importe quel autre embryon ?

Henri alla chercher une nouvelle bouteille. Cette fois-ci, Mathilde tendit son verre. Il la servit, but quelques gorgées, et la dévisagea.

– Tout ceci ressemble à un test…

– Un test ?

– Oui. Dont tu serais le témoin. Enfin, l'un des témoins. N'oublions pas qu'il y a d'autres doublons.

– Mais un test de quoi ?

– Je ne sais pas ! De la viabilité d'un spécimen génétiquement modifié par rapport à un qui ne l'est pas. Il est très probable que tu serves de point de comparaison.

Mathilde écarquilla les yeux. Elle commençait à comprendre la pensée d'Henri et, aussi insupportable qu'elle puisse être, elle admettait qu'elle n'était pas extravagante. Elle songea à Matthew qui les avait comparés à des souris de laboratoire. Sur le moment, ça l'avait amusée, mais, à présent, c'était le sentiment exact qu'elle éprouvait. Celui de ne valoir guère mieux qu'un vulgaire cobaye, d'être manipulée de la même manière. Jamais elle ne s'était sentie autant trahie.

– Ce n'était pas la vocation du programme, lâcha-t-elle, désabusée. Des spécimens génétiquement modifiés… ?

Sensible à la détresse de sa jeune protégée, Henri s'estimait coupable. Jusqu'à présent, il s'était posé en observateur, considérant le Centre et son programme comme des curiosités. Des objets d'études tantôt passionnants, tantôt agaçants, mais qui, au fond, ne le concernaient pas. Il appartenait à l'ancienne génération. Il n'allait pas tarder à mourir. Son métier n'était qu'un jeu, tout comme sa volonté de faire découvrir à Mathilde la salle clandestine. Ce n'était rien d'autre, dans son intention, que l'envie d'égayer son existence, d'y mettre un peu de piment, de taper dans la fourmilière et d'en ébranler les dirigeants. Ces têtes pensantes qui l'avaient toujours méprisé. Vraiment, tout ceci n'était qu'une distraction sans importance. Mais plus maintenant. Dorénavant, on touchait des vies, et celle de Mathilde en particulier. Il tenta de la réconforter.

– Le Doyen est obsédé par la survie de notre peuple, argua-t-il. C'est son combat intime.

– Vous pensez qu'il aurait pu perdre la raison au point d'élever ces spécimens à l'insu de la Communauté, en enfreignant la loi ? Pour une simple question de rendement ?

– C'est possible.

Mathilde secoua la tête.

– Si tel était le cas, il prendrait de très grands risques. Il commettrait un crime qu'on ne lui pardonnerait pas…

Henri eut un sourire tristement ironique.

– Je n'en suis pas si sûr… dit-il. Les gens ont tellement peur. Si le Centre proposait un moyen de nous rendre encore plus forts…

– La Communauté approuverait ?

– Pourquoi pas ? Nous vivons dans la crainte de l'ennemi. Donc dans sa haine aussi.

Elle avait l'air interloquée. Il reprit :

– Mais dans les faits, tu as raison. Modifier un code génétique est interdit, et il est curieux que le Doyen coure un tel risque. À moins que l'âge ne l'ait rendu sénile…

– Ou qu'il ait mis au point ce programme en collaboration avec les autorités.

Henri la regarda avec gravité.

– Fais attention à ce que tu dis.

– Rassurez-vous. Je ne vais pas le clamer sur mon ondophone. Mais avouez que c'est une possibilité.

Tout en se resservant, Henri Whiter attrapa un plaid dont il se couvrit les jambes. Il s'enfonça dans son fauteuil et contempla le fond de son verre. Mathilde l'imita. Beaucoup de choses avaient été évoquées, beaucoup de suppositions qui ne pouvaient se vérifier. Du moins pour le moment. La seule certitude de Mathilde résidait dans le fait que le Centre élevait sa jumelle en secret, et que ses gènes avaient été modifiés. Elle se demanda dans quelle mesure le spécimen était encore sa sœur, mais cette pensée lui fit mal, et elle s'empressa de la chasser. L'heure était à l'action. Elle regarda Henri dont le front était barré de rides.

– Je n'aime pas la tournure que prennent les événements, avoua ce dernier au terme de longues minutes. Je n'aime pas cela du tout. Que vas-tu faire ? Arrêter le Doyen ?

– Il le faut !

Le technicien haussa les épaules.

– Tu es tellement jeune… et lui, si puissant. Qui sait les relations qu'il a ? Qui peut dire ses intentions ? Les autorités seront de son côté.

– Vous avez peur ?

– J'ai peur pour toi.

– Il ne faut pas. J'ai mon idée. Dans un premier temps, il faut l'intimider. Lui faire savoir que je suis au courant de ses agissements.

– Tu es folle… Il va te faire enfermer ! Comme ta mère !

L'avertissement claqua avec une triste virulence. Henri sortait son dernier atout.

– Vous savez que j'ai raison, répliqua Mathilde, affectée, mais pas moins déterminée. Aidez-moi, plutôt. Il me faut des preuves de l'existence de cette salle.

– Que feras-tu de ces images ?

– Je ne sais pas. Monter un mouvement, les diffuser.

Face à Henri qui se montrait dubitatif, elle insista :

– Nous trouverons du soutien. Il suffit de réveiller les gens. Mon témoignage est crédible. Il peut alerter la population.

– Le Doyen te fera arrêter.

– Pas si je me fais discrète. Nous attaquerons par surprise. Il n'aura pas le temps de réagir.

Henri secoua la tête d'un air défaitiste.

– Je ne crois pas.

Mathilde poussa un juron. Elle était sensible à l'intérêt que le vieil homme lui témoignait, mais le besoin de vérité était plus fort.

Elle posa une main sur son épaule.

– S'il vous plaît, aidez-moi.

Son regard était insistant et bientôt les yeux d'Henri Whiter s'embuèrent. Il se détourna pudiquement.

– Je suis désolé, Mathilde. Je refuse. S'il t'arrive quoi que ce soit, je ne me le pardonnerai pas.

– Vous ne pouvez pas vous défausser, rétorqua-t-elle d'un ton sentencieux. Le Centre représente l'avenir de la Communauté. Vous n'avez pas le droit de vous en désintéresser. Même si vous vivez à l'écart…

Henri avait l'air complètement abattu. Elle planta ses yeux dans les siens.

– Il ne m'arrivera rien. Je vous le promets.

Il lui lança un regard chargé d'appréhension, mais elle se sentait animée d'une énergie inédite. Au plus profond de son être, elle savait qu'elle ne se trompait pas, qu'il lui fallait emprunter cette direction. Sa vie avait déraillé et l'heure était au tri. Pour elle aussi, c'était une question de survie. Comprenant qu'elle ne ferait pas marche arrière, Henri Whiter rendit les armes. En définitive, il était las de lutter. Mathilde, elle, ne faisait que commencer.

Céleste

Avec l'aide d'Henri, Mathilde passa la nuit à mettre au point une stratégie. Fatiguée, mais résolue comme jamais, elle rentra chez Basile et Chloé au petit matin et fut étonnée de trouver la maison calme. Le salon et la salle à manger étaient déserts, et elle n'entendit rien quand elle appela aux étages inférieurs. Soudain, elle prit conscience qu'elle avait fui sans prévenir. Ses parents s'étaient certainement inquiétés. Elle s'apprêtait à les joindre par ondophone lorsqu'elle perçut un bruit sourd provenant de l'extérieur.

Elle les trouva dans l'arrière-cour, courbés sous l'averse, occupés à déblayer les goulottes d'évacuation obstruées par le sable que charriait la tempête. En saison, l'opération devait être répétée de manière hebdomadaire sous peine de voir la rue inondée. Elle demanda si elle pouvait aider. Lâchant aussitôt leurs outils, ses parents échangèrent un regard perplexe. Son père lui ordonna de rentrer en indiquant qu'ils la rejoindraient bientôt. Elle obtempéra et alla préparer du café auquel elle ajouta beaucoup de sucre. Dehors, le vent sifflait fort, on l'entendait jusque dans le sous-sol. Elle eut une pensée pour Henri en espérant que, dans sa cabane, il n'avait pas trop froid.

Peu après, Chloé et Basile pénétraient dans la cuisine.

Trempés, ils retirèrent leurs manteaux en silence. L'attitude de son père rappelait à Mathilde celle du professeur Blake, les fois où ce dernier l'avait convoquée, plus jeune, pour la punir de ses incartades. Elle baissa les yeux d'un air coupable.

– Où étais-tu ? lança Basile sans préambule. Tu es partie sans rien dire. Nous avons pensé au pire ! Nous avons eu peur que tu ne sois tombée sur le terroriste que tout le monde recherche.

– Il a certainement regagné la frontière, balbutia-t-elle.

Son père lui renvoya un regard sévère.

– C'est ce qu'ils disent, mais qui sait ? Nous avons tout imaginé. Chloé a dû prendre des calmants pour dormir. Cela faisait deux ans qu'elle n'avait pas eu à s'en servir !

Mathilde eut de la peine à l'idée de sa mère plongée dans un sommeil chimique et sans rêves.

– Je suis désolée, dit-elle, navrée. Je ne voulais pas vous inquiéter.

Basile la toisa, le sourcil relevé, évaluant la sincérité de ses excuses. Il était très perturbé. Pourtant, sitôt passée la porte de la cuisine, il s'était efforcé d'afficher une attitude posée. Mais son regard le trahissait. Mathilde en était bouleversée. De constater une nouvelle fois que ses parents se souciaient tant d'elle. Elle comprenait mieux ce qu'ils avaient tenté d'expliquer au cours des dix dernières années. Ce discours qu'ils répétaient depuis sa naissance. Il n'était plus besoin de mots pour le démontrer. Désormais, elle entendait.

– Merci, dit-elle. Merci d'être là. Malgré les ennuis que je vous cause, malgré… tout ce qui s'est passé.

Son père se fendit aussitôt d'un sourire emprunté. Chloé saisit sa main avec émotion.

– Nous étions décidés à nous rendre à l'Information générale, dit-elle. Nous allions lancer un avis de recherche.

Mathilde se félicita d'être rentrée à temps.

– J'étais avec Henri Whiter.

Ses parents se montrèrent intrigués.

– Qu'est-ce que vous avez fait ?

Mathilde les regarda l'un et l'autre, éprouvés par la nuit qu'ils venaient de passer. Inconscients que ce n'était qu'un commencement.

– Il faut que je vous parle, souffla-t-elle. Lorsque tu es tombée enceinte, Chloé, que vous êtes allés au Centre pour que l'embryon soit prélevé, les agents ont-ils mentionné quelque chose de particulier ?

Sa mère fronça les sourcils. Jamais auparavant Mathilde ne s'était intéressée à sa conception.

– Non, répondit-elle d'un air innocent. Du moins, rien de suffisamment original pour que je m'en souvienne.

– Tout s'est passé normalement ?

Sa mère haussa les épaules.

– Je ne peux pas te l'assurer à cent pour cent. Nous n'y sommes allés qu'une fois. Je me rappelle simplement être restée dans la salle d'opération plus longtemps que les autres femmes.

L'œil de Mathilde s'alluma.

– C'est ce qui t'intéresse ? poursuivit Chloé, sans comprendre où sa fille voulait en venir. Bon… L'extraction a dû être interrompue à cause de ma hanche. La malformation gênait la machine. Peu de temps après, un agent est revenu avec le professeur Blake et ils l'ont reprogrammée. Cela a pris un peu plus de temps mais, finalement, tout s'est bien passé. Nous sommes ressortis du Centre une heure plus tard, sans problème. Comme tu vois, rien de très exceptionnel…

Mais Mathilde avait changé d'expression.

– Il n'a rien dit, rien mentionné ? demanda-t-elle dans un sursaut d'excitation.

– Qui ?

– Blake !

– Non. C'est d'ailleurs la seule fois où il s'est montré aussi prévenant. On ne peut pas dire que cela ait été le cas par la suite…

Basile se balançait nerveusement d'un pied sur l'autre.

– Vas-tu nous expliquer ce qui se trame ?!

Mathilde n'hésita pas longtemps :

– Je n'étais pas seule dans ton utérus, Chloé. Nous étions deux.

– Pardon ?

Basile l'observait avec des yeux effarés.

– Nous étions deux, répéta Mathilde en le fixant.

Son père eut la réaction qu'elle escomptait. Son expression se figea comme s'il venait de recevoir une gifle, et la raison le précipita dans le déni.

– C'est impossible, dit-il d'une voix blanche. Si tu avais un frère ou une sœur, nous serions au courant…

– Une sœur.

Les yeux de son père roulaient étrangement dans leurs orbites. Ils allaient de Mathilde à Chloé, puis de Chloé à Mathilde, cherchant auprès de l'une ou l'autre la garantie que ce qu'il venait d'entendre n'était qu'absurdité. À la grande stupeur de sa fille, Chloé, en revanche, restait stoïque.

– Je suppose qu'il s'agit du spécimen qui te ressemble, fit-elle froidement.

Mathilde hocha la tête.

– Elle est ma sœur jumelle. Mais à deux exceptions

près. Premièrement, elle n'a pas le même âge que moi. Le programme a conservé son embryon plus longtemps avant de lancer son développement. Et deuxièmement, je me suis aperçue, en étudiant notre capital génétique, que le sien avait été modifié.

Chloé ne montra là non plus aucun signe de déstabilisation. Elle écoutait avec attention. Quand Mathilde eut fini, une simple expression contrariée vint lui barrer le visage.

– Je ne comprends pas. Elle n'est plus notre fille ?

– Si, bien sûr. Nous le serons toujours.

Elle prit une grande inspiration. Pour la transparence qu'il exigeait, l'échange était éprouvant pour elle aussi.

– Seulement, on a supprimé certaines déficiences de son génome. Par exemple, elle ne souffre pas de la hanche comme moi. Ou toi…

Basile s'était absenté de la pièce. Son dos reposait lourdement sur la chaise et il fixait le plafond d'un œil vide. À l'inverse, Chloé en était déjà à l'étape suivante. Probablement réfléchissait-elle au moyen de sortir d'un dédale qu'ils avaient pénétré vingt ans auparavant. Au bout de quelques minutes, elle secoua la tête d'un air méprisant.

– Nous sommes des idiots, grinça-t-elle. Le Centre se moque de nous depuis le début ! J'en ai toujours eu la conviction, mais jamais à ce point. Je ne pensais pas qu'ils joueraient ainsi avec nos vies… Jamais nous n'aurions dû te confier à eux.

Cette dernière phrase eut le mérite de réveiller Basile.

– Qu'est-ce que tu racontes ? s'écria-t-il, choqué. Nous n'avions pas le choix ! Autrement, Mathilde n'existerait pas.

Mais Chloé entrait dans une rage froide. Ses pupilles n'étaient plus que deux fentes noires.

– Nous aurions dû fuir, renchérit-elle. Poursuivre la route que les anciens avaient tracée. Au lieu de ça, j'ai été internée, on nous a menti… Et aujourd'hui, que reste-t-il ? Une fille que nous connaissons à peine et l'autre pas du tout !

Mathilde eut un pincement au cœur. C'était vrai, pourtant. Elle et ses parents se connaissaient peu. Mais depuis quelque temps qu'elle vivait chez eux, ils n'étaient plus des étrangers.

– Tu as le droit d'être furieuse, Chloé, dit-elle d'un air compatissant. Mais il est trop tard pour corriger le passé. C'est maintenant que nous devons agir.

Sa mère eut un rire cynique que Mathilde ne lui avait jamais entendu auparavant.

– Qui ? Nous trois ? Que veux-tu que nous fassions ? Ton père est fatigué et moi, on me croit folle ! Et d'après ce que j'ai compris, tu n'es plus dans les faveurs du Centre. Alors, que pouvons-nous faire ?

Mathilde fut une nouvelle fois blessée. Elle se consola en pensant que ce n'était pas Chloé qui parlait à cet instant, mais sa souffrance. Elle pria pour que l'atmosphère retrouve un peu de sérénité. Heureusement, au même moment, Basile posa son bras sur celui de sa femme.

– Calme-toi. Mathilde a raison. Nous devons faire quelque chose. Notre fille est prisonnière de cette machine infernale. Il faut l'en sortir.

Chloé lui jeta un regard farouche puis, brusquement, elle fondit en larmes et tomba contre sa poitrine. Basile ne bougea plus jusqu'à ce qu'elle ait terminé. Inébranlable, il absorbait la tristesse. Mathilde fut émue de les voir si solidaires. Quand sa mère eut fini de pleurer, elle le leur dit. Chloé sourit.

– Excusez-moi, dit-elle d'une petite voix. J'ai le sentiment que nous ne serons jamais heureux. J'étais loin d'imaginer cela quand j'étais jeune.

Mathilde pinça les lèvres. Bien entendu, elle comprenait. Elle-même n'aurait jamais pensé que sa vie prendrait pareille tournure. Et il ne s'agissait que d'elle, personne d'autre n'entrait en ligne de compte. Bien que… Elle s'était découvert une sœur.

– Basile a raison ! s'exclama-t-elle. Il faut sauver Céleste.

– Céleste ?

Mathilde rougit.

– C'est le premier nom qui m'est venu à l'esprit… Je sais, c'est étrange. D'autant qu'elle n'est pas encore née. Mais j'avais besoin de lui donner une identité.

Basile eut l'air bêtement attendri.

– Moi, ça me plaît… Céleste, tombée du ciel.

Chloé était toujours sous le choc.

– Il se peut que nous ne soyons pas seuls à lutter, reprit Mathilde. Vous vous souvenez des Whitam ? Je comptais les inviter ici pour les convaincre de nous rejoindre.

– Pourquoi voudraient-ils nous aider ?

– Parce que leur fils est en danger.

De la fierté passa dans le regard de Basile.

– J'ai l'impression de me voir au même âge… Cette fougue, cette révolte… Tu es bien ma fille.

Il riait à moitié. Mathilde était gênée. Des deux côtés, l'émotion était lourde à gérer.

– Il n'est en effet peut-être pas trop tard pour renverser la situation, estima son père d'un air songeur. Après tout, le Centre n'a pas quarante ans d'existence.

Chloé présentait un visage soucieux.

– Sais-tu comment t'y prendre ? demanda-t-elle en croisant le regard de sa fille.

– Oui. Nous y avons réfléchi avec Henri.

– Quand comptes-tu nous exposer ton plan ?

– Demain. J'espère que les Whitam viendront.

Résistance

Les Whitam arrivèrent chez Basile et Chloé en début de soirée.

– C'est… joli chez vos parents, fit Sam Whitam en pénétrant dans la propriété.

Mathilde ne put s'empêcher de sourire à cette politesse forcée.

– Merci. Ma mère a tout décoré elle-même. Vous devriez le lui dire, ça lui fera plaisir.

Elle les engagea à la suivre. Lorsqu'ils entrèrent dans la cuisine, Basile était occupé à retirer la carapace des minuscules insectes que Chloé avait achetés en guise d'apéritif. Les hexapodes glissaient entre ses doigts nerveux. Mathilde présenta le couple à ses parents qui les prièrent de s'asseoir. Basile servit du jus d'algues. L'atmosphère se détendit. Sam Whitam semblait moins sur ses gardes. Mathilde n'attendit pas plus longtemps pour parler. Elle leur fit part de sa découverte, en faisant valoir que Ben et Céleste étaient captifs d'une institution gangrenée, et qu'il était de leur devoir de les en libérer. Son auditoire se montrait attentif. Elle interpella Sam Whitam :

– Nous avons besoin de votre aide. Sans vous, on ne peut rien.

– Ma femme m'a dit que vous étiez venue la voir à l'hôpital.

– C'est exact. Je suis certaine que votre mouvement existe encore.

L'homme ignora le regard appuyé que son épouse lui lançait. Mathilde insista :

– Je vous en prie. Je sais que vous avez été internés, que vous avez souffert...

L'expression de Sam Whitam se voila. Elle avait touché juste.

– Ma mère aussi est passée par là. De longues années...

Chloé baissa les yeux pudiquement.

– Votre prudence est légitime. Mais, sans vous, la lutte est inégale. Songez à Ben...

À l'évocation de son fils, Sam Whitam ne broncha pas. Ses mains accrochaient le rebord de la table. Mathilde savait que la décision qu'il prendrait serait définitive. Chloé et Basile ressentaient cette tension, car ils ne disaient mot. Ema Whitam attendait, elle aussi, consciente que son verdict serait celui de son mari. Elle braquait sur lui des yeux inquiets. Enfin, au terme de longues minutes où Mathilde respirait à peine, il se tourna vers elle.

– Comment comptez-vous procéder ? demanda-t-il.

La poitrine de Mathilde se libéra.

– Tout d'abord, il faut que nous sachions de quels moyens nous disposons. Combien êtes-vous ?

– Malheureusement, plus beaucoup, avoua Sam Whitam. À peine mille personnes.

Mathilde eut un air déçu. Ema Whitam intervint :

– Au plus fort du mouvement, nous étions plus de cinquante mille.

– Vous croyez que ces gens pourraient revenir ?

– Pas tous. Beaucoup ont une peur bleue d'être internés. Nous avons été menacés.

– Je suis désolée.

– Vous n'y êtes pour rien. Il ne faut pas oublier qu'à l'époque, nous n'avions aucune preuve. Aujourd'hui, c'est différent, n'est-ce pas ?

L'appel, plein d'espérance, toucha Mathilde. Elle s'apprêtait à conduire une révolte, et cette responsabilité l'exaltait autant qu'elle l'étourdissait. À vingt ans, on lui prêtait la carrure d'un géant.

– C'est vrai, répondit-elle néanmoins avec assurance. Nous avons non seulement des preuves, mais aussi un plan !

Ema Whitam parut ravie.

– Henri et moi avons enregistré mon témoignage. J'y expose tout ce que je sais. Nous y avons ajouté des preuves scientifiques, ainsi que des films de la salle clandestine.

Elle précisa que ce document était une bombe nécessitant d'être manipulée avec le plus grand soin.

– Nous allons diffuser ce fichier auprès de la population. Autant que nous le pourrons.

– Que se passera-t-il si Christopher Blake met à jour nos intentions ? S'il détruit votre témoignage ?

– Vous aurez chacun une copie. Henri Whiter aussi. Ainsi qu'une personne de confiance qu'il ira trouver de ma part dès demain.

– Qui ?

– Marc.

La contrariété de ses parents n'échappa pas aux Whitam.

– Qui est Marc ?

Mathilde leur renvoya un regard franc.

– Mon meilleur ami. Il cachera le document de manière

sûre. Je ne connais personne de plus qualifié pour le faire. De sorte que si aucun de vous ne pouvait plus intervenir, Marc pourrait encore diffuser mon témoignage via l'Information générale.

Sam Whitam haussa les épaules.

– Personne ne prendrait ce risque.

– Marc, si.

Il ne répliqua pas. Basile avait l'air de plus en plus anxieux. Sa fille avait remarqué que, plusieurs fois, il avait failli parler. Au bout du compte, il n'y tint plus :

– Que se passera-t-il si Christopher Blake essaie d'effacer les traces de son forfait ? lança-t-il, crispé. S'il supprime la salle clandestine et les spécimens malades ?

Ema Whitam poussa un cri plaintif.

– Quel intérêt aurait-il à attirer l'attention sur lui alors que nous détenons déjà les preuves ? On ne s'attaque pas aux spécimens impunément. En faisant cela, il risquerait la peine capitale. De plus, on ne peut pas détruire une salle sans que personne s'en aperçoive.

– Et s'il nous faisait enfermer et parvenait à détruire toutes les copies ? renchérit Sam Whitam. Y compris celle de votre ami ?

– Vous imaginez le pire.

– Cet homme est dangereux.

Il était sérieux, et elle se rendit compte que Basile et Chloé partageaient son avis. À eux quatre, ils cumulaient un passé dramatique qu'ils n'avaient aucune envie de voir resurgir.

– Le Doyen ne pourra jamais supprimer toutes les preuves, dit-elle au bout de quelques secondes. Il ne pourra pas m'éliminer, moi. Je suis le meilleur gage qui puisse exister.

– Vous êtes naïve… C'est précisément pour cette raison que vous serez la première à être pourchassée. Christopher Blake possède un immense pouvoir. Il tient entre ses mains l'avenir de la Communauté. Il connaît toutes les personnalités. Il a des appuis, qu'à mon avis, nous ne soupçonnons pas. Il est inattaquable.

Mathilde fut parcourue de frissons.

– Faites-moi confiance, répliqua-t-elle d'une voix mal assurée. Nous aurons le temps de communiquer la vérité avant qu'il ne s'aperçoive de quelque chose.

– La majorité de la population n'est pas prête à désacraliser le Centre.

– Je n'ai pas dit que ce serait facile.

Le silence s'installa de nouveau.

– Acceptez-vous de me suivre ?

Elle commençait à perdre patience. La peur qui les habitait déteignait sur elle. Or, de la peur, elle en avait à revendre.

– Répondez-moi, reprit-elle, plus fermement.

Basile et Chloé ne détachaient pas leur regard d'elle, pas plus qu'Ema Whitam de son mari. Mathilde savait que ses parents la suivraient, si bien que, curieusement, son destin se trouvait suspendu à la seule volonté de Sam Whitam. Mais ce dernier ne disait rien. Elle répéta sa question en s'adressant directement à lui. Un peu surpris, il opéra un bref tour de table et, s'apercevant qu'on l'observait, il attrapa son verre qu'il vida d'un trait. Il le fit claquer sur la pierre.

– Je vous soutiens, dit-il. Pour Ben. (Il considéra Chloé et Basile.) Pour votre fille. Pour l'avenir de nos enfants.

Mathilde n'arrivait pas à y croire.

– Merci, dit-elle avec émotion.

– Je vous en prie. C'est à moi que je le dois.

Elle se tourna vers son père.

– Basile ?

Elle devinait son tourment. L'appréhension le guidait naturellement vers la désertion, lui qui avait déjà fait sa guerre, et qui l'avait perdue, mais son instinct le rappelait au front sans condition.

– Mes deux filles sont impliquées, soupira-t-il. Je n'ai donc pas le choix. Ce qui me tue, c'est qu'en sauvant l'une, je risque de condamner l'autre…

Mathilde n'avait pas pensé à cela. Elle détourna les yeux, tandis que son père reprenait la parole.

– Je veux bien m'engager, dit-il, mais à une condition… Je veux que Chloé reste en dehors de tout ça. Elle a déjà été internée deux fois. La troisième, elle ne sortira pas.

– Il n'en est pas question !

Chloé, qui n'avait rien dit depuis le début de la rencontre, quittait sa réserve.

– Il n'en est pas question, répéta-t-elle, inflexible. Je me moque d'être arrêtée. Ces gens-là n'auront pas raison de moi, et je veux participer à ce combat. Je l'attends depuis trop longtemps.

Basile caressa la joue de sa femme.

– Je ne pourrais pas me passer de toi, dit-il tristement.

Chloé lui rendit un regard plein d'affection.

– Nous ferons attention. Je te le promets. Mais tu ne peux pas me bâillonner, Basile. Ce n'est pas dans cette idée que tu m'as épousée.

Le père de Mathilde acquiesça à contrecœur.

– De toute façon, si tu l'as décidé…

Chloé souriait. Mathilde les observait, amoureux.

Elle les envia un peu.

Après que les Whitam eurent quitté la réunion en convenant d'un prochain rendez-vous, elle demeura un moment encore autour de la table avec ses parents, à finir les derniers criquets. Quand ils se séparèrent vers minuit, elle gagna sa chambre sans se coucher.

À présent qu'ils avaient pris la décision commune de résister, qu'elle s'était adjoint l'aide de plusieurs personnes, elle voulait s'assurer que le document qu'ils s'apprêtaient à diffuser comportait tous les éléments nécessaires. D'une part, il y avait le cas des spécimens malades, la révélation de leur véritable nature, laquelle, elle le pressentait, susciterait de nombreux débats au sein de la Communauté. Et, dans un second temps, la question de la salle clandestine, dont elle ignorait tout, sauf l'existence, et le fait qu'un ADN au moins avait été modifié. Elle pensa à Céleste, qui lui demeurait étrangère, et aurait payé cher pour connaître les raisons de sa différence. De tout cœur, elle espérait que la manœuvre fonctionnerait, et que le Doyen passerait aux aveux. Même si leur rébellion connaîtrait sûrement quelques revers. Mais elle avait foi. En elle, en ses amis, en ses parents, et même en Sam et Ema Whitam. Ensemble, ils soutenaient une même cause. Passant en revue les différents éléments du dossier, son témoignage d'abord, puis les prises de vues de la salle, et les analyses médicales des spécimens, elle se rendit compte qu'il faudrait y ajouter la preuve que le sommeil artificiel avait été interrompu le jour de l'accident. Point manquant et néanmoins clef de voûte de son enquête. Elle résolut de s'en occuper dès le lendemain.

Après une courte nuit, elle monta à l'étage pour prendre son petit déjeuner, et partir ensuite retrouver Henri

Whiter. Mais elle s'arrêta net au milieu de l'escalier. Des éclats de voix lui étaient parvenus du niveau supérieur et elle n'en croyait pas ses oreilles. Basile était en train de se disputer avec quelqu'un. Il ne s'agissait pas de Chloé. Le ton était masculin et Mathilde le connaissait trop bien. Elle crut que son cœur allait s'arrêter. Que faisait-il ici ?

Elle prit le temps de se calmer. Surtout, ne pas laisser paraître le moindre trouble. Elle s'imagina être un roc et, peu à peu, retrouva de l'assurance. Elle gravit les dernières marches avec la lenteur d'un condamné à mort, et approcha de la porte de la cuisine, demeurée ouverte. Elle ne s'était pas trompée. Le professeur Blake lui tournait le dos. Face à lui, Basile était extrêmement tendu. Son visage se crispa lorsqu'il l'aperçut et le Doyen fit volte-face.

– Ah, Mathilde, vous voilà enfin ! s'exclama-t-il d'un ton désinvolte. Alors, comme ça, vous avez emménagé chez vos parents ?

– Qui vous l'a dit ?

– Eh bien, Marc, voyons, répondit le Doyen d'un air très naturel. J'ai été désolé d'apprendre que vous étiez séparés.

Le regard de Mathilde s'assombrit. Le professeur Blake lui donnait l'impression d'être une araignée tissant sa toile autour d'elle afin d'attirer dans son piège les êtres qui lui étaient chers. Elle regretta que Marc ne se soit pas montré plus prudent. Le dépit, peut-être, avait avoué pour lui.

– Que voulez-vous ? lança Basile en se plaçant devant sa fille pour la protéger.

Christopher Blake présenta un air innocent.

– Mais rien, je vous l'ai déjà dit. Rien d'autre que prendre des nouvelles de mon élève.

Il s'adressa à Mathilde.

– Vous n'êtes pas allée en cours comme je vous l'avais demandé. Vous n'êtes pas revenue au Centre.

Elle ne répliqua pas. Le Doyen la toisa par-dessus l'épaule de Basile.

– Vous nous quittez ?

– Mathilde a décidé de changer de voie, expliqua son père. Le Centre ne lui convient pas. C'est son droit.

– Bien sûr, bien sûr, répliqua le Doyen. Je trouve simplement cela dommage. J'avais de grands espoirs pour elle. Pas vous, Mathilde ?

Cette dernière ne savait quoi répondre. On ne lui avait jamais enseigné la manière de mentir. Elle apprenait seule.

– Si, murmura-t-elle. Mais j'ai changé d'avis.

– C'est regrettable, fit le professeur d'un ton plus dur. Car j'avais imaginé…

Il s'interrompit et passa devant Basile.

– J'avais imaginé que vous pourriez travailler dans cet endroit que vous avez visité dernièrement. Vous savez, avec Matthew. Le soir de son départ.

Mathilde se figea. Le regard rivé à celui de son interlocuteur. La confrontation était palpable. Intérieurement, elle se répétait de ne pas baisser les yeux.

– Je ne sais pas de quoi vous parlez, rétorqua-t-elle sans ciller.

Le Doyen fronça les sourcils.

– Ah, tiens. Je dois me tromper. Il est vrai que les relevés ne font nulle mention de votre passage dans le sas. En revanche, sur les images de surveillance du tunnel, j'aurais juré que c'était vous…

La menace, à peine déguisée, demeura un instant en suspens dans l'air. Puis le professeur Blake se tourna vers Basile, réduit au silence.

– Prenez soin de vous, dit-il en le fixant intensément. Je ne voudrais pas qu'il vous arrive quelque chose.

Il sortit de la cuisine. Basile et Mathilde échangèrent un regard paniqué. Quand ils eurent acquis la certitude que le Doyen avait bien quitté les lieux, Basile lui prit la main.

– Il sait, dit-il d'un ton désespéré.

Une heure plus tard, il partit travailler. D'un commun accord, Mathilde irait rejoindre Henri Whiter pour compléter au plus vite le dossier avant de revenir chez eux pour le contrôler ensemble le soir venu. Il y avait urgence. On ne pouvait plus attendre. De son côté, Chloé devait se rendre à son bilan médical. Ayant des courses à effectuer, elle passa l'après-midi au centre de vie. Elle et Basile rentrèrent avant la nuit sans pouvoir laisser plus longtemps de côté le sujet qui les tourmentait. Chacun, tout au long de la journée, avait essayé d'oublier. Basile en s'acharnant au travail, Chloé en se perdant dans les artères commerciales, mais le subterfuge avait échoué. À présent qu'ils se faisaient face, aucun n'était dupe des sentiments de l'autre. Ils avaient besoin de réponses, de parler encore, de dissiper leur inquiétude. L'irruption de Christopher Blake dans leur quotidien les avait pétrifiés.

– Je vais la chercher ! annonça Basile, impatient, avant de descendre à l'étage inférieur.

Demeurée seule, Chloé réfléchissait aux derniers événements. Tout s'était déroulé si rapidement.

Un mois auparavant, elle et Basile menaient une vie tranquille. Vide de toute substance, mais paisible, en quasi-autarcie. Faute d'avoir su se rendre nécessaires auprès des autres, ils se suffisaient à eux-mêmes.

Elle avait fini par s'y habituer. Elle avait depuis longtemps laissé s'endormir la révolte, et son dégoût de cette vie qui l'avait trahie. Résignée, elle s'était assoupie. Et voilà que, d'un séisme à la fois terrifiant et magnifique, son sang se réveillait, ses pensées refluaient. En quelques semaines, elle avait renoué avec sa fille alors qu'elle croyait celle-ci perdue, en avait gagné une seconde qu'il lui fallait sauver, et puis… revenait cette haine du système et des fourberies anciennes dont la blessure se rouvrait. Elle reconnaissait cette colère qui refleurissait, plus vivace que jamais. Elle retrouvait le goût de s'attaquer aux causes désespérées, ou considérées par nombre de ses contemporains comme simplement superflues. Elle identifiait très bien ce sentiment. Tout son passé le lui rappelait. Mathilde lui ressemblait.

Elle se dirigea vers le fond de la pièce. Elle ne buvait que très rarement, parfois pour accompagner son mari, mais, à cet instant, elle en avait envie, seule. Elle attrapa une bouteille déjà ouverte et se servit un verre. L'alcool lui brûla la langue. Elle aima la sensation. Elle n'avait pas si peur. Du moins pas pour elle. Au contraire, en ce qui la concernait, elle retrouvait une raison d'exister. Cela faisait des années qu'elle était interdite de travail, qu'on la considérait comme un personnage singulier, distrayant, inutile sûrement… Plus le temps avait passé, plus elle avait acquis le réflexe de s'enfermer dans son atelier pour se soustraire à ces regards qu'elle dérangeait. Mais l'heure était venue de revoir le jour. Enfin ! Elle n'aurait pas cru cela possible.

Elle but la dernière goutte avant d'exploser d'un rire féroce. Un ultime rire de folle. Jusqu'à ce que Basile paraisse sur le seuil du salon et alors elle se tut sur-le-champ.

– Elle est partie… murmura-t-il.
Alors, dans un grand fracas, le verre sur le sol se brisa.

La décharge

Là où elle marchait, les couleurs n'existaient plus.

Le rouge, le jaune et le bleu s'étaient dilués dans un gris qui avait tout englouti et il n'y avait guère que le jour et la nuit pour rendre un peu de relief aux objets.

Ce défaut de contraste l'avait poussée à renforcer sa vigilance, à affûter son jugement pour distinguer les matières. Le fer qui coupait, l'acier qui glissait, le béton qui s'effritait, les champignons prenant le pouvoir sur les choses. Certaines étaient peut-être là depuis des millénaires. Beaucoup subsistaient à l'état de débris que le temps avait transformés, agglomérés en masses noires qui s'écroulaient par pans entiers. Carcasses de mobilier, tissus grignotés, végétaux pourrissant sous les pluies diluviennes. Tant bien que mal, elle essayait de ne pas se blesser.

Henri l'avait déposée en plein désert, loin derrière les fermes de culture, à l'abri des regards. Son premier geste avait été d'éteindre son ondophone. Pour s'orienter, elle s'en remettait désormais à ce seul petit objet, cadeau d'anniversaire. La boussole avait indiqué la direction nord-est, et elle avait rectifié son pas.

Henri lui avait prêté des vêtements résistants pour la protéger du vent, de la pluie, et du soleil, qui finirait par revenir. Le vieil homme avait offert cela du bout des doigts dans l'espoir de la retenir, mais elle était décidée, alors c'était lui, en fin de compte, qui avait renoncé. Il n'était pas question de choix. Le Doyen la menaçait. Henri lui avait également donné un grand sac imperméable pour contenir son matériel. Une arme à feu, plusieurs couteaux, afin qu'elle puisse se nourrir, bien sûr, et se battre. Se défendre contre les hommes et les animaux sauvages, les deux espèces se confondant depuis peu. Il avait acheté des poches nutritives en quantité et des compléments alimentaires, à prendre en cas de carence prononcée. Des vitamines, des minéraux, des acides gras. Un filtre pour clarifier l'eau de pluie. Un bidon pour la stocker, il lui faudrait s'organiser. Des médicaments qu'il avait subtilisés. Il lui avait recommandé de se préparer à connaître l'enfer, et elle avait opiné. S'il en était sorti, elle y arriverait aussi.

À présent, elle y était. L'enfer. Des montagnes de détritus telles qu'elle n'en avait jamais vu, un terrain accidenté sur lequel les rats galopaient…

La décharge constituait un royaume plus étendu qu'elle n'aurait pu concevoir, gouverné par une population grouillante de quadrupèdes, arthropodes et autres rampants qui cohabitaient selon la loi du plus fort. Ce chaos primitif lui était apparu au premier soir, juste avant le crépuscule. Marchant parmi les immondices en quête d'un abri, munie d'une lampe de poche dont elle étouffait le faisceau à chaque bruit suspect, elle s'était dirigée vers le point culminant d'une butte, et s'était mise à creuser.

Un trou suffisamment grand pour y loger son corps fatigué, qu'elle avait ensuite couvert d'une bâche afin de s'isoler de la pluie. Malheureusement, elle n'avait pu s'y allonger complètement car un objet contondant lui cisaillait le dos. Mais ce désagrément n'était rien, comparé à l'odeur pestilentielle qui provenait de toute part, au point de lui donner l'impression de l'exhaler elle-même. Malgré tout, sa fatigue était telle qu'elle avait fini par s'endormir. Pour peu de temps. À peine une heure plus tard, elle s'était réveillée en hurlant et avait sauté d'un bond hors de sa cachette.

À l'emplacement où ses pieds reposaient une seconde plus tôt, cinq énormes rats se disputaient les restes d'un biscuit à travers la toile percée de son sac de survie. D'ignobles rongeurs au pelage mité qui n'espéraient qu'une inattention de sa part pour dévorer ses provisions. Si ce n'était elle. Courageuse, elle les avait chassés avant de reprendre ses affaires et de redescendre au pied de la butte où elle avait attendu l'aube, recroquevillée, la bâche remontée sur la tête. C'était la première nuit.

Au matin, elle était décidée à s'organiser. Si les événements se déroulaient comme elle le prévoyait, elle devrait rester au moins un mois dans la décharge. Le temps pour les Whitam, Henri, et ses parents d'orchestrer la révolte. Un mois… qui paraissait l'éternité.

La priorité était de se construire un refuge qui la protègerait des prédateurs. Elle passa la journée à collecter ce qui pourrait y contribuer. Elle trouva d'abord un grand caisson de métal, trop lourd pour être déplacé, mais à l'intérieur duquel elle pourrait se tenir. Elle le bascula sur des plots en béton à quelques centimètres du sol, et fabriqua un semblant de porte avec des planches de bois. L'ensemble était précaire, mais au moins, elle dormirait au sec.

La seconde nuit fut moins difficile. La troisième aussi. Les rats auraient pu l'encercler qu'elle ne l'aurait pas remarqué. La vie dans la décharge l'éreintait. Elle avait pénétré ici avec une volonté de fer, qu'elle pensait à toute épreuve… mais quarante-huit heures plus tard, elle avait déjà déchanté. Elle se sentait moins déterminée, plus déprimée. Jamais elle ne serait crue si attachée à son confort. Avoir un toit, de la nourriture variée, être en sécurité… Même si ce n'était qu'un mauvais moment à passer et que, bientôt, elle retrouverait ses habitudes. Néanmoins, tout lui manquait. Ses amis, ses parents, Henri…

Son rôle, pour l'instant, était de rester cachée. Or, elle aurait voulu les aider. Savoir comment ils procèderaient. Sa principale inquiétude était pour Basile et Chloé, qu'elle craignait de voir internés. Elle y songeait toute la journée. La décharge se révélait un miroir intraitable. Du matin au soir, elle se trouvait confrontée à elle-même, avec ce temps qui s'étirait pour ne jamais finir, n'offrant comme distraction que des pensées ressassées, examens de conscience… La solitude pesait. Ne les avait-elle pas abandonnés ? N'aurait-elle pas dû rester à leurs côtés, au risque de se faire arrêter ? L'existence de sa sœur lui revenait aussi régulièrement à l'esprit, bien qu'elle soit incapable de définir clairement les sentiments éprouvés à son sujet. Si ce n'était, peut-être, une émotion abstraite, l'esquisse d'une responsabilité, quelque chose d'inné qui aurait certainement plu à Basile et Chloé.

Au quatrième jour, comme le ciel était plus clément, elle entreprit de ramasser des insectes frais. Ce fut facile. Il lui suffisait de soulever n'importe quel objet enfoncé dans la boue pour débusquer une colonie. Coléoptères, larves au léger goût d'amande, chenilles, et même fourmis, bien que ces dernières soient plus difficiles à attraper. Elle revint au campement avec une belle récolte qu'elle s'empressa de faire griller avant que la pluie ne revienne.

Le feu crépitait doucement lorsqu'elle entendit un cliquetis inhabituel. Elle se demanda si c'était les carapaces des bestioles qui explosaient sous l'effet de la chaleur. Elle se pencha pour vérifier, mais la seconde d'après, elle se trouva violemment projetée au sol tandis que quelque chose se plaquait sur elle en respirant bruyamment. Elle perçut un souffle court, une haleine chaude et nauséabonde. Se tordant le cou, elle distingua un œil qui aurait pu être celui d'un fauve. Puis elle se sentit basculer sur le côté et, face contre terre, elle réalisa avec effroi qu'elle était en train de se faire agresser. Elle poussa un cri, mais son assaillant, après avoir appuyé un genou dans son dos, s'écrasa sur elle et passa un poignet à sa gorge pour l'étrangler. Mathilde fut si choquée qu'elle mit un peu de temps à réagir. Lorsque l'étreinte se resserra, elle comprit que si elle ne se défendait pas tout de suite, elle allait mourir. Son instinct refit surface, faisant appel aux enseignements qu'elle avait reçus. Elle savait se battre. Elle s'était entraînée des années à cela. Dans un regain d'énergie, elle dégagea son bras et agrippa la main qui la paralysait. Elle y enfonça ses ongles et tira dessus jusqu'à desserrer l'étau. Mobilisant toutes ses forces, elle pivota et déstabilisa son agresseur qui tomba sur le côté. Il se redressa aussitôt et ils se firent face. Poussant un cri sauvage, l'individu se jeta une nouvelle fois sur elle pour la renverser, mais elle tint bon et parvint à le repousser. Désarçonné, il brandit un couteau. Mathilde évalua en un clin d'œil la distance qui la séparait de son sac et de ses propres armes. Elle n'aurait pas le temps de s'en saisir. Il la blesserait avant. Ou pire. Fondant sur lui, elle lui décocha un puissant coup de pied au visage, puis un second dans le ventre, qui le fit chuter. Puis elle lui écrasa le poignet si violemment qu'il lâcha le couteau. Il se retourna pour le récupérer, mais c'était trop tard. Mathilde lui entaillait déjà le bras. Il poussa un hurlement de douleur. Bouche tordue, rouge écarlate, il voulut se relever, mais n'y parvint pas. Le sang coulait abondamment de la plaie et il tomba de nouveau en arrière. Mathilde approcha, le cœur battant. Se plaçant derrière lui, elle lui asséna un ultime coup sur la nuque et empoigna son bras meurtri qu'elle maintint haut dans son dos. Elle appuya la lame contre sa gorge.

– Vous ne savez pas vous battre, lâcha-t-elle, essoufflée et en sueur.

Plusieurs heures après avoir été maîtrisé, l'homme n'avait pas bougé. Rien dit. À peine avait-il gémi lorsque Mathilde l'avait traîné de force jusqu'à son sac afin de récupérer son pistolet. À présent, elle le tenait en joue. Elle n'avait pas été longue à le reconnaître, bien que son apparence ait considérablement empiré. Le terroriste était beaucoup plus maigre que sur les dernières images. Son visage s'était encore creusé, les joues surtout, qui donnaient l'impression d'être mangées de l'intérieur. Les maxillaires saillants, orbites caverneuses, rendaient les yeux globuleux, exposaient leur teinte jaunâtre, typique d'un ictère, probablement d'une hépatite. Les cheveux noirs et cassants formaient une crinière répugnante, piquée de saletés et de poux, se confondant avec une barbe au travers de laquelle la peau partait en lambeaux. Mais c'était lui, assurément. Squelettique et pitoyable. Elle se demanda par quel exploit il avait réussi à la mettre à terre. L'effort avait dû le vider de ses forces. Face à elle, l'homme haletait comme un chien affamé, gueule ouverte, front baissé. Elle remarqua par son pantalon déchiré qu'il était également blessé à la cheville. La plaie suintait, mal cicatrisée. La septicémie guettait. Que faisait-il encore ici ?

Elle n'avait plus peur de lui. Ce misérable était son prisonnier. Un seul geste déplacé de sa part, et c'en était fini. Son doigt se raidit sur la gâchette.

– Pourquoi m'avez-vous attaquée ? lança-t-elle en pointant le canon du revolver sous son menton. Vous pensiez vraiment avoir une chance de me tuer ?

L'homme leva vers elle un regard déterminé.

– Qu'espériez-vous ? insista Mathilde.

– À votre avis ?

Elle fut surprise qu'il réponde. D'une voix faible, presque aphone.

– Si j'avais voulu vous tuer, reprit le terroriste, je vous aurais directement attaquée au couteau. Cela fait trois jours que je vous suis. Mais vous dormez toujours accrochée à votre sac…

Il eut un rire cynique au terme duquel il s'étouffa un peu.

– Remarquez, je vous comprends. C'est lui qui m'intéressait.

Mathilde se laissa glisser à terre sans toutefois baisser son arme.

– Que faites-vous ici ? questionna-t-elle.

Il était recherché, poursuivi par sa Communauté. S'il était retrouvé, il serait exécuté. Pourquoi n'avait-il pas encore fui ? Chez lui, il serait déjà acclamé pour ses forfaits. Songer à ce qu'il avait fait raviva ses envies de meurtre. Après tout, elle pouvait le tuer. Personne ne le lui reprocherait. On la féliciterait plutôt.

– Je préfère mourir ici que d'être torturé par des chiens, répondit l'homme avec mépris.

Mathilde sentit la rage monter en elle. Elle le gifla.

– Taisez-vous ! s'écria-t-elle. Comment osez-vous ? Vous avez tué des innocents ! Vous les avez…

L'émotion l'empêcha de continuer. Elle revoyait le film du drame. Le visage de cette jeune fille, fendu en deux.

– Vous les avez tués…

L'homme la regardait sans aucune réaction, surpris par son accès de violence.

– Cet attentat… poursuivit Mathilde, tremblante. Et tous les autres. Comment pouvez-vous ? Vous êtes un monstre…

Elle était atterrée, affligée, hors d'elle. Elle voulait tout à la fois étrangler son ennemi et obtenir des réponses. Ce besoin d'entendre la raison pour laquelle sa Communauté était la victime innocente d'un tel acharnement.

– Pourquoi ? cracha-t-elle avec colère.

L'homme baissa les yeux.

– Répondez-moi, reprit Mathilde. Je veux savoir.

Il lui jeta un coup d'œil hésitant avant de fixer ses paumes abîmées. Sourcils froncés, il semblait en proie à un combat intérieur. Finalement, il plongea le visage dans ses mains.

– Je n'ai tué personne, dit-il, à bout de force.

Mathilde faillit le frapper une nouvelle fois. Il osait encore se dédouaner devant l'évidence. Elle secoua la tête, excédée. Mais il poursuivit. Acculé, réduit à l'état de proie… Il vidait sa conscience.

– Ils m'avaient promis la liberté, murmura-t-il. Ils m'ont trahi…

– Qui ? fit Mathilde avec une ironie cinglante. Vos gentils amis ?

L'homme ignora la provocation.

– Vous ne savez pas de quoi vous parlez, dit-il après un moment.

Puis il perdit son regard dans la noirceur du ciel.

– C'est terrible, conclut-il. Terrible…

– Qu'est-ce que vous insinuez ? demanda Mathilde, décontenancée.

Mais il ne répondit pas.

– Je vais vous tuer, reprit-elle.

Elle s'attendait qu'il manifeste de la peur, mais il n'en fut rien.

– Allez-y, répliqua-t-il d'un ton las. Quelle importance, de toute façon ? Tout est perdu. Je suis coincé ici. Je vais y mourir. Que ce soit par vous ou de faim n'y changera rien.

Il s'interrompit. Son comportement fascinait Mathilde. Fallait-il qu'il ait été endoctriné pour accepter ainsi, sans rechigner, sa propre fin ? À moins qu'il n'ait pris la menace au sérieux. Elle l'examina attentivement. Elle aurait souhaité le briser, le mettre à mort, cela aurait grandement simplifié les choses, mais une telle responsabilité ne lui appartenait pas. Établir un procès ne relevait pas de sa compétence. Du temps passa. La nuit descendait lentement sur la décharge. Il fallait prendre une décision.

– Ce n'est pas à moi de vous tuer, dit-elle finalement. Vous serez jugé.

La terreur se lut sur le visage du prisonnier, mais il ne rétorqua pas. Mathilde était très contrariée. En tout état de cause, bien que son devoir soit de le livrer sans délai aux autorités, elle ne pouvait quitter sa réserve pour lui. Le risque de se faire elle-même arrêter était trop important. Quant à le conduire à pied jusqu'aux fermes de culture, premiers postes avancés de sa Communauté, c'était impensable. Il s'écroulerait de fatigue bien avant.

Il était un poids. Un dilemme de plus à résoudre. Un détestable fardeau. Sa colère augmenta. À court de solutions, incapable de se tempérer, elle alla chercher du fil de fer et le ligota solidement, sans égard pour ses blessures. Au contraire, elle serra le plus possible, heureuse de lui arracher quelques râles. Maigre vengeance. Puis, fébrile, elle gagna son caisson et se mit en position pour dormir, la lampe de poche braquée sur lui.

L'ennemi

Mathilde ne ferma pas l'œil de la nuit. Elle ne redoutait pas l'évasion de son prisonnier, c'était irréaliste, mais elle ne parvenait à décider quoi faire de lui. Dans l'immédiat, elle ne pouvait le livrer. Et il ne faisait aucun doute qu'à la moindre inattention de sa part, il essayerait une nouvelle fois de l'attaquer. L'abandonner, peut-être ? Il mourrait vite. De faim, d'infection… Dans la décharge, personne ne remarquerait son agonie. Mais cette perspective la répugnait. L'homme avait beau lui inspirer un profond dégoût, elle ne se sentait pas le courage de le tuer, même par omission. Un tel acte lui aurait donné le sentiment de ne valoir guère mieux que lui. Que faire alors ?

Tandis qu'elle l'observait dormir, harassé de fatigue, le torse dénudé, côtes marquées sur un abdomen dur et maigre, elle ne pouvait s'empêcher de repenser à leur conversation. La résignation qu'il affichait, surtout, la laissait dubitative. Ce n'était pas le comportement d'un forcené. Les déséquilibrés s'entêtaient dans leur quête jusqu'à se sacrifier complètement, sans réfléchir, ni prendre en compte leur environnement. Certes, cet homme l'avait agressée, mais il prétendait que c'était pour se nourrir, et vu son état de santé, c'était plausible.

D'ailleurs, sitôt maîtrisé, il n'avait plus fait preuve d'hostilité à son encontre.

Elle était furieuse et dépitée. Certes, il perturbait ses plans, mais il détenait également des informations précieuses, qu'elle lui aurait volontiers soutirées. Impossible d'oublier les mots qu'il avait prononcés. La question étant de déterminer dans quelle mesure il la manipulait. Que savait-il ? Il avait suggéré qu'elle se trompait, qu'on l'avait trompée. Un discours difficile à entendre. Mais s'il disait vrai ? Si les événements n'étaient pas ce qu'ils paraissaient ?

Toute sa vie, elle avait voulu savoir. Qui était l'ennemi. Ce qu'il y avait de l'autre côté de la frontière. D'où venait la Communauté dont elle descendait. Les réponses étaient peut-être là, enfin, à sa portée. Fragilisée, elle attendit, l'angoisse au ventre, que vienne le matin.

Le prisonnier gémit. Dans son sommeil, il s'était appuyé sur son bras et la blessure se réveillait. À quelques mètres, Mathilde faisait semblant de dormir. Derrière ses paupières entrouvertes, elle guettait ses réactions. L'homme remarqua qu'elle s'était assoupie. Mathilde aurait parié qu'il essayerait de desserrer ses liens pour s'enfuir, mais il n'en fit rien. Il s'approcha simplement plus du pylône afin que son bras ne s'y frottât pas, puis il reposa la tête et tenta de se rendormir dans une attitude de parfait abandon. Mathilde attendit encore un peu avant de se lever. Lorsqu'elle fut près de lui, il rouvrit les yeux. Elle en profita pour lui délier les poignets en le menaçant de son pistolet. Les chevilles toujours attachées, il s'assit en tailleur et massa son épaule. Le muscle était atteint. Elle avait frappé fort. Le voyant souffrir ainsi, elle culpabilisa un peu. Elle se souvint cependant qu'elle n'avait pas riposté sans raison et que l'homme était un criminel de la pire espèce. Son visage se ferma. L'interrogatoire pouvait commencer.

– Que faites-vous ici ? lança-t-elle sans préambules. Pourquoi n'êtes-vous pas rentré chez vous ? Pourquoi nous avoir attaqués ?

Le prisonnier se montra moins coopératif que la veille au soir. Il soutint son regard, mais le sien était fixe, trahissant une extrême fatigue, et aussi une forme de renoncement. Comme s'il avait accepté son sort. Mathilde se fit la réflexion qu'il n'avait plus rien d'un terroriste. On aurait dit un gisant.

Se mettant à sa hauteur, elle réitéra ses questions, qui n'eurent pas plus d'écho. Faisant alors un pas de côté, elle attrapa son sac dont elle sortit deux poches et les lui tendit. Il la regarda sans comprendre. Elle insista. Sans rien dire, il s'en saisit, et après s'être assuré qu'on ne lui tirerait pas dessus, il mangea avec avidité. Quand il eut fini, il appuya son dos contre le pylône et poussa un soupir. Loin d'être rassasié, il ressuscitait lentement.

– Je vous en donnerai d'autres, dit Mathilde en ramassant les poches.

L'homme avait quitté son masque d'indifférence et la regardait désormais de loin. Le comportement de sa geôlière échappait à sa logique. La veille, elle se disait prête à le tuer, aujourd'hui, elle partageait ses vivres. Mathilde décida d'être franche.

– Je peux également vous soigner, ajouta-t-elle, le pistolet toujours en joue. Je possède les médicaments nécessaires.

Il fronça les sourcils.

– Pourquoi feriez-vous ça ? dit-il, sur la défensive.

– Je veux la vérité.

Elle alla chercher de quoi désinfecter les plaies et commença à appliquer le produit. Le prisonnier serra les dents au contact du liquide.

– Hier, reprit Mathilde en faisant mine d'ignorer sa douleur, vous avez dit que je ne savais pas de quoi je parlais. Que c'était terrible. Qu'est-ce que cela signifie ?

Elle lui jeta un coup d'œil en biais. Ses lèvres frémissaient. Elle lui donna de l'eau qu'il but à grandes gorgées. Puis il essuya sa bouche du revers de la main et examina Mathilde qui le pansait. Son regard, soudain, se fit soucieux.

– Ils m'ont mis dans cet avion, déclara-t-il. Je me suis retrouvé enfermé dans cette machine sans la contrôler. Quelqu'un pilotait à distance.

Il s'interrompit, bouleversé, comme si lui aussi revivait le drame.

– J'ai cru ma dernière heure venue, reprit-il au bout d'un moment, les lèvres encore sèches. Tout était prévu pour que l'appareil se crashe avec moi à son bord. S'il n'avait pas eu un problème, je ne serais pas là pour témoigner.

L'angoisse saisit Mathilde à la gorge.

– Mais, qui ? demanda-t-elle. Qui vous a mis dans cet avion ? Ceux de votre pays ?

L'homme secoua la tête.

– Non. Ceux du vôtre.

Mathilde recula. Elle s'était juré de rester calme, mais elle ne pouvait entendre ces accusations sans réagir. Car aucune raison tangible ne justifiait pareille machination.

– Vous mentez, dit-elle, révoltée.

Le désespoir se lut dans l'œil du terroriste.

– Je dis la vérité. Je ne me doutais pas que…

– Arrêtez. Je ne vous crois pas.

– Bien sûr. Comment le pourriez-vous ? Tout est fait pour que vous ne réfléchissiez pas.

Ce dernier argument eut le mérite d'atteindre Mathilde dans son orgueil. Elle qui, depuis peu, se flattait de remettre en question ses acquis. Elle respira profondément. Que l'aveu fût ou non une calomnie, elle devait en avoir le cœur net.

– Pourquoi les autorités vous auraient-elles forcé à commettre un attentat ? Cela n'a aucun sens. S'attaquer soi-même ?

– C'est pourtant simple, répliqua l'homme d'un air de défi. Votre gouvernement maintient la population dans la peur pour la garder sous contrôle. Cela s'appelle de la désinformation. C'est une pratique très courante dans les dictatures.

– Une dictature…? répéta Mathilde, abasourdie. Vous dites n'importe quoi…

Mais l'homme ne l'écoutait plus.

– Si vous saviez d'où je viens… dit-il en se parlant à lui-même. Il suffirait de voir pour comprendre.

Mathilde ne pouvait croire ce qu'elle entendait. Pas plus, malheureusement, qu'elle ne pouvait ignorer cette petite voix intérieure qui lui soufflait qu'elle réagissait exactement comme on le lui avait appris. Quand bien même l'homme aurait dit la vérité, elle n'aurait pas répondu autrement, tant on l'avait habituée à accepter, sans questionner, le discours des autorités. Elle fut soudain prise d'un vertige terrible. Sans lâcher son arme, elle s'appuya sur le pylône, à côté de lui.

– D'où venez-vous, exactement ? demanda-t-elle, à bout de souffle.

Il baissa le regard.

– De l'autre côté, n'est-ce pas ?

Il hocha la tête. Une vive émotion s'empara d'elle. Il était bel et bien l'ennemi. Et cependant, même si ses actes le condamnaient, il n'en avait pas l'air. Rien en tout cas qui incarnait cet adversaire invisible que l'Information générale dénonçait à longueur de journée, et qu'elle s'était toujours figuré sous les traits d'un militaire sanguinaire et buté. À ses côtés n'était qu'un pauvre hère en guenilles.

– Je m'appelle Jack, compléta celui-ci, achevant de recouvrir son humanité.

Mathilde ne cachait plus son trouble.

– Tout ce que je voulais, reprit-il, c'était une vie meilleure. Je n'imaginais pas que la frontière soit si fermée de votre côté.

– Que voulez-vous dire ?

– Quitter mon territoire a été facile. Depuis le temps que je pense à m'échapper. Je connais les endroits les moins surveillés. Mais ici… c'est impossible. J'ai fait tout ça pour rien. À présent, je n'ai plus de force. Je vais mourir. Je ne reverrai pas…

Son regard se brouilla. Il avait l'air infiniment triste. Mathilde en fut sidérée. Jack décrivait une situation inverse à celle qu'elle connaissait. Il déroulait un second film, dont elle n'entrevoyait ni le début ni la fin, encore moins l'intrigue. Où la fiction commençait-elle ?

– Je n'ai jamais voulu attaquer votre Communauté, insista-t-il. Il faut me croire. Je ne suis qu'une victime, moi aussi.

Mathilde écoutait, plongée dans la plus grande confusion. Pourquoi avait-il passé la frontière ? Que fuyait-il ?

Sa dernière phrase avait été un cri de désespoir, et elle sentait que son désarroi n'était pas feint. Que lui non plus ne comprenait pas tout. Que, d'une certaine manière, ironiquement, leurs destins se rejoignaient. Troublée, elle but à son tour. Elle voulait réfléchir, mais tout se mélangeait. À court d'idées, elle prétexta avoir besoin de chercher des provisions dans la décharge et s'éloigna. Avant de partir, elle prit soin de le rattacher solidement.

Elle passa la matinée à errer sans intention. Chacun de ses pas s'opérait mécaniquement. Toutes ses pensées se concentraient autour de ce qu'elle avait entendu, et il lui semblait que ses propres problèmes prenaient une dimension nouvelle. Sans le vouloir, elle jetait déjà un regard différent sur sa Communauté. Un doute. Une méfiance. Sans autre fondement que le réquisitoire d'un inconnu. Par ailleurs, elle acquérait la certitude écrasante que son futur reposait sur ses épaules. Qu'elle ne pourrait compter que sur elle-même pour démêler les faits. Se constituer une authentique vision des choses, loin des dictats et des discours rapportés. Ses réflexions s'accélérèrent. Elle regarda la décharge dont le décor la déprimait chaque jour davantage. Elle songea à Matthew, en poste à la frontière, à quelques kilomètres de là. Au prisonnier qui venait de l'autre côté. Peu à peu, si effrayante qu'elle fût, l'évidence s'imposa. À la fin du jour, sa décision était prise.

Elle revint vers Jack alors que celui-ci s'était de nouveau endormi. Elle le réveilla. Oubliant où il était, celui-ci eut un sursaut de frayeur avant d'apercevoir Mathilde et de se raviser. Elle le détacha et il se frotta le visage. Il avait l'air épuisé. Inquiet, il attendait son verdict, quel sort elle lui réserverait. Mais au lieu de ça, elle reprit les soins commencés au matin. Quand les plaies de la cheville et du bras furent tout à fait désinfectées, elle les banda pour les protéger. Jack la remercia. Mathilde planta alors son regard dans le sien.

– Si je continue de vous soigner, et de vous nourrir, dit-elle, pensez-vous être capable de retourner de l'autre côté ?

Jack la fixa d'un air ahuri. Au bout d'un moment, il hocha lentement la tête. Elle fronça les sourcils.

– Je vous propose un marché, reprit-elle sérieusement. Je vous aide à vous rétablir, à rentrer chez vous, et, une fois la frontière franchie, vous garantissez ma survie.

La surprise était telle que Jack rencontra des difficultés à articuler.

– Vous… vous voulez venir avec moi ? balbutia-t-il.

Mathilde hésita, sujette à une appréhension à laquelle elle refusait de céder. Elle finit par acquiescer. Jack la regarda alors d'une manière très étrange, comme s'il se fut trouvé face à un phénomène inexplicable. Il secoua la tête d'un air désemparé.

– C'est de la folie, soupira-t-il.

Crépuscule

Cela faisait trois jours qu'ils avançaient, respectant de longues pauses nécessaires au rétablissement de Jack. Mathilde le libérait chaque matin et demeurait toujours derrière lui, arme au poing. Un seul faux pas signerait sa fin, elle l'avait prévenu. Jack n'avait pas protesté. Il comprenait, affirmait-il. D'ailleurs, lui non plus ne lui témoignait pas une grande confiance. Peut-être, à force, finiraient-ils par s'apprivoiser. Ce n'était pas encore le cas.

Il allait mieux. Les soins que Mathilde lui prodiguait, la qualité de la nourriture qu'elle partageait, réussissaient le prodige de lui faire reprendre des forces. Jour après jour, son corps prenait une allure différente. Les vides se comblaient, les traits s'épaississaient. On pouvait presque, désormais, lui donner un âge. Trente-cinq, quarante ans, maximum. À aucun moment, ils n'avaient reparlé de la décision de Mathilde. Jack la jugeait irresponsable, incompréhensible, mais puisqu'elle offrait une chance de rentrer chez lui, il la saisissait.

À mesure qu'ils approchaient, la fièvre les prenait. Mathilde, d'ignorer ce qui les attendait, Jack, de le savoir trop bien. Le plus difficile étant de ne pas perdre de vue leur objectif. Dans cet environnement en putréfaction, les amas de déchets formaient des pyramides qu'il était imprudent d'escalader. Ils avaient bien essayé de le faire, afin de repérer la frontière, mais à peine avaient-ils commencé l'ascension que la montagne s'était dérobée sous leurs pieds. Rien ne tenait. Tout dévalait. La pluie et le vent n'arrangeaient rien. Mathilde avait hâte d'arriver. Elle ne supportait plus la décharge et son caractère hostile et sauvage.

Enfin, au sixième jour, ils l'aperçurent. Entre deux sommets, une ligne grise délimitant le ciel. La nuit qui suivit, ils entendirent les moteurs des chars qui roulaient sur le tour de ronde, le craquement de la pierre écrasée par les chenilles. Ils virent poindre au loin les phares de surveillance et les miradors éclairés. Mathilde eut le sentiment de revenir au Centre.

Quand ils furent parvenus au plus près, ils demeurèrent tapis derrière une butte et attendirent la nuit pour s'en écarter. Ils passèrent la journée à ne rien faire. Jack était très angoissé. Sa paupière gauche s'était mise à trembler. Son débit de paroles, quand il daignait s'exprimer, était sec. Sa figure de moins en moins aimable. La peur le rattrapait. Tant bien que mal, Mathilde essayait d'y rester étrangère. Mais l'exercice était impossible. Elle craignait les événements futurs qu'elle ne pouvait prédire. Poursuivre la route revenait à sauter dans le vide.

Lorsque vint le crépuscule, elle fut la première à oser un coup d'œil en direction de la frontière. Jack ne tarda pas à l'imiter.

Ils considérèrent, longuement, l'ennemi qui se découvrait aux dernières lueurs du couchant. Un monstre de béton immense, sans aspérité, sans relief pour l'accrocher et qui, à gauche comme à droite, semblait ne jamais finir.

Solidement ancré dans une terre détrempée qui formait à ses pieds des marais insalubres. Un colosse qui projetait son ombre sur leurs têtes, et tout un pays derrière eux. Mathilde frémit. Soudain, elle se sentit minuscule et peu armée pour le danger. D'instinct, elle recula.

Il était encore temps de faire demi-tour. Regardant en arrière, l'image de Basile et Chloé s'imposa à elle comme une pensée rassurante. À vol d'oiseau, ses parents n'étaient pas si loin. Leur courage, leur exemple, l'inspiraient. Qu'auraient-ils fait à sa place ? Eux qui s'étaient battus, qui, encore aujourd'hui, même fatigués, ne cessaient de lutter. Ils auraient continué, c'était certain.

Retenant son souffle, elle fit de nouveau face au mur. Auprès d'elle, Jack se tenait droit. Les yeux rivés à ce qui les menaçait, et qui avait failli lui coûter la vie. Progressivement, elle se redressa.

Quel que soit le péril encouru, elle irait jusqu'au bout. Elle irait chercher la vérité. Dut-elle perdre ses illusions.

Et alors, peut-être, la peur finirait.

Épilogue

Dans les profondeurs du Centre, un petit groupe d'hommes et de femmes progresse en silence, les uns derrière les autres. La nuit est d'encre. Comme cette partie du tunnel où l'obscurité, fait étrange, est totale. L'éclairage aura été désactivé. La seule source de lumière provient des lampes frontales accrochées aux capuches, les sombres uniformes ne laissant de visibles que des yeux braqués, fiévreusement, sur le chef de file. Ils sont concentrés. Ils obéissent au moindre geste, sans hésitation.

Bientôt, ils s'arrêtent, le souffle court. L'homme qui les guide a levé la main.

Puis, le passage libéré, sur son ordre, ils poursuivent.

Quand ils arrivent à destination, chacun connaît sa mission. Le ballet de silhouettes noires se met en place. Les corps se croisent dans une mécanique bien huilée. C'est à peine s'ils se frôlent. En bons ouvriers, ils travaillent à la chaîne avec des gestes dûment répétés. D'aucuns n'oseraient poser de question ni même proférer un murmure. Ils exécutent, sans broncher. Mus par une sorte de fierté.

Lorsque l'aurore fait son entrée, à des dizaines de mètres au-dessus de leurs têtes, ils ont terminé ce pour quoi on les a enrôlés. Ils peuvent retourner, l'âme sereine, à leur tâche quotidienne. Ils seront payés grassement d'avoir accepté. Et, le plus important, ils partagent un secret. Leur chef les remercie de son regard austère. Aussi discrètement qu'ils sont venus, ils repartent chacun de leur côté.

Demeuré seul, le professeur Blake contemple la salle aux parois humides, creusée dans le roc, désormais vide.

Qui croirait que cet endroit a pu abriter, un jour, des spécimens clandestins ?

Qui pourrait l'imaginer ?

Rassuré, il fait un pas en arrière et condamne définitivement le sas.

Un dernier regard, tandis que, sur ses lèvres, s'ébauche l'esquisse d'un sourire satisfait.

Remerciements

Il y a quinze ans, je m'endormais avec une question, et me réveillais le matin suivant avec un scénario en tête, et la certitude que je devais l'écrire.

Quinze ans…

On ne traverse pas le temps, l'inquiétude, l'attente, ni les désillusions sans l'aide de quelques-uns. Sans vous, jamais je n'aurais eu l'audace de poursuivre ni trouvé cette confiance fragile qui m'a permis de surmonter les obstacles.

Merci.

À Étienne qui, un soir lointain, alors que j'étais arrivée à ce choix de vie, m'a dit : « Vas-y, écris, nous vivrons sur mon salaire le temps qu'il faudra. » Nous étions ensemble depuis deux semaines. Tellement plus, depuis.

À mes parents, dont j'avais craint la réaction. Comme toujours, ils m'ont surprise. Merci de m'avoir encouragée et renforcée toutes les fois où j'ai été sur le point de renoncer.

À ma mère, particulièrement, qui, crayon en main, a corrigé page après page mes petites et grandes incohérences.

À mes amis, TOUS, qui se sont immédiatement enthousiasmés pour ce projet, et qui pour certains en ont lu la version bêta (pardon), et m'ont patiemment fait leur retour. Vos encouragements ont été précieux. Comme la fierté que je lisais dans vos yeux.

À Elsa Lafon, pour sa confiance et son amitié. Ce projet avait besoin d'être soutenu. Merci d'y croire.

À Bénédicte Lombardo, dont l'expertise a donné à ce roman une deuxième jeunesse !

À Guillaume Talavera, pour son travail considérable, fait avec honnêteté et conviction. Merci pour ton écoute, ta bienveillance et ta gentillesse. Quel plaisir de travailler avec toi.

À Alexandrine Duhin, d'être venue me chercher et de m'avoir défendue, de m'avoir mis sur cette voie qui allait devenir la bonne.

Aux lecteurs, anonymes et libraires, qui ont soutenu mes deux premiers romans. Le doute ne cesse de revenir mais, grâce à vous, à vos mots, il s'apaise. Si vous n'aviez pas été là, le rêve aurait tourné court.

Quinze ans plus tard, il est dans vos mains.

Merci, du fond du cœur.

Mise en pages
PRESS·PROD

IMPRIM'VERT® PEFC 10-31-1510

Imprimé en France
par Corlet Imprimeur
14110 Condé-en-Normandie
Dépôt légal : octobre 2018
N° d'impression : 198202
ISBN : 978-2-7499-3470-9
LAF : 2491